대성
臺城

江雨霏霏江草齊
六朝如夢鳥空啼
無情最是臺城柳
依舊煙籠十里堤

강위에 비 흩뿌리고 강가의 풀은 가지런한데
육조의 영화는 꿈과 같고 새만 부질없이 울고 있다
무정한 것은 궁성에 늘어진 버드나무이건만
변함없이 연기처럼 십 리 제방을 감싸고 있다

風流飛功

풍류비공

— 바람의 비기 —

풍류비공 1

지화풍 新무협 판타지 소설

초판 1쇄 찍은 날 § 2006년 1월 10일
초판 1쇄 펴낸 날 § 2006년 1월 20일

지은이 § 지화풍
펴낸이 § 서경석

편집장 § 문혜영
편집책임 § 유경화
편집 § 이재권 · 심재영

펴낸곳 § 도서출판 청어람
등록번호 § 제1081-1-89호
등록일자 § 1999. 5. 31
어람번호 § 제2-0799호

주소 § 경기도 부천시 원미구 심곡1동 350-1 남성B/D 3F (우) 420-011
전화 § 032-656-4452 팩스 § 032-656-4453
http://www.chungeoram.com
E-mail § eoram99@chollian.net

ⓒ 지화풍, 2006

ISBN 89-5831-919-4 04810
ISBN 89-5831-918-6 (세트)

풍류비공

風流飛工

|바람의 비기|

1

사 가 정 훈(司家庭訓)

Fantastic Oriental Heroes

지화풍 新무협 판타지 소설

목차

작가 서문

저는 글을 쓴다는 것에 대한 막연한 동경과 이상을 가지고 있었습니다.

그래서인지 첫 글 건곤지인에서는 제가 지닌 사상과 가치관을 담기 위해 애썼습니다. 그렇다고 철학서처럼 거창한 내용을 담은 것은 아닙니다. 단지 무협이라는 단어로 표현될 수 있는 세상을 살아가는 사람들이 어떤 관점으로, 어떤 시각으로 세상을 바라보고 살아야 하는지에 대한 개인적인 바람을 담았을 뿐이지요. 이 때문에 건곤지인에는 읽는 이들에 대한 배려보다는 저 개인의 신념과 가치관에 대한 내용이 많이 들어갔습니다. 첫 글이기에 가능했고, 또 첫 글이기에 겁없이 쓸 수 있었던 것 같습니다.

수많은 꿈을 꿉니다. 그리고 그 꿈들이 현실이 되기를 바라며 살아갑니다.

하지만 지금은 단 한 가지 꿈만 꿉니다.

내가 쓰고, 또 앞으로 써 나갈 이야기들이 다른 이들의 머리와 가슴에 부는 한줄기 시원한 바람이 될 수 있기를…….

풍류비공은 그런 마음을 담아 썼습니다.

바람을 닮고 싶어하는 사내들의 거친 이야기입니다.

　끝으로 출판에 도움을 주신 청어람 관계자 여러분께 진심으로 감사드립니다.

　그리고 내게 글을 쓸 수 있는 재주와 끈기를 주신 부모님, 늘 미안하지만 어느 누구보다 좋아하고 사랑하는 누이, 그리고 항상 같이 밤을 지새우며 글에 대한 고민을 함께 나눈 사랑하는 아내에게 이 책을 바칩니다.

지화풍 배상.

영락(永樂) 3년.

산동성 복산현(福山縣).

낙엽처럼 붉게 물든 노을이 뉘엿뉘엿 지고 있다.

그 하늘 밑으로 고풍스런 분위기를 물씬 풍기고 있는 거대한 장원.

그곳은 오백여 년 전부터 지금까지 무수한 절세고수들을 배출해 왔고, 그 힘을 강호의 분쟁과 분란을 중재하는 일에 써오며 천하제일가라는 영명을 얻은 위대한 가문의 터전이었다.

신도세가(申屠世家)!

신도세가는 그들이 지닌 개세적인 무공보다 그 무공을 오로지 협의를 지키는 데만 써왔다는 것 때문에 더욱 존경과 흠모를 받아왔다.

이 때문에 군소방파의 문주로 뽑힌 이들이 신도세가를 방문하는 일은 무림의 전통이 되다시피 했고, 새로 선출된 문주들은 이 전통을 이

행한 뒤에야 비로소 세간의 인정을 받을 수 있었다. 이에 신도세가는 중원 무림인들의 발길로 늘 문전성시를 이루었다.

그런 신도세가의 장원이 붉게 물든 하늘처럼 활활 타오르고 있었다.

푹……!

신도연의 허리가 활시위처럼 꺾였다.

"으음, 장왕(匠王)까지……."

천천히 고개를 내린 신도연은 명치 끝으로 삐죽이 튀어나온 시퍼런 칼날을 보며 신음성을 토했다.

"헌원세가(軒轅世家)와는 왕래조차 없었거늘……."

신도연은 두 눈을 부릅뜬 채 고개를 저었다. 자신의 등을 뚫고 가슴 앞으로 고개를 내민 비수는 혈악비(血惡匕)였다.

장왕 헌원유천(軒轅有仟)이 만든 사대신병 중 하나로 호신강기를 전문적으로 파훼하고 당한 자의 공력을 빨아들인다는 희대의 기병.

퍽!

등 뒤에서 들려온 둔탁한 파열음에 신도연의 고개가 앞으로 떨어졌다.

"이 정도로는 나를 죽일 수 없네!"

신도연은 눈앞에 이른 지면을 보며 장검을 지팡이 삼아 힘겹게 일어났다.

"도대체가 도검불침이라니……!"

사십대 초반으로 보이는 청의 장삼의 사내가 불신의 음성을 터뜨렸다. 부리부리한 눈매에 호협한 기상을 지닌 눈동자. 일견하기에도 대협의 풍모를 지닌 인물이었다.

강소공가의 가주 공우생(公宇生).

신도연과 더불어 중원쌍협이라 불리는 공우생은 신도연과는 둘도 없는 지기이기도 했다.

"조금이라도 고통을 덜어주고 싶었는데… 자네는 그것마저도 허락하지 않는군."

공우생의 눈가에 잔 경련이 일었다. 혼신의 공력을 담아 목을 내려쳤는데 오히려 자신의 검이 퉁겨 나왔다는 사실이 좀처럼 믿기지 않는지 그는 손에 들고 있는 장검과 신도연을 번갈아 바라보며 설레설레 고개를 저었다.

"내게 서운한 게 있었나?"

신도연이 물었다. 공우생을 바라보는 그의 두 눈에는 분노의 기색을 찾아볼 수 없었다. 그저 시체가 타며 나는 매캐한 악취에 살짝 눈살을 찌푸릴 뿐.

하지만 공우생은 안다. 신도연의 부르르 떨리는 입술로 보아 그가 지금 얼마나 분노하고 있는지를.

신도연은 천천히 주변을 둘러봤다. 여기저기서 들리던 비명과 고통에 찬 신음성은 그친 지 오래. 신도세가의 가솔들은 천여 명에 달하는 난입자들에 의해 모두 주검으로 화한 후였다.

신도연은 자신을 마지막으로 이 피의 향연도 끝이 날 것임을 예감하며 다시 공우생에게 시선을 고정했다.

하지만 이 말도 안 되는 일이 왜 일어났는지는 아무리 생각해 봐도 이해가 가지 않았다. 더욱이 그 주동자로 보이는 이들 사이에 끼어 있는 공우생은 자신의 둘도 없는 친우.

"왜지?"

신도연이 다시 묻자 공우생은 차마 그의 눈을 마주 보지 못하고 슬쩍 고개를 돌렸다.

"천하의 힘이 너무 오래도록 한곳에만 고여 있었네. 고인 물은 썩기 마련. 이제 나눌 시기가 된 것뿐이지. 자네가 잘못한 일은 아무것도 없네."

공우생의 대답을 들은 신도연은 한동안 멍한 얼굴로 그를 응시하다가 이내 허탈한 표정으로 고개를 저었다.

"그게 이유였나? 그렇다면 차라리 내게 물러나라고 말을 할 것을. 자네 부탁이라면……."

신도연은 말끝을 흐렸다.

지금에 와서 이런 말이 무슨 소용이 있을까. 이미 혈육은 다 죽고 자신은 회생 불가의 상처를 입은 돌이킬 수 없는 상황인데.

신도연은 공우생의 착잡한 얼굴에서 시선을 떼고 주위를 둘러봤다.

신도세가로 난입한 세력은 한두 곳이 아니었다. 더군다나 하나같이 각 지방의 패주(覇主)로 이름을 떨치는 자들. 그들의 수는 공우생을 포함해 모두 다섯이었다.

공우생과 반 장 정도 떨어져 있는 누더기를 걸친 젊은 사내. 그는 몇 해 전 차기 개방(丐幫)의 방주로 내정되었다면서 인사를 왔던 마항산(馬恒山)이라는 자였다. 워낙 신도세가를 찾는 방문객이 많아 일일이 기억하지는 못했지만 개방 차기 방주라는 위치는 가볍게 볼 자리가 아니었기에 마항산의 모습은 지금까지도 뚜렷이 기억했다.

그때는 한없이 공손하고 겸손한 인물로만 봤는데 이번에 자신의 복부에 가차없이 일장을 날리는 모습으로 보아 과감한 결단력과 추진력, 그리고 그에 걸맞는 무공까지 갖춘 인재였다. 하지만 복부를 움켜쥔 채 거친 숨을 몰아쉬고 있는 마항산의 상태로 봐서는 앞으로 방주의 역할을 제대로 수행할 수 있을지 의문이었다.

그 옆으로 후덕한 인상의 중년 무부가 너덜너덜해진 어깨를 천으로 동여매고 있었다.

농업을 관장하는 신 신농(神農)을 섬기며 절강성에서는 황실보다 더한 세를 떨치고 있는 신농방(神農幫)의 방주 복인문(卜認門)이었다.

둔해 보이는 체구와 달리 그의 무공 쌍강연환퇴(雙强連環腿)는 눈에 보이지 않을 정도로 빠르고 정확하게 신도연의 양손을 묶어놨었다.

그리고 가슴 정중앙에 야(夜)란 글씨가 새겨진 흑의인이 복인문의 뒤에 서서 신도연을 노려보고 있었다. 복면을 하고 있어 얼굴을 확인할 길은 없지만 유령 같은 신법을 펼치며 자신의 등에 혈악비를 꽂을 정도의 실력을 지닌 것으로 봐서는 필시 중원무림의 밤을 지배한다는 야문(夜門)의 문주일 것이다.

하지만 그는 신도연을 노려보기만 할 뿐 달려들지 않고 있었는데 그의 발밑을 적시고 있는 홍건한 핏물은 그 또한 다른 이들과 마찬가지로 극심한 부상을 입고 있음을 알 수 있게 해주었다.

"공 가주, 우리가 다 죽고 나서야 손을 쓸 생각이오?"

마른 체구의 중년 사내가 버럭 고함을 질렀다.

양옆으로 길게 자란 코밑수염이 인상적인 그는 맹수들을 훈련시키고 그 훈련시킨 맹수들을 이용해 용병 활동을 하는 만수관(萬獸館)의 관주 남경홍(南慶弘)이었다.

하지만 삼 장에 이르는 거대한 몸집의 호랑이가 그의 허벅지에 흐르는 피를 핥고 있는 것으로 보아 바위보다 단단하다고 알려진 그의 몸에도 흠집이 난 것이 분명했다.

서장과의 경계 부근에 있는 만수관은 지리적 여건상 중원무림과 거의 왕래가 없는 곳으로 그런 만수관이 가담했다는 사실은 이들이 이미 오래전부터 신도세가를 멸하기 위한 계획을 진행하고 있었다는 뜻이다.

'혈악비까지 아끼지 않고 지원한 것을 보면 필시 헌원세가도 깊은 관련이 있을 터. 천하 최강을 다투는 세력 여섯의 합공이라……'

조심스레 공력을 끌어올려 본 신도연은 겨우 삼 할의 공력만이 남아 있음을 확인하고 속으로 씁쓸한 미소를 머금었다. 하지만 이만큼 남아 있다는 것도 대단한 것이었다. 전신 곳곳에 남은 크고 작은 자상은 둘째 치고 하복부와 가슴에 입은 내상과 등에 꽂힌 혈악비만으로도 지금까지 살아 있는 것은 기적이었으니까.

물론 아쉬움도 있었다. 자신이 원인 모를 독에 중독되지만 않았어도 이런 상황까지 오지는 않았을 것이고, 신도세가의 가솔들도 그토록 허무하게 죽지 않았을 것이다.

따라서 이미 만독불침에 이른 그를 중독시킨 독이라면 이들 말고 독에 일가견이 있는 또 다른 세력이 숨어 있을 수도 있다는 얘기였다.

'하지만 밑지는 장사를 한 것은 아니야.'

신도연은 공우생을 제외한 오 파의 수뇌들에게 받은 만큼 되돌려주었다. 그러나 그들 다섯은 상처를 나눠 가진 반면 자신은 이들이 지닌 상처를 모두 한 몸에 지니고 있다는 것이 문제였다.

'녀석들도 무사히 피한 것 같으니 이제 끝을 낼 때가 된 것 같군.'

신도연은 다른 사람이 눈치채지 못할 정도의 희미한 미소를 머금고 검자루를 쥔 손에 힘을 주었다. 마지막 남은 공력이라면 저들 중 둘은 저승길 동반자로 삼을 자신이 있었고, 신도세가를 침범한 대가는 어떻게든 치르게 해주고 싶었다.

그때였다.

슈욱!

신도연의 머리 위에서 들려온 미미한 파공성.

하지만 신도연은 그 파공성 뒤에 실린 힘이 지금까지 접전을 치른 이들과는 차원이 다름을 직감했다.

"드디어 나타나셨군!"

어디서 솟은 힘인지 신도연이 일갈을 터뜨리며 검을 쭉 들어 올렸고, 이와 동시에 그의 검이 공중으로 솟구쳐 올랐다.

콰쾅……!

공중에서 공격을 감행하던 괴인은 신도연의 공격을 받고 오 장 밖으로 떨어져 내렸다.

"으음! 이기어검(以氣馭劍)이라니……."

괴인은 입가로 흘러내린 핏물을 스윽 닦으며 놀람과 감탄이 뒤섞인 침음성을 토했다.

"음양마교까지 끌어들인 건가!"

파앗……!

신도연은 눈썹을 꿈틀하며 공우생에게 버럭 소리를 지른 후 고개를 획 돌리고 음양마교주를 향해 몸을 날렸다.

음양마교주는 신도연이 엄청난 속도로 날아오자 양장을 가슴 중앙으로 모으고 전신 마공을 극대로 끌어올렸다.

"마령(魔靈)의 힘은 만물을 주관하니……."

음양마교주의 전신에서 뭉클 피어오른 검은 기운에 그의 주변 대기가 미세한 진동을 일으켰다. 그를 마도최강신마라 불리게 해준 마령심공(魔靈心功)의 마기였다.

날아오던 신도연은 마령심공의 마기에 대항하기 위해 전신 공력을 극성으로 끌어올렸고, 이와 더불어 신도연의 주변 대기가 파란 광채에 휩싸였다.

천하에 존재하는 모든 만물의 힘을 흡수할 수 있다는 신도세가의 개세절학 정령신공(精靈神功)을 운용하고 있는 것이다.

광명비검(光明飛劍) 제이식(第二式) 광명지로(光明指路) 회륜교(回輪攪)!

순간, 전신이 푸른 빛에 휩싸인 신도연이 온몸을 회전시키며 검은 기둥으로 화한 음양마교주와 부딪쳐 갔다.

콰콰쾅……!

자욱한 먼지와 함께 사방으로 파편이 튀었고, 주변에 쓰러져 있던 이들은 내장이 진탕됨을 느끼며 한 모금 선혈을 토했다.

잠시 후 먼지가 걷히자 공우생이 두 눈을 부릅떴다. 사지가 잘리고 전신이 너덜너덜해진 음양마교주를 발견한 것이다.

"크윽! 천하가 눈앞에 이르렀는데……."

퍼억!

음양마교주는 말을 맺기도 전에 전신이 터져 나갔다. 신도연의 숨통을 끊기 위해 이제껏 숨어 기회를 엿보던 그의 노력은 너무도 허무하게 끝을 맺었다.

하지만 음양마교주의 삼 장 앞에 서 있던 신도연의 모습도 온전하지 못했다. 무릎까지 지면에 박혀 들어간 그는 공우생을 향해 간신히 고개를 돌렸다.

"다시는… 이런 우를… 범하지 말게."

공우생은 신도연을 보며 천천히 고개를 끄덕였다.

음양마교주는 마지막 보루였다. 다른 이들과는 신도연을 처리한 직후 제거하기로 미리 약속이 된 상태였지만 지금 이 순간은 굳이 그런 변명을 하고 싶지 않았다. 신도연에게 검을 들이민 것만으로도 자신의 죄는 결코 용서될 수 없는 것이었기에.

공우생은 신도연을 향해 느릿느릿 걸음을 옮기며 입을 열었다.

"비급은 어디 있나?"

"신도세가는… 비급을… 남기지 않는다네. 자네도… 알잖나?"

신도연의 앞에 다다른 공우생이 천천히 검을 들어 올렸다.

"이제 편히 쉬게."

"성공을 축하하네."

신도연은 공우생에게 씁쓸한 표정으로 입을 연 후 살며시 눈을 감았다.

'하지만 신도세가는 결코 이대로 사라지지 않는다. 당신들은 반드시 후회하게 될 거야.'

신도연의 입가로 엷은 미소가 번졌다.

쉬익!

공우생의 검이 빛을 발했다.

그와 동시에 굴러 떨어진 신도연의 머리.

이전과 달리 신도연의 목은 두부가 썰리듯 너무도 쉽게 잘렸다. 전신을 보호하던 정령신공의 진기가 음양마교주와 겨루며 모두 빠져나갔기 때문이다.

잠시 안타까운 눈빛으로 신도연의 수급을 바라보던 공우생이 천천히 주위를 둘러보며 입을 열었다.

"약조했던 대로 지금부터 무림은 우리 신비령(神秘令)이 나눕니다. 하지만 아직 음양마교를 정리할 시간이 필요하니 전 무림에 공표하는 것은 넉 달 뒤 원단을 기하도록 하겠습니다."

"으음."

쓰러져 있던 이들은 말없이 고개를 끄덕이며 입가에 만족의 미소를 머금었다.

무림에 일어난 일대 지각 변동.

신도세가의 정령신공이 인간의 생기를 취하는 극악한 마공이며 신도세가인들이 이 마공을 익히기 위해 수많은 인명을 살상했다는 사실이 강소공가의 가주 공우생의 입을 통해 세상에 알려졌고, 개방, 신농방, 야문, 만수관, 헌원세가가 이에 동조했다.

세인들은 천하의 존경과 흠모를 한 몸에 받던 신도연과 그의 가솔들이 천인공노할 마공을 익히고 있었다는 사실에 전율했으나 혹자는 그러한 사실에 의문을 품기도 했다.

하지만 이 여섯 세력이 신도세가를 없앤 직후 신도세가와 깊은 연관이 있다며 음양마교(陰陽魔敎)를 공격, 그들을 분열시키는 데 성공하자 그런 의문은 씻은 듯이 자취를 감췄고, 하루아침에 벌어진 신도세가의 멸문 사태에 속수무책일 수밖에 없었던 중원 각지의 방파들은 서로 눈치만 보며 감히 앞으로 나서지 못했다.

어차피 멸문당한 신도세가의 손을 들어줘 봤자 자신들에게 이득이 생기기는커녕 오히려 마인들과 관련있는 집단으로 매도될 가능성이 더

컸기 때문이다.

　하지만 그것은 크나큰 실수였다. 이로 인해 신도세가와 음양마교를 섬멸한 여섯 세력은 천하무림의 중심에 우뚝 서게 됐고, 그때부터 중원의 모든 세력은 이 여섯 세력의 눈치를 보며 숨죽여 지내야 했기 때문이다. 간혹 혈기 왕성한 신진 기재들이 새롭게 부상한 여섯 세력에 도전했으나 그들이 난공불락의 성역임을 확인시켜 주는 결과만 초래할 뿐이었다.

　세월이 흐르며 그들은 육패(六覇)라 불렸다.

광견(狂犬)

틱! 틱!

장작이 타 들어간다.

창문 너머로 보이는 눈발의 떨어짐에 장단을 맞추듯 일렁이는 모닥불. 사내는 그 불꽃의 끝을 향해 무심한 눈길을 던지고 있다.

구릿빛 피부에 굵은 턱 선이 돋보이는 강인한 인상의 사내였다.

"얼마나 남았나?"

지닌 눈빛에 걸맞는 무심한 음성이 사내의 입에서 흘러나왔다.

"길면 사 년. 그사이에 공력을 일으키면 그만큼 더 시간이 단축될 거야."

맞은편에 앉아 있던 중년 문사가 나직한 목소리로 답했다. 깔끔하게 차려입은 백의에 그보다 더 창백해 보이는 피부를 지녀 일견하기에는 유약한 서생처럼 보였지만 지닌 눈빛만큼은 앞선 사내 못지않은 강렬함이 깃들어 있었다.

그는 정, 사, 마를 통틀어 가장 뛰어난 의술을 지녔다는 선혜원(善慧園)의 원주 신의(神醫) 화정(華整)이었다.

화정은 자신의 앞에 앉아 있는 막역지우를 향해 고뇌에 찬 눈빛을 보내며 살며시 고개를 저었다.

신의라 불리는 자신마저 고치지 못할 지경에 놓인 친구. 무리한 수련과 그동안의 싸움을 통해 쌓인 내상은 친구의 몸을 심지가 다 타버린 초와 다름없이 만들어놓은 것이다.

하지만 사내는 자신의 죽음이 머지않았다는 말을 듣고도 전혀 상심한 기색이 아니었다. 내심은 어떨지 몰라도 겉으로 그런 모습을 보일 정도로 나약한 인간이 아니었기 때문이다.

화정은 친구의 무심한 반응이 더 가슴 아파 무슨 말이라도 해주고 싶어 힘겹게 입을 열었다.

"화독(火毒), 금독(金毒), 음독(陰毒)에 오장 육부가 상하고 전신 세맥이 파열됐네. 사용한 무공들이 워낙 패도적이라 몸이 버티지 못한 게지. 하지만 분명 방법이 있을 것이네. 그러니……."

화정이 입을 여는 사이 사내가 피식 웃으며 자리에서 일어났다.

"사 년이라……. 생각보다 짧지는 않군."

"어쩔 셈인가?"

화정이 사내를 따라 일어나며 물었다.

"죽기 전에 꼭 찾아야 할 사람이 생각났어."

사내는 화정에게 엷은 미소를 보이며 천천히 몸을 돌렸다.

삐이걱!

휘이잉……!

사내가 초옥 문을 열고 나가자 세찬 눈발이 안으로 들어왔다.

"미안하네."

화정은 창문 너머로 시선을 던지며 중얼거렸다. 화정의 눈동자 안에 담긴 사내의 흑의 장삼이 하얗게 변해가고 있었다.

정통(正統) 11년.

중원무림에 실로 오랜만에 평화가 도래한 시기였다.

사십 년 전 신도세가의 멸문을 기점으로 급부상한 육패(六覇)에 의해 시작된 이 평화는 지금으로부터 이십 년 전 황실에서 주최했던 비무대회를 정점으로 더욱 안정된 시기로 나아갔다.

천하제일비무대회(天下第一比武大會).

대명 황실에서 주최했던 이 대회에 참전하기 위해 천하 각지에서 수많은 고수들이 구름처럼 몰려들었다. 하지만 무림인들이 이 대회에 열광한 이유는 비무 우승자에게 주어지는 정일품의 품계에 해당하는 무종사(武宗師)라는 칭호도 부상으로 받는 일만 정보(町步)에 달하는 토지 때문도 아니었다.

천하제일인(天下第一人).

정, 사, 마, 세외를 모두 통틀어 천하제일고수라는 명예가 주어졌기 때문이다.

대회는 단체전과 개인전으로 나누어 치러졌고, 이변이 속출했다.

숨어 있던 인재 중에 무수히 많은 이들이 일약 무림고수로 등장한 것도 그랬지만 단체전 우승을 한 세력이 음양마교가 붕괴된 이후 단 한 번도 뭉친 적이 없던 마도 쪽에서 나왔다는 사실은 전 무림을 경동시키기에 부족함이 없었다.

　마사회(魔社會). 이 젊은 마도인들의 연합이 전 무림에 끼친 파급 효과는 실로 대단했다. 마사회의 우승에 위기감을 느낀 육패가 부랴부랴 백천맹(白天盟)이라는 연합체를 만들 정도였으니까.

　그러나 더욱 세인들의 주목을 끌었던 것은 개인전이었다.

　황실에서는 개인전을 치르기 위해 황제의 칙서를 내리며 자타가 공인하는 무림의 기인이사 이백오십육 명을 초빙했다.

　또한 무림인이라면 누구에게나 참여할 수 있는 기회를 준다는 명목 하에 인정 심사를 거쳐 뽑은 이백오십육 명의 군소방파와 낭인 무사들을 추가, 도합 오백십이 명이 참전하는 개인전이 치러졌다. 이에 무림인들은 초빙된 이백여 명에 뽑히는 것만으로도 영광으로 여겼고, 우승을 차지해 천하제일이라는 영예를 자신과 사문에 안기기 위해 사력을 다했다. 하지만 비무대회를 통해 무림 최고의 자리에 등극한 무인은 인정 심사를 거친 이들에게서 나왔다.

　흑화검성(黑花劍聖) 사군우(司群宇).

　상대의 몸에 남기는 상처가 마치 검은 꽃을 새겨놓은 것과 같다 하여 흑화검이라 불리고, 아무리 치열한 접전 중에도 단 한 차례의 살생도 하지 않았다 하여 황제에게 검성이라 별호까지 하사받은 불세출의 무인.

　이제껏 어느 누구도 이루지 못한 위대한 업적을 쌓은 그의 발 아래 마도와 정도의 쟁쟁한 고수들은 모두 무릎을 꿇었고, 이후 자신들의 세력으로 영입하기 위해 앞 다투어 경쟁을 벌였다.

　하지만 흑화검성은 처음부터 끝까지 낭인으로 남았다. 심지어는 그에게 패한 무인들이 흑화일심대(黑花一心隊)라는 추종 모임까지 만들 정도였으나 그는 그 흑화일심대조차 외면했다.

세인들은 그 이유를 알고 있었다. 그가 낭인으로 남지 않고 어느 한 세력과 손을 잡았다면 무림의 평화는 이렇게 오래도록 지속되지 못했을 것이라고.

그래서 더욱 흑화검성은 존경을 받았다.

그러나 그 이십 년간 지속되던 평화도 차츰 균열이 가기 시작했다.

흑화검성의 돌연한 잠적. 선혜원의 원주이자 흑화검성의 막역지우로 알려진 신의 화정이 그의 은퇴 선언을 대신한 까닭에 전 무림이 발칵 뒤집어졌고, 그 직후 마도와 정도의 인사들은 잠적한 흑화검성을 찾기 위해 발빠르게 움직였다. 흑화검성과 손잡는 곳이 천하를 잡을 수 있다는 것을 모두 알고 있었기 때문이다.

하지만 그는 어디에도 나타나지 않았다.

*　　　*　　　*

산동성 청도(青島).

중원 동남쪽 황해와 맞닿은 항구 도시 청도는 유구한 문화와 역사를 자랑하는 곳으로 중원을 찾는 변방의 상인들로 항상 활기가 넘친다.

특히 오늘 같은 중양절(重陽節)은 인산인해로 발 디딜 틈이 없을 정도다.

서로 간에 흥정을 하고 있는 상인들, 벌써부터 비틀거리는 취객들, 아낙의 손을 잡고 시전을 구경 나온 아이의 칭얼거리는 소리 등이 한데 어우러져 시끌벅적한 분위기를 연출했다.

하지만 그런 소란스런 분위기와 달리 유독 한 청년은 으슥한 골목 어귀에 위험천만한 모습으로 매달려 있었다.

삼층 높이의 전각.

한 청년이 지붕에 다리를 척 걸치고 양손으로는 처마 밑을 움켜잡은 채 거꾸로 매달려 있다.

청도를 대표하는 거상(巨商) 중 한 명인 왕춘악(王春岳)이 운영하는 취화루(取花樓)라는 기루의 지붕 위였다.

꼴깍!

청년은 마른침을 삼키며 두 눈에 초점을 모았다.

그의 눈동자에 하얀 수증기 사이로 보이는 흐릿한 인영이 비쳤다.

청년은 인영의 길고 가는 다리에서 천천히 위로 시선을 옮겼다.

'으음!'

청년은 두 눈을 거슴츠레하게 뜨며 속으로 신음성을 토했다.

한 여인의 하얗고 탱탱한 엉덩이가 눈에 들어왔기 때문이다.

잠시 후 청년은 바싹 마른 입술을 살며시 혀끝으로 축인 후 조심스레 눈을 들었다. 지닌 엉덩이에 비해 턱없이 가녀린 허리 선, 물이 오른 복숭아처럼 봉곳 솟아오른 가슴까지 차례로 확인한 그는 더는 참지 못하겠는지 후끈 달아오른 아랫도리로 슬며시 한 손을 가져갔다.

쪼르륵……!

꿀걱!

수증기 사이로 보이는 여인의 나신을 감상하던 청년은 그녀가 몸에 물을 끼얹는 소리에 맞춰 또 한 번 마른침을 삼켰다.

'히히! 죽이는군! 초연(草蓮)이라고 했지? 왕 할배가 은자 이십 냥을 들였다는 소문이 사실인 모양인걸? 잠자리 하나는 정말 죽여주겠군!'

이윽고 자신의 몸에 물을 끼얹던 여인이 매괴화(玫瑰花:장미) 꽃잎을 띄운 욕조로 쏙 들어갔다.

"에이⋯⋯!"

아쉬운 탄성을 내뱉던 청년은 황급히 제 입을 양손으로 틀어막았다. 순간, 청년은 자신이 처마 끝을 잡고 있던 그 손으로 입을 막았음을 깨닫고 얼굴이 급격히 일그러졌다.

"제길!"

"꺄아악!"

여인과 눈이 마주친 청년은 한쪽 눈을 찡긋함과 동시에 지면으로 곤두박질쳤다.

우당탕!

취화루에서 내놓은 오물 더미 위로 떨어진 청년은 뼛속 깊숙이 전해지는 아련한 통증에 숨이 턱 막혔다.

"으윽!"

이를 악물고 자리에서 일어난 청년은 고통을 잊으려는 듯 눈살을 찌푸리며 강하게 고개를 저었다. 하지만 그것도 잠시, 좀 전 자신을 보고 놀라 벌떡 일어났던 여인의 출렁이는 젖가슴이 떠오르자 청년은 헤벌쭉 웃으며 고개를 들어 올렸다.

"비(조)! 이노옴!!"

"⋯⋯."

창문 사이로 얼굴를 내밀고 고래고래 소리를 지르는 왕춘악을 발견한 청년은 시치미를 뚝 떼고 터벅터벅 걸음을 옮겼다.

연신 고함을 질러대는 왕춘악의 모습에 행인들이 왕춘악과 청년을 힐끔거렸지만 능청스러울 정도로 담담한 그의 표정에 이내 고개를 돌리고 각자 가던 길들을 재촉했다.

"오랜만에 제대로 된 물건이 왔군. 히히히!"

청년은 만족스런 얼굴로 걸음을 옮겼다.

"이거 죄송하게 됐습니다. 아무래도 장소가 장소이다 보니 말썽이 끊이지 않는군요. 허허허!"

놀란 초연을 진정시키고 이층으로 내려온 왕춘악은 기다리고 있던 사내의 맞은편 의자에 앉으며 멋쩍게 웃었다.

"괘념치 말게."

흑의무복의 사내는 엷은 미소를 지었다.

"그래, 저를 찾으신 연유가?"

왕춘악은 흑의사내를 물끄러미 바라보며 조심스레 물었다.

취화루를 방문한 손님 중 자신을 찾는 이들이 간혹 있다. 이들은 주로 자신들의 힘과 세를 과시해 보다 나은 봉사를 받으려는 자들로 대부분이 무림인들이다.

하지만 왕춘악은 지금 자신의 앞에 앉은 사내는 그런 부류가 아닐 거라는 생각이 들었다. 그가 지닌 범상치 않은 기도도 그랬지만 어디선가 본 듯한 낯익은 느낌을 지울 수 없었기 때문이다.

"이십 년 전에 잠시 머문 적이 있었는데……."

사내가 말끝을 흐리자 왕춘악이 고개를 갸웃거리며 그의 얼굴을 물끄러미 쳐다봤다.

순간, 그의 뇌리에 한 사내의 얼굴이 번쩍 스치고 지나갔다.

"호, 혹시……?"

양손으로 눈을 비빈 후 다시 사내를 쳐다보던 왕춘악의 눈이 점점 커졌다.

"은공!"

왕춘악이 버럭 소리를 지르며 벌떡 일어났다.

"제, 제가 노망이 났습니다! 어찌 은공을 잊을 수가……!"

왕춘악은 사내의 발 아래 넙죽 절을 올리며 급하게 입을 놀렸다.

길게 생각하면 한없이 긴 이십 년의 세월이지만 어찌 그를 잊을 수 있겠는가.

왕춘악의 머리 속으로 이십 년 전의 일들이 주마등처럼 스치고 지나 갔다.

당시 억척스레 모은 돈을 모두 투자해 취화루를 열었던 왕춘악은 탁월한 수완을 발휘해 날로 사업을 번창시키고 있었다.

하지만 그의 성공 가두는 암사파(暗死派)라는 신진 조직에 의해 와해 될 위기에 처했다.

암사파가 청도 일대를 장악하기 위한 초석으로 하필이면 자신이 운영하는 취화루를 노린 것이다. 이에 왕춘악은 완강히 저항했고, 그로 인해 목숨을 잃을 수도 있는 극한의 상황으로 치달았다.

그때 앞에 앉은 사내가 암사파를 박살 내고 자신을 구하지 않았다면 왕춘악은 청도에서 알아주는 상인으로 자리잡기는커녕 지금까지 살아 있지도 못했을 것이다.

이후 암사파가 취화루를 다시 넘볼까 염려한 사내는 자신을 왕춘악의 숙질이라 하여 그들이 감히 다른 뜻을 품지 못하게 만들었고, 이를 계기로 오히려 암사파에 의해 아무 대가 없이 보호를 받을 수 있었던 왕춘악은 자신이 꿈꿨던 것보다 훨씬 더 큰 성공을 거둘 수 있었다. 오늘날의 자신을 있게 한 그 은공이 이십 년 만에 다시 찾아온 것이다.

이윽고 왕춘악의 떨리는 등을 바라보던 사내가 천천히 입을 열었다.

"그녀를… 보러 왔는데……."

“…….”

왕춘악은 사내가 말한 여인이 누구인지 깨닫고 어깨를 움찔 떨었다. 이에 왕춘악의 반응을 본 사내는 씁쓸한 표정으로 다시 입을 열었다.

“떠났나 보군.”

“저어, 그게 아니옵고…….”

왕춘악은 말끝을 흐리며 천천히 고개를 들었다. 하지만 사내의 기대에 찬 눈초리를 발견하자 차마 입이 떨어지지 않았다.

“그럼 아직 여기 있나?”

“…….”

왕춘악은 마른침을 꿀꺽 삼킨 후 천천히 입술을 떼었다.

“현화(賢花)는… 오 년 전에 창병(娼病:성병)에 걸려 그만…….”

“…….”

사내는 왕춘악의 말을 듣자 허탈한 표정으로 눈을 감았다.

‘기대가 너무 컸나 보군.’

처음 그녀를 찾아 이곳으로 올 생각을 했을 때도 달콤하거나 고상한 만남을 기대한 것은 아니었다. 자신에게는 첫 여인이자 마지막 여인이었지만 직업이 직업인만큼 자신을 그저 하룻밤 살을 섞은 사내 정도로 여기고 있을지도, 아니, 어쩌면 자신이 누구인지 까맣게 잊었을지도 모른다고 생각했다.

그저 어느 고관대작의 첩실로라도 들어가 잘살고 있기를 바라며 이곳으로 왔고 이를 확인해 보고 싶었을 뿐이다.

만약 운이 나빠 아직까지 노류장화(路柳墻花)로 머물러 있다면 그녀를 자유롭게 해줄 생각이었다.

그것뿐이었는데.

'창병이라…….'

사내는 괜스레 자신에게 화가 났다. 다른 기생들처럼 영악하지 못해 끝까지 몸을 팔며 지냈을 그녀에게도, 창병으로 죽은 더러운 계집에게 뭔가를 기대하고 찾아온 자신에게도.

"알겠네!"

사내는 눈을 번쩍 뜨고 몸을 일으켰다.

"은공, 잠시만!"

왕춘악이 황급히 그를 부르며 입을 열었다.

"현화는 은공이 생각하시는 그런 기생이 아니었습니다. 아니, 그 누구보다 현숙한 여인이었습지요."

"현숙?"

사내는 고개를 갸웃거리며 왕춘악의 입술을 바라봤다.

"예. 창병으로 죽은 것도 다 사연이 있습니다. 휴우."

왕춘악은 옛 생각이 나는지 한숨을 내쉬며 소매로 눈물을 훔쳤다. 일평생 돈만 모으며 살아온 그가 한낱 기녀를 떠올리며 눈물을 짓고 있는 이런 모습을 다른 사람이 봤다면 크게 놀랄 일이었다.

"은공이 떠나신 뒤 현화는……."

왕춘악은 기억을 더듬으려는지 천장을 바라보며 천천히 말을 이어갔다.

"참 많이 달라졌지요. 본래도 제가 데리고 있던 기녀들과는 다른 아이였지만 그때부터는 정말 이 아이가 현화가 맞나 싶을 정도로 밝고 명랑해졌습니다. 현화는 제게 통사정을 했습죠. 팔려온 몸이니 무슨 일이라도 하겠지만 기녀 일만은 제발 시키지 말아달라고 말입니다. 저는 처음에는 망설였지만 이후 기루의 궂은일을 도맡아 하며 억척스럽게 일하는 현화를 보고 나서는 그 간청을 수락했습니다. 그렇게 몇 달이 지나자 현화의 배가 눈에 띄게 불러오더군요. 아이를 밴 게지요.”

왕춘악은 말을 멈추고 사내를 슬쩍 바라봤다. 하지만 흑의사내는 무심한 표정으로 자신의 말에 귀 기울일 뿐 다른 반응을 보이지 않았다. 이에 왕춘악은 서운한 표정으로 다시 말을 이어갔다.

“그때부터 저는 현화에게 일을 시키지 않았지만 그 아이는 제 만류에도 불구하고 단 한 번도 몸을 쉬지 않았습니다. 지금 생각해 봐도 참 대단한 여자지요. 그렇게 지내다 아이를 낳고, 몇 해 후 현화는 제 몸값을 모두 갚았습니다. 갚지 말라고 몇 번이고 알아듣게 타일렀지만 말을 안 듣고 고집을 피우더니 끝내 그 많은 돈을 다섯 해 만에 갚아버린 겁니다. 하지만 현화는 그 후에도 취화루를 떠나지 않았습지요. 저는 현화가 떠나지 않는 이유를 알고 있었기에 그녀에게 계속해서 일을 맡겼습니다.”

“사내 녀석인가?”

“예?”

흑의사내의 뜬금없는 물음에 고개를 돌린 왕춘악은 잠시 후 사내가 물은 의도를 깨닫고 고개를 끄덕였다.

“아, 예. 아들을 낳았습니다요. 은공을 닮아 훤칠하고 준수하게 자랐지요. 하지만……..”

입을 열던 왕춘악은 설레설레 고개를 저으며 얼굴을 살짝 찌푸렸다.

“제 어미가 죽고 충격이 컸는지 많이 변했습니다. 그전에는 참 착하고 맑은 심성을 지닌 녀석이었는데…….”

“그럼 현화가 창병에 걸린 이유는 뭔가?”

　흑의사내는 이제껏 참아왔던 물음을 던졌다. 왕춘악의 말대로라면 현화는 자신이 떠난 후 기생 일을 하지 않았고, 그런 그녀가 창병에 걸렸다는 것은 납득할 수 없는 일이었기 때문이다. 이에 왕춘악은 금세 어두운 안색이 되어 힘겹게 입을 열었다.

　"은공도 아시다시피 청도는 이십 년 전부터 암사파라는 조직이 장악하고 있었습니다. 그런데 십여 년 전에 새롭게 암사파 두목이 된 자가 현화에게 눈독을 들이기 시작한 겁니다. 아무리 현화가 험한 일로 세월을 보냈다고 해도 그 고운 자태가 어디 가겠습니까? 그 개자식이 그런 현화의 진가를 알아본 게지요. 처음에는 현화의 환심을 사기 위해 갖은 수를 다 쓰던 그 자식이 오 년 전에 결국 술을 처먹고 일을 저지르고 말았지요."

　"으음!"

　지금껏 아무 동요를 보이지 않던 흑의사내가 손끝을 살짝 떨었다. 이를 발견한 왕춘악은 더욱 조심스런 어투로 말을 이었다.

　"그런데 그 개 쌍놈의 자식에게 하필이면 창병이 있었던 겁니다. 워낙에 몸이 약했던 현화는 자신의 몸에 그런 더러운 병까지 생기자 반은 실성한 사람처럼 지내다가 그만……."

　왕춘악은 차마 말을 잇지 못하고 고개를 떨어뜨렸다.

　"그자는… 지금 어디 있나?"

　흑의사내의 물음에 왕춘악이 천천히 고개를 들었다.

　"으, 은공……."

　흑의사내와 눈이 마주친 왕춘악은 오금이 저려와 대답도 못하고 그 자리에 털썩 주저앉았다. 그의 착 가라앉은 눈빛에서 극심한 공포를 느낀 것이다.

“말하게. 어디 있지?”

“저, 저 그게…….”

왕춘악은 정신을 차리기 위해 세차게 고개를 저으며 입을 열었다.

“죽었습니다. 현화가 죽고 이 년 뒤에 시체가 됐습죠.”

“죽다니? 누구에게?”

“누군지는 밝혀지지 않았습니다. 현화의 아들 녀석이 한 짓이라는 소문이 있긴 했지만 관부에는 제가 손을 써놓아 그냥 흐지부지 끝이 났습죠.”

“그 아이가… 무공을 익혔나?”

흑의사내가 의외라는 눈초리로 묻자 왕춘악은 설레설레 고개를 저었다.

“아닙니다. 무공은커녕 그전까지는 싸움질 한 번 하고 다닌 적이 없는 착한 아이였습니다. 그리고 불과 열일곱에 지나지 않는 아이가 암사파 두목을 죽인다는 건 누가 봐도 말이 안 되는 얘기지요. 아마 암사파의 뒤를 이어 청도 시전을 장악한 흑치회(黑痴會)라는 곳에서 손을 쓰고 그런 소문을 냈을 것입니다.”

“음, 그럼 그 아이를 지금 내게 데려다 줄 수 있겠나?”

“죄송하지만 그건 제 능력 밖입니다. 지금은 흑치회에서도 함부로 못 건드릴 정도로 개망나니가 되… 흡!”

왕춘악은 자신의 실언을 깨닫고 황급히 제 입을 틀어막았다.

이를 지켜보던 흑의사내의 눈에 이채가 서렸다.

“박투장이라……. 당신은 나를 점점 더 미안하게 만드는군.”

취화루를 빠져나온 흑의사내는 왕춘악이 일러준 곳을 향해 걸음을 옮기며 중얼거렸다.

날은 어둑어둑해졌지만 오히려 낮보다 더 많은 사람들로 북적이는 시가를 바라보며 사내는 이십 년 전 이곳을 지나던 때를 떠올렸다.

천하제일비무대회에 출전하기 위해 강호에 나온 그는 왕춘악을 구해준 계기로 취화루에 며칠 머물기로 했다. 비무대회 말고는 특별히 할 일도 없었고, 대회까지는 시간이 꽤 남아 있었기 때문이다.

그리고 그 밤.

한 여인이 왕춘악에게 떠밀려 그의 거처로 찾아들었다.

일반적인 기생으로 보기에는 어딘지 어색하고 절색이라 표현하기에도 다소 부족해 보였지만 단아한 기품과 자태를 지닌 고운 여인이었다.

사내의 은혜를 입은 왕춘악이 아직 기생의 적에 올리지 않은 여인을 들여보내 자신의 정성을 보인 것이었다.

하지만 방문 앞에 서서 가녀린 몸을 바르르 떨며 두 주먹을 꼭 움켜쥐고 있던 그녀는 의외의 말을 내뱉었다.

"제 몸을 취하실 수는 있어도 마음을 드릴 수는 없습니다."

"……."

그녀의 당돌한 말을 들은 사내는 금방이라도 눈물을 떨어뜨릴 듯한 여인의 눈망울을 물끄러미 바라보다가 피식 웃으며 앞에 놓인 술잔을 들었다.

"지금 나가면 곤란할 테니 날이 밝으면 일어나시게."

이후 여인은 우두커니 서 있었고, 사내는 홀로 술을 마셨다.

그렇게 새벽녘이 되자 여인은 소리없이 일어나 밖으로 나갔고, 사내는 잠을 청했다.

하지만 왕춘악의 호의는 거기서 그치지 않았다. 그 다음날도, 그리고 그 다음날도 사내에게 여인을 보낸 것이다.

그렇게 오 일이 흐르자 이제껏 말이 없던 여인이 먼저 사내에게 다가왔다.

"현화라고 합니다."

"사군우요."

홀로 술을 따르던 사내는 술병을 지그시 잡은 여인을 바라보며 엷은 미소를 띠었다.

"가진 것도 드릴 것도 없는 하찮은 몸입니다. 드릴 수 있는 건 그저 이 술 한잔뿐입니다."

현화는 사군우의 잔에 술을 부으며 나직이 말했다.

"세상에 하찮은 몸을 지닌 사람은 없소."

"하지만 저는 웃음을 파는 기녀보다는 한 지아비를 섬기며 아이를 낳아 키우는 여인이고 싶습니다."

"……."

사군우는 입을 열지 않았다. 어떻게 들으면 기녀의 신세 타령일 뿐이었으나 그녀의 눈과 음성에는 간절한 염원이 담겨 있었다. 이에 사군우는 잠시라도 그녀의 말을 들어줘야 할 것 같은 일종의 사명감 같은 것을 느꼈다.

이윽고 현화가 천천히 고개를 들고 사군우의 얼굴을 바라봤다.

"압니다. 제가 아무리 부정하려고 해도 기녀라는 사실은 부정할 수 없지요. 이게 어쩔 수 없는 제 운명이라는 것도……."

"세상에 어쩔 수 없는 일이란 없소. 처한 현실이 싫다면 벗어나기 위해 노력해 보시오. 운명은 정해진 것이 아니라 스스로의 힘으로 개척해 나가는 것이니까.”

사군우는 그녀가 따라준 술을 단숨에 들이켰다.

“이상합니다.”

“뭐가?”

“그냥 하시는 말씀으로 안 들려서요.”

“난 그저 내가 지금까지 살아오며 느낀 진리를 말했을 뿐이오. 듣기 좋으라고 하는 말은 못하는 인간이라서. 후후후!”

사군우가 피식 웃음을 머금었다.

“진리요?”

“나도 당신과 다름없는 신세였소. 하지만 모두가 불가능하다는 일을 해내고 이렇게 당신 앞에서 술을 마실 수 있게 됐소. 당신이 원한다면 내가 운명을 개척했던 그 방법을 가르쳐 줄 수도 있소.”

“운명을 개척할 수 있는 방법……”

현화는 사군우의 말을 되새기며 잠자코 그의 잔에 술을 부었다.

“자신을 인정하시오. 할 수 있음을. 마음만 먹으면 천하에 못할 일이 없음을. 그게 시작이요. 당신이라면 가능할 것 같군.”

사군우가 입을 다물자 현화는 그의 얼굴을 뚫어져라 응시했다.

전에도 몇 번 들어본 적이 있는 말이었고, 누구나 할 수 있는 흔한 말이었다.

하지만 사군우의 입에서 나온 말은 느낌이 달랐다. 그의 음성과 눈빛에는 직접 경험하고 느껴본 자만이 지닐 수 있는 진심이 담겨 있었다.

‘당신을 만나게 해준 것을 보면 하늘이 시련만 준 건 아니었군요.’

물끄러미 사군우를 응시하며 속으로 중얼거리던 현화가 천천히 입을 열었다.

"현화라고 합니다."

"……."

사군우가 고개를 갸우뚱했다.

"좀 전에는 기녀 현화로 인사드렸지만 이번에는 한 여인으로서 다시 인사를 드리는 거예요."

현화는 살포시 미소를 머금었다.

"하하하! 좋소! 아주 좋아! 그럼 나도 한 남자로서 다시 인사를 하지! 사군우요!"

사군우의 입가로 햇살 같은 미소가 번졌다.

현화는 몰랐지만 사군우의 미소는 지금까지 그가 살아오며 지었던 미소를 모두 합한 것보다 더욱 환한 것이었다.

그렇게 현화는 사군우에게 마음의 문을 열었고, 이제껏 여인에게는 전혀 관심이 없던 사군우도 어느덧 그녀를 여인으로 보기 시작했다.

그렇게 한 달이 지난 후 사군우는 취화루를 나섰다.

"당신에게 기녀에서 벗어나고자 하는 염원이 있는 것처럼 내게도 날 지금까지 버틸 수 있게 해준 꿈이 있소. 하지만 어쩌면 평생을 가도 이루지 못할 수도 있는 꿈이요. 그래서 다시 보자는 약속은 못하겠군."

자신을 바라보는 현화의 시선이 느껴졌지만 그는 돌아보지 않고 혼잣말로 중얼거렸다.

사군우의 등을 말없이 바라보던 현화는 그의 모습을 가슴속에 각인시키려는 듯 손가락을 들어 시선 끝에 매달린 그의 몸을 살며시 쓰다듬었다.

"그래요. 돌아보지 마세요. 지금까지 살아오며 가장 행복한 시간을 주셨던 당신께 눈물을 보이고 싶지는 않습니다. 그저 당신이 뜻하신 바를 이루시기만 간절히 바랄 뿐이에요. 소첩, 비록 천한 곳에 몸담고 있는 계집이지만 당신에게 결코 부끄러움없는 여인으로 남을 수 있도록 최선을 다해 살아가겠습니다. 그게 제가 당신께 보은할 수 있는 유일한 방법이니까요."

현화는 다짐하고 또 다짐했다.

사군우가 까만 점이 되어 사라질 때까지.

*   *   *

청도 북서쪽 관도를 따라 십 리를 가면 나오는 너른 분지.

그 분지 위에는 가로세로 삼 장에 이르는 정사각의 천이 깔려져 있고, 천의 모서리마다 일 장 높이의 철심이 박혀 있다.

철그렁!

순간, 철심이 휘청거렸다. 철심을 친친 감고 있던 세 줄의 시커먼 쇠사슬들에 인위적인 충격이 가해졌기 때문이다.

그때부터 그 주위에 빙 둘러 있던 군웅들의 움직임도 부산스러워졌다.

사각 천 중심에 시선을 고정한 채 고함을 지르고 박수를 쳐대며 난리법석을 피우는 이들.

"야! 야! 빨리 달려들란 말이야!"

"날려 버려!"

군웅들은 두 눈에 핏발이 선 채로 연신 침을 튀겨가며 고래고래 소리를 질렀다.

그들의 눈에 비친 두 인영.

"허허!"

"후우!"

군웅들의 소음으로 들리지는 않았지만 박투대(搏鬪臺) 위에 마주 선 두 사내의 입과 코에서 뿜어져 나오는 하얀 김은 그들이 얼마나 거친 숨을 몰아쉬고 있는지를 짐작할 수 있게 해주었고, 벌써 몇 차례 접전이 있었는지 서로를 노려보는 그들의 이마와 팔뚝으로 굵은 땀방울이 흘러내리고 있었다.

부웅……!

마주 선 상대보다 머리 하나는 더 큰 장한이 크게 주먹을 휘둘렀다. 하지만 상대는 무릎을 살짝 굽혀 그의 주먹을 피한 후 뒤로 물러섰다. 이에 여기저기서 아쉬움과 안도의 탄성이 뒤섞여 터져 나왔다.

"아아!"

주먹을 휘둘렀던 장한은 일 년 전 청도 일대를 장악하고 있는 흑치회의 조직원 광호(狂虎) 장도(張道)라는 사내로 그 바닥에 들어선 직후부터 이미 타고난 싸움꾼이라 인정받은 인물이었다.

육 척 오 촌의 장신에 양옆으로 길게 찢어진 가는 눈매를 지닌 그는 안면 여기저기에 상처가 가득했다. 큼지막한 체구는 둘째 치고 지닌 인상만으로도 반은 먹고 들어갈 사내. 하지만 장도와 마주하고 있는 청년 또한 그와 견주어 전혀 손색이 없는 인물이었다.

"후후후! 그걸 주먹이라고 달고 다녀?"

청년은 고개를 반쯤 꺾은 채 삐딱한 시선으로 장도를 쏘아보며 비웃음을 날렸다.

"역시 나는 너 같은 돼지새끼보다는 초연이 몸을 감상하는 게 더 적성에 맞아."

청년이 흐릿한 빛이 갈무리된 눈동자로 장도의 전신을 훑으며 다시 말했다.

"이 개자식이!"

후우웅!

청년의 비아냥에 장도가 더는 참지 못하고 주먹을 날렸지만 청년은 장도의 주먹을 가볍게 피하며 히죽 웃었다.

오 척 팔 촌에 호리호리한 체구라 싸움은커녕 개미새끼 한 마리 죽일 힘도 없어 보였지만 몸놀림은 비호처럼 빨랐다.

"한 번만 더 받아주고 끝낸다! 와라!"

청년은 장도를 향해 손가락을 까딱했다.

세상 고민 혼자 다 지고 사는 사람처럼 염세적인 눈빛. 더욱이 허리까지 내려오는 머리카락을 붉은 광목으로 질끈 동여맨 지금의 모습은 얼굴만 가리면 누가 봐도 여인이었지만 그의 행동 하나하나는 다분히 장도를 도발하려는 계산이 깔려 있었다.

하지만 이번에는 장도도 감히 섣불리 움직일 생각을 하지 못했다.

청년이 자신의 주먹을 진정 두려워하지 않고 있음을 느꼈기 때문이다. 더욱이 청년은 청도 일대를 주름잡고 있는 흑치회의 회주 마상적(馬常適)조차 감히 함부로 하지 못하는 인물이었다.

삼 년 전, 흑치회와 이권 다툼을 벌이던 암사파 두목 황두(黃斗)의 귀를 물어뜯고 한쪽 눈알을 뽑는 엽기적인 사고를 친 후 황두를 더 이상 청도 바닥에서 살 수 없게 만들며 청도 암흑계의 전설이 된 사내.

광견(狂犬) 사비(司조).

황두는 며칠 뒤 청도에서 삼십 리 떨어진 야산에서 벌거벗은 시체로 발견됐고, 이에 마상적은 두목의 비참한 최후에 경황이 없는 암사파를 거저 얻다시피 했다.

이후 황두를 죽인 진범은 밝혀지지 않았고, 사람들은 사비가 마상적의 사주를 받고 황두를 처리한 것이라 생각했지만 마상적과 흑치회가 두려워 아무도 그런 내색을 하지는 못했다.

마상적이 자신의 조직원들에게 앞으로 사비와의 시비에 결코 휘말리지 말라는 엄명을 내린 것도 청도 사람들의 입을 다물게 만드는 데 일조했다.

마상적이나 사비가 입을 꾹 다물고 있으니 조직원들이나 청도 사람들은 그저 마상적이 사비의 공로를 인정해서 그런 지시를 내린 것이라 생각할 뿐이었다.

'분명 뒤를 봐주는 인간이 있을 거야. 그렇지 않고서야 저렇게 천둥벌거숭이처럼 날뛸 수는 없는 노릇. 암, 그 뒤를 알기 전까지는 결코 부딪쳐서는 안 돼.'

마상적의 생각이었다. 하지만 어찌 된 노릇인지 아무리 뒷조사를 하고 미행을 붙여봐도 청도에 사는 사람들이 알고 있는 사실 이상은 알아낼 수 없었다. 그렇게 속으로만 끙끙거리며 사비를 지켜본 지 어언 삼 년.

마상적은 이제 사비에게 신경을 끊고 있었다. 골치 아픈 존재임에는 틀림없었지만 그동안의 우려와 달리 흑치회와는 아무런 마찰이 없었다. 물론 그것은 흑치회가 사비와의 마찰을 피했기에 가능한 일이었다.

그러다 찾아온 천재일우의 기회. 그것은 사비에게 생긴 새로운 취미였다. 그에게 박투장(搏鬪場)에서 몸을 푸는 독특한 취미가 생긴 것이다.

사람들은 사비가 더 이상 청도에서는 자신에게 시비를 걸어오는 사람이 없는 지루함을 못 견디고 박투를 통해 그 갈증을 해소한다고 생각했지만 진실은 저 너머에 있었고, 마상적은 사비가 어떤 마음으로 박투장을 찾는지는 아무래도 상관없었다.

드디어 공식적으로 사비를 처리할 수 있는 기회가 생긴 것에 만족할 따름이었다.

더욱 다행인 것은 사비가 박투장에서만큼은 그 지랄맞은 성질을 부리지 않는다는 것이었다. 아니, 박투를 시작하고 난 후 그 성미가 한 풀 꺾였다는 것이 더 적절한 표현이었다.

박투장 한쪽에 마련된 의자에 앉아 수하들의 호위를 받으며 싸움을 관전하던 마상적은 사비와 대치 중인 장도를 보고 피식 웃음을 머금었다.

장도는 자신이 이제껏 보아온 그 어떤 누구보다도 탁월한 싸움꾼이었다. 천성적으로 타고난 괴력과 큰 덩치에 어울리지 않는 순발력, 무엇보다 지는 것을 죽기보다 싫어하는 승부 근성은 아무리 미친개 사비라 해도 어쩔 수 없으리라.

'사비, 이제 네놈 눈치 보는 것도 끝이다, 끝! 하지만…….'

마상적은 비릿한 웃음을 흘리며 사비에게 시선을 옮겼다. 사비는 장도에게 질 수밖에 없다. 제아무리 독기로 똘똘 뭉친 미친개라 할지라도 미친개와 미친 범의 싸움은 처음부터 이미 그 결과가 정해진 것이기에.

하지만 사비의 최후는 오늘이 아니다. 그는 사라지기 전에 자신을 위해 아주 중요한 일을 해주어야 했다.

"장도하고 광견에게 걸린 돈이 각각 얼마나 되지?"

마상적이 자신의 왼쪽에 시립해 있던 수하에게 물었다.

"장도는 옥양루의 장 대인이 은자 오백 냥, 양화포목점의 이세윤이 은자 삼백 냥, 만앙객잔의 윤무부가 은자 이백 냥……."

들고 있던 장부를 보며 명단을 쭉 읊어대던 수하는 주위를 한 번 둘러본 후 마상적의 귀에 대고 나직이 속삭였다.

"장도 쪽에 걸린 돈은 모두 삼천오백 냥이옵고, 광견에게 걸린 돈은 회주님께서 거신 은자 천 냥을 합쳐 총 삼천이백 냥이 걸려 있습니다. 물론 다른 사람들은 회주께서 거신 줄은 전혀 모르고 있습죠."

"흐흐흐, 생각보다 많이 걸렸군."

마상적은 양 손바닥을 비비며 음침한 괴소를 흘렸다.

이번 싸움에 그동안 모아놓았던 돈을 남김없이 투자했지만 조금 있으면 그 돈이 배로 불어날 것이라는 확신 때문인지 마상적의 얼굴에는 불안한 기색이라고는 전혀 찾아볼 수 없었다.

"이제 끝내라고 해!"

마상적이 턱짓으로 장도를 가리키자 오른쪽에 있던 수하 하나가 잽싸게 앞으로 튀어나갔다.

잠시 후 장도가 마상적을 힐끗 쳐다보고 보일 듯 말 듯 살짝 고개를 끄덕였고, 맞은편에 서 있던 사비는 이를 눈치채고 입꼬리를 말아 올렸다.

'여우 짓을 해보겠다 이건가? 후후후!'

사비는 전면 이 장 앞에 서 있는 장도를 향해 천천히 발을 내디디며 마상적을 향해 고개를 획 돌렸다. 질끈 동여맸던 머리가 사비의 고개를 따라 돌아가며 안면을 스쳤다.

장내에 있던 사람들의 눈에 사비의 이목구비가 확연하게 들어왔다. 취화루를 엿보다 들켰던 바로 그 청년이었다.

"미친개! 이제 마지막이다! 받아랏!"

붕! 붕!

장도가 버럭 고함을 지르며 사비를 향해 연속으로 주먹을 휘둘렀다.

"곰탱아! 느려!"

"으으!"

자신의 공격을 손쉽게 피한 사비가 입꼬리를 말아 올리며 조소를 날리자 장도의 눈에 불이 일었다.

픽!

"크윽!"

짧은 타격음이 박투대 주위를 둘러싼 군웅들의 귓전을 때린 순간 근육으로 다져진 장도의 복부가 크게 출렁였고, 이를 지켜보던 마상적의 얼굴에 함박웃음이 번졌다.

"발은 이렇게!"

빡!

장도의 어깨를 밟고 허공으로 도약한 사비가 발뒤꿈치로 그의 뒤통수를 가격하며 외쳤다.

"그리고 주먹은 이렇게 쓰는 거야!"

슈우욱……!

장도가 휘청거리는 사이 박투대 위로 사뿐히 착지한 사비가 몸을 획 돌리고 주먹을 날렸다.

그와 동시에 장도도 있는 힘껏 주먹을 뻗었다.

퍼억!

철그렁……!

“안 돼!”

마상적이 자리에서 벌떡 일어나 큰 소리로 외쳤다.

그의 망막에 박투대를 감싼 쇠사슬에 등을 부딪쳤다가 그대로 앞으로 고꾸라지는 사비의 모습이 들어왔다.

“으으……!”

마상적은 망연자실한 표정으로 박투대에 시선을 고정했다.

장도는 어이없다는 표정으로 쓰러진 사비를 멀뚱멀뚱 바라보고 있었고, 사비는 기절을 한 모양인지 엎드린 채로 꼼짝도 않고 있었다.

“와아아!”

“광호가 이겼다!”

잠시 후 장도에게 돈을 걸었던 이들의 환호성이 박투장에 울려 퍼졌고, 사비에게 돈을 건 몇 되지 않는 이들은 암담한 표정으로 고개를 푹 숙였다.

‘사비… 저놈이!’

마상적이 주먹을 부르르 떨었다.

장도에게는 아무런 잘못이 없었다. 장도는 마지막 순간 급한 마음에 아무렇게나 주먹을 휘둘렀을 뿐이고, 그가 휘두른 주먹에 사비가 일부러 얼굴을 들이민 것을 두 눈으로 똑똑히 지켜봤기 때문이다.

‘분명히 의도적으로 졌어! 개새끼! 어디 두고 보자!’

마상적이 입술을 질끈 깨물며 몸을 홱 돌리자 그의 수하들이 벌겋게 상기된 얼굴로 우르르 뒤를 따랐다.

쿵쿵쿵!

어둠침침한 사위를 뚫고 들려오는 소음. 지축을 울리는 그 소음은 숨 가쁘게 달리는 거한의 발에서부터 시작되고 있었다.

순간, 그가 걸음을 멈추자 희미한 달빛에 그의 얼굴이 언뜻언뜻 드러났다. 장도였다.

장도는 자신의 앞을 가로막고 선 사내가 누군지 확인하고 급격히 긴장했다.

파랗게 멍 든 왼쪽 얼굴을 어루만지며 자신을 향해 싸늘한 시선을 던지는 인간. 이를 본 장도는 등줄기가 오싹해 왔다.

"으음, 사비. 왜 그런 눈으로 쳐다보는 거지?"

장도가 불안한 눈초리로 물었다.

"몰라서 물어?"

사비는 입꼬리를 말아 올리며 장도를 뚫어져라 응시했다.

"너 설마?"

퍽!

사비의 주먹이 장도의 배로 송곳처럼 파고들었다. 좀 전 박투장에서 보였던 속도와는 비할 수 없을 정도의 빠름이었다.

"으윽!"

배를 움켜쥐고 그 자리에 털썩 주저앉은 장도가 밀려오는 고통에 신음을 토했다.

"비겁한 자식! 기습을 하다니……!"

장도가 눈살을 찌푸리며 자신을 노려보자 사비 또한 지지 않고 그의 얼굴을 응시했다.

그렇게 한참을 노려보던 둘의 입가에 점점 미소가 번져 갔다.

"후후후! 누가 그렇게 세게 치래?"

"그게 어디 내가 친 거야? 그렇게 갑자기 얼굴을 들이미는데 나더러
어쩌라고?"

사비가 피식 웃으며 한 손을 내밀자 그의 손을 잡고 일어난 장도가
얼굴을 찌푸리며 되물었다.

"그럼 바로 힘을 뺐어야지. 아파서 뒈지는 줄 알았잖아."

"그게 되면 내가 여기 있겠냐?"

"하긴. 돈은?"

사비가 고개를 끄덕이며 물었다.

"여기. 근데 아직 확인은 못했어. 내가 글이 좀 약하잖아."

장도는 자신의 품에서 꺼낸 전표를 그에게 내밀었다. 어색하게 웃으
며 머리를 긁적이는 장도의 모습은 박투장에서 보였던 무시무시함과는
거리가 멀어 보였다.

"그게 얼마나 되는 거냐?"

장도가 고개를 빼꼼히 내밀고 물었다.

"흠, 장 대인이 약속은 지켰군. 은자 오백 냥이다."

"그럼 많은 거냐?"

"우리 둘이 평생 호강하고 살 정도는 된다."

장도의 물음에 사비가 크게 고개를 끄덕였다.

"우와! 그럼 많은 거네!"

"이 자식이!"

장도가 손뼉을 치며 호들갑을 떨자 사비가 눈살을 찌푸리며 그의 머
리통을 쥐어박았다.

"아야! 왜 때려?"

"내가 그런 식으로 가볍게 보이지 말라고 몇 번이나 말했어?"

"아무도 없는데 뭐가 어때서?"

"사내가 왜 그렇게 무게가 없냐. 몸은 산만 해가지고. 쯧쯧쯧."

장도가 제 머리를 문지르며 입을 삐죽 내밀자 사비가 고개를 저으며 혀를 찼다.

장도는 사비가 황두를 죽인 후 잠시 머물렀던 황도(黃島)에서 사귄 친구였다. 생긴 것과 달리 겁 많고 소심했던 장도는 황도 시정잡배들에게 시달림을 받다가 사비에게 도움을 받고 그들의 손아귀에서 벗어날 수 있었고, 일 년 전 사비의 권유로 청도로 넘어와 흑치회에 들어갔다. 물론 그것은 그전에 사비에게 혹독한(?) 수련을 받은 뒤의 일이었다.

즉, 사비가 박투장에 취미를 붙이고 장도가 흑치회에 투신한 것 모두 사비가 이미 일 년 전부터 치밀하게 계획했던 일인 것이다.

"그럼 새벽에 내 집에서 보자. 마상적 그 자식, 눈치 빠른 놈이니까 아마 조만간 들통이 날지도 몰라. 그러니까 될 수 있으면 흑치회 녀석들에게는 가지 말고 대충 간단한 짐만 챙겨서 와."

"알았어. 그럼 너는?"

"나? 난 왕 할배한테 갔다 올 거야. 그래도 신경 써준 영감인데 인사는 하고 가야지."

"알았다. 그럼 이따 보자!"

고개를 끄덕인 장도는 이내 몸을 획 돌리고 다시 왔던 방향으로 뛰어가기 시작했다.

"하여간 저 곰탱이!"

장도의 발에 푹푹 파이는 지면을 본 사비는 설레설레 고개를 저으며 몸을 돌렸다.

‘제길!’

몸을 돌리고 막 걸음을 옮기려던 사비가 눈살을 찌푸렸다. 불과 다섯 장도 떨어지지 않은 거리에서 한 중년 사내가 나뭇등걸에 앉아 있는 모습을 발견했기 때문이다. 사군우였다.

‘들었나?’

다섯 장이면 자신과 장도의 대화를 엿듣기에는 충분한 거리.

잠시 주저하던 사비는 이내 사내를 향해 성큼성큼 걸음을 놀렸고, 사군우 앞에 다다르자 양손을 깍지 낀 채 우두둑 소리를 냈다.

“미안하지만 며칠만 고생해!”

사비가 씁쓸한 미소를 지으며 주먹을 말아 쥐자 이를 본 사군우가 실소를 흘렸다.

‘웃어?’

사비는 사군우의 겁없는 행동에 눈썹을 꿈틀했다. 하지만 좀처럼 주먹이 나가지 않았다.

그의 눈빛을 보고 있자니 아무 이유 없이 힘이 쭉 빠졌기 때문이다. 자신은 결코 오를 수 없는 산을 보는 느낌이었다.

사군우의 눈에서 뿜어져 나온 가공할 기운은 무림의 기라성 같은 고수들도 감히 대항할 생각조차 못하게 만들었던 그만의 투기였다. 이를 느낀 사비가 전의를 상실한 것은 지극히 당연한 일이었다.

하지만 사군우 역시 놀라기는 마찬가지였다.

‘눈빛을 피하지 않다니… 그래도 투지 하나는 높이 살 만하군. 하지만 장부의 기질은 부족해.’

사군우가 속으로 살며시 고개를 젓는 사이 사비가 입을 열었다.

“당신 누구지? 흑치회 새끼는 아닌 것 같은데?”

“……”

사비가 고개를 갸웃거리며 묻자 사군우는 살짝 눈살을 찌푸리며 설레설레 고개를 저었다. 박투장에서부터 쭉 사비의 사기 행각을 모두 지켜봤던 터라 그의 심사는 착잡하기 그지없었다.

사군우가 아무 말이 없자 사비는 잠시 망설였다.

'한가락 하게 생긴 놈이야. 괜히 벌집을 쑤시는 것보다는 일단 청도 땅을 벗어나는 게 우선이지.'

마음을 정한 사비는 슬쩍 뒤로 물러서며 큰 선심을 쓴다는 듯 말을 툭 내뱉었다.

“당신, 오늘 운 좋은 줄 알라고! 대신 입 조심해!”

“……”

사군우는 사비의 협박에도 그저 착잡한 눈빛으로 그를 쳐다보기만 할 뿐 여전히 말이 없었다.

이윽고 사비가 몸을 돌리고 발을 내딛는 순간이었다.

“불로불욕(不勞不慾)! 모름지기 노력하지 않은 대가는 취하지 않고 소박함에 거하고 무미건조함을 즐긴다. 그게… 사내다!”

“역시 흑치회 새끼였나?”

사군우의 굵은 음성이 귓전을 때리자 사비가 피식 웃으며 고개를 돌렸다.

“넌 사내라면 해서는 안 될 행동을 했다!”

자리에서 일어난 사군우가 사비에게로 천천히 걸음을 옮겼다.

“그냥 얌전히 있으면 좋잖아. 왜 사서 얻어 터지려고 지랄이야?”

사비의 눈이 찰나지간 빛을 발했다. 이에 사비의 곁으로 다가오던 사군우의 눈에도 이채가 서렸다. 자신의 눈빛을 맞받는 것도 모자라 이번에는 먼저 투기를 드러냈기 때문이다.

하지만 사비 앞에 이른 사군우는 그런 내심과 달리 무심한 표정으로 입술을 뗐다.

"돌려줘라!"

"뭘?"

"네가 사기 쳐서 취한 그 전표."

"후후후, 못하겠다면?"

사비가 피식 웃으며 자신의 두 눈을 똑바로 응시하자 사군우의 입가에 살며시 미소가 드리워졌다.

'웃는 모습이 조금 닮은 것 같군.'

하지만 사군우는 모르고 있었다. 사비는 웃는 모습뿐만 아니라 화 낼 때나 평상시의 모습까지 모두 자신을 빼다 박았음을.

흑치회가 숙소로 쓰는 방원 삼십 장 남짓한 도박장에서는 마상적이 상상조차 하지 않았던 일이 자행되고 있었다. 그의 심기가 불편했던 까닭에 도박장은 손님을 받지 않은 상태였고, 장도를 제외한 흑치회 조직원들이 모두 모여 있었다.

쉬이익……!

"크악!"

검명이 울림과 동시에 또 피가 튀었다.

"이 자식들이 감히!"

마상적은 아연실색한 얼굴로 방금 막 시체로 변한 수하 둘을 바라보다가 고개를 홱 쳐들었다. 자신을 제외하고는 아무도 서 있는 수하가 없었다. 정면에 보이는 정체불명의 복면인 셋에 의해 모두 도륙당한 것이다. 마상적은 그들 뒤에 서서 비릿한 미소를 머금고 있는 이십여 명 중에 낯익은 인물을 발견하고 속으로 침음성을 삼켰다.

'으음! 삼악파(三惡派)에서 무림인들을 끌어들이다니! 하지만 왜지? 이 사실을 야문에서 알면 가만있지 않을 텐데…….'

마상적은 속으로 빠르게 머리를 굴렸다.

삼악파는 청도와는 수백 리 떨어진 즉묵, 고밀, 교주, 제성, 교남, 황도의 여섯 현을 장악한 거대 조직으로 흑치회와는 노는 물이 달랐다. 즉, 이들이 흑치회를 치려면 굳이 무림인을 끌어들이지 않아도 충분하다는 뜻이다.

더욱이 중원의 모든 지하 조직은 활동 영역을 확장하거나 조직의 두목이 바뀔 시에는 반드시 야문의 허가를 받아야 했다. 또한 야문에서는 결코 무림인들이 조직 간의 싸움에 얽히는 것도 허락하지 않았다. 마상적은 필시 삼악파가 야문의 허락을 받지 않고 청도에 진출을 꾀한 것이라 판단했다.

"이 정도면 충분합니다. 잔금은 선금을 드렸을 때와 같은 방식으로 지불하겠습니다."

"……"

삼악파 무리 사이에서 걸어나온 한 사내가 복면인들을 향해 깊숙이 허리를 숙였다. 이에 복면인들은 곧바로 몸을 돌렸다.

복면인들의 떠나가는 모습을 잠시 바라보던 그 사내가 마상적을 향해 천천히 고개를 돌렸다.

"후후후! 오랜만이야, 마상적!"

"많이 컸구나, 추덕상! 네 녀석을 거둔 이수천이도 날 그렇게 부른 적이 없었는데……."

마상적의 씁쓸한 어조에 추덕상이 이맛살을 찌푸리며 입을 열었다.

"삼악파의 중두(中頭)가 되신 수천이 형님은 청도에서 피라미새끼들 몇 마리 데리고 두목 노릇 하는 네 주둥아리로 나불댈 분이 아니다!"

"대가리 수만 믿고 나불대는 꼴이 역시 수천이 밑에 있던 놈답구나! 퉤!"

마상적은 침을 탁 뱉으며 추덕상을 향해 천천히 걸음을 내디뎠다. 그는 복면인들이 있던 이전과 달리 한결 여유가 있어 보였다. 추덕상 무리가 아무리 많다고 해도 복면인들이 없다면 빠져나갈 자신이 있었기 때문이다.

'후후후! 네놈은 실수한 거야!'

마상적은 추덕상의 뒤에 서 있는 삼악파 조직원들을 스윽 훑어봤다. 하나같이 우락부락한 인상에 짧게 자른 머리. 삼악파에서도 주먹 좀 쓰는 놈들로 파견한 모양이었다. 하지만 그렇다고 해서 달라지는 것은 아무것도 없었다.

'아쉽군. 장도만 있었어도 굳이 도망칠 필요도 없는데.'

마상적은 이내 입술을 질끈 깨물고 추덕상을 노려봤다. 튈 때 튀더라도 추덕상만큼은 작살을 내고 싶었다. 선배도 몰라보는 인간을 그냥 두고 가는 것은 그의 자존심이 허락치 않았다. 이를 눈치챘는지 추덕상은 힐끗 고개를 돌리고 수하들을 향해 턱짓을 했다.

'비었다!'

그 짧은 틈을 타 몸을 날린 마상적이 허공에서 고개를 뒤로 홱 젖혔다. 자신의 주특기인 박치기로 한 방에 끝을 낼 심사였다. 이를 본 추덕상이 피식 웃으며 뒤로 몸을 뺐다.

"늘었군!"

추덕상이 자신의 첫 공격을 손쉽게 피하자 마상적은 빠르게 뒤로 몸을 뺐다.

퍽!

"윽!"

마상적의 등줄기로 뻐근한 통증이 밀려왔다. 추덕상에게 신경을 쓰느라 미처 자신의 후방으로 다가오는 적을 놓친 것이다.

추덕상을 보고 그가 데리고 온 자들까지 만만하게 본 것이 실수였다.

퍽! 퍽!

마상적이 쓰러지자 사방에서 주먹과 발길질이 날아들었다.

빠각!

양팔로 머리를 감싸 쥐고 있던 마상적은 팔이 부러지는 소리를 들으며 입술을 질끈 깨물었다.

'튀자!'

생각과 동시에 몸을 날린 마상적은 앞에서 달려드는 놈을 향해 있는 힘껏 박치기를 가했다.

퍽!

"잡앗!"

추덕상의 고함에 여기저기서 마상적을 향해 달려들었다.

'제길!'

조직원 하나에게 발목을 잡힌 마상적의 얼굴이 급격히 일그러질 때였다.

퍽! 퍽! 퍽!

마상적의 발목을 잡았던 장한은 게거품을 물고 뒤로 나동그라졌고, 뒤를 이어 마상적의 주변에 있던 자들의 몸에서 가죽 북 두드리는 소리가 울렸다. 숙소로 돌아와 조용히 짐을 정리해 빠져나가려던 장도가 싸우는 소리를 듣고 득달같이 달려온 것이다.

장도는 아무리 사기를 치기 위해 들어왔다고 해도 그동안 자신과 함께 동고동락한 동료들을 차마 외면할 수 없었다.

"자, 장도야! 크억!"

장도를 발견한 반가움에 다급히 외치던 마상적이 짧은 신음을 토했다.

"너… 이 자식!"

추덕상의 멱살을 움켜잡고 눈알을 희번덕거리던 마상적이 전신을 부르르 떨었다.

"잘 가슈!"

추덕상은 입꼬리를 말아 올리며 마상적의 복부에 꽂았던 칼을 살짝 비틀었다.

"크윽!"

"대형!"

이를 본 장도가 버럭 고함을 지르며 추덕상에게 달려들자 모든 삼악파 조직원들이 장도의 앞을 가로막았다. 하지만 장도의 주먹 한 방, 발길질 한 번에 모두 나동그라졌다.

"제길, 저 새끼가 광호였군!"

추덕상은 얼굴을 구기며 급히 뒤로 물러섰다. 청도로의 세력 확장에 대한 야문의 재가는 이미 받아놓은 상태였다. 하지만 문제는 일 년 전부터 흑치회에 몸담았다고 알려진 광호였다.

그래서 은밀히 무림인들까지 동원했던 것인데 광호가 이제야 나타난 것이다. 아무리 광호라 해도 무림인들에게는 일초지적도 안 될 테니 죽은 자들 중에 누가 광호인지 확인해 볼 필요도 없다고 판단한 추덕상의 실수였다.

"헛! 그리고 보니 저 자식은!"

추덕상은 성난 범처럼 포효하며 수하들과 싸우고 있는 광호가 황도에서 자신의 똘마니 노릇을 하던 장도임을 알아보고 헛바람을 집어삼켰다.

'난 이제 끝장이다!'

추덕상은 고개를 도리질 치며 입술을 질끈 깨물었다. 거금을 들여 무림인까지 샀던 이유는 조직원들의 희생을 최소로 줄이기 위함이었다. 하지만 장도 손에 나가떨어진 십수 명만으로도 그런 투자 효과가 모두 상실되고 만 것이다. 이에 추덕상은 한창 싸움에 열중인 장도를 향해 빠르게 달려갔다. 그때였다.

쉬이익……!

털썩!

"윽!"

미세한 파공음이 들림과 동시에 장도는 옆구리에 화끈한 통증을 느끼며 신음을 토했다.

일순 눈앞이 캄캄해진 장도는 다시 두 눈에 힘을 주고 전면을 응시했다. 싸늘한 눈초리로 자신을 바라보는 복면인의 눈동자가 들어왔다.

"주, 죽인다!"

장도가 양팔을 벌리고 복면인을 향해 달려들었다.

장도가 자신의 멱살을 막 움켜잡으려는 순간 복면인이 슬쩍 뒤로 물러섰다. 이에 장도는 허공에 헛손질을 했고, 이후 중심을 잃고 크게 휘청거렸다.

쿵!

"헉! 헉! 나… 죽기 싫어! 이대로 죽기 싫다고!"

바닥에 누운 장도는 두 팔을 허우적거리며 일어나기 위해 발버둥 쳤다. 살고 싶었다. 사비와 함께 기루를 차리고 보란 듯이 살고 싶었다. 이토록 허무한 죽음은 자신의 계획에 들어 있지 않았다. 하지만 움직이면 움직일수록 그의 옆구리에서는 붉고 진한 선혈이 흘러나왔다.

장도는 자신이 죽음에 이를 충분한 상태가 도래했음을 직감했다.

순간, 그의 뇌리로 사비의 얼굴이 스쳤다. 유일한 친구. 자신이 그렇듯 사비에게도 자신은 유일한 친구일 것이다.

"으으! 사비야아!"

털썩!

전신을 부르르 떨던 장도. 그의 고개가 옆으로 돌아갔다.

"휴우!"

추덕상은 다시 돌아와 장도를 처리해 준 복면인을 보자 절로 안도의 한숨이 새어 나왔다.

"고, 고맙습니다."

"……."

복면인은 머리를 조아리는 추덕상에게 말없이 고개를 끄덕인 후 이내 훌쩍 몸을 날렸다.

"에휴!"

추덕상은 복면인이 떠나자 길게 한숨을 내쉬었다. 주위를 둘러보니 제대로 서 있는 인원은 자신을 포함해 다섯에 불과했다.

“개새끼!”

퍼억!

추덕상은 자신의 발밑에 쓰러져 있는 장도의 옆구리를 거세게 걷어
찬 후 곧바로 걸음을 옮겼다.

“정리해!”

추덕상이 장내를 벗어나자 그나마 멀쩡한 이들이 시체를 치우기 위
해 분주히 움직이기 시작했다.

|第二章|
불원인연(不願因緣)

불원인연(不願因緣)

"**관**둡시다! 오늘은 사고 치기 싫으니 그냥 조용히 가쇼!"

사군우의 눈을 뚫어져라 응시하던 사비는 양 손바닥을 들어 보이며 몸을 돌렸다.

'녀석, 생각했던 것보다 그렇게 막무가내는 아닌 것 같군.'

사군우는 사비의 뒷모습을 보며 고개를 갸웃거렸다. 왕춘악에게 들은 바로는 사비는 이렇게 쉽게 물러설 인간이 아니었다.

하지만 사비는 자신의 예상을 깨고 보란 듯이 성큼성큼 걸음을 놀리고 있었다. 이에 사군우는 사비의 뒤를 따라 천천히 움직이기 시작했다. 느릿느릿 걷고 있는 듯 보였지만 그는 순식간에 사비와의 거리를 좁혔다.

괴이한 일은 사비는 이를 전혀 눈치 못 채고 있다는 것이었다.

'에잇! 저 인간이 정말 미쳤나?

사비는 청도 시전 쪽으로 방향을 틀었다. 누군가가 자신을 쳐다보는 듯한 느낌에 고개를 돌린 순간 자신의 뒤를 쫓고 있는 사군우를 발견한 까닭이다. 성질 같아서는 당장이라도 달려가 반쯤 죽여놓고 싶었지만 영 마음이 내키지가 않았다. 그래서 더 기분이 상했다. 마음에 들지 않으면 남녀노소를 가리지 않고 주먹을 휘두르던 자신이 이상하게도 사군우에게는 주먹이 나가질 않았기 때문이다. 지닌 기도나 눈빛으로 보아 필시 한가락 하는 인간임에는 틀림없었지만 그렇다고 그런 것을 두려워할 자신은 아니었다.

'뭐, 흑치회하고는 상관없는 인간 같으니 그냥 무시해 주겠어! 하지만 조금만 더 성질 건드리면 그땐 정말 국물도 없다!'

속으로 그렇게 마음먹은 사비는 장도가 있을 흑치회의 숙소로 향했다. 애초의 계획은 흑치회와 부딪치지 않고 소리 소문 없이 떠날 생각이었으나 사군우 때문에 마음이 바뀌었다. 그를 겁내서 피하는 것이 아니라는 것도, 또 자신이 취한 은자 오백 냥이 불쌍한 인간들에게 강탈한 것이 아니라는 것도 보여주고 싶었다. 이유는 모르지만 꼭 그래야 할 것 같았다. 그래서 사군우의 눈빛에 담긴 실망의 감정이 두려움으로 바뀌는 것을 보고 싶었다.

"다리 좀 들어봐!"

"썅! 다리가 있어야 들 거 아냐!"

도박장에 당도한 사비는 안에서 들려온 대화를 듣고 고개를 갸웃거렸다.

'저게 무슨 소리지? 가만, 이 냄새는?'

사비의 눈가에 경련이 일었다. 밤바람을 타고 코끝으로 스며드는 냄새가 혈향임을 알아챈 것이다. 순간 장도가 흑치회 놈들에게 당했을지도 모른다는 불길함이 엄습해 왔다.

쾅!

"장도야!"

문을 박차고 안으로 들어선 사비는 다급히 주위를 두리번거렸다.

팔다리가 끊어진 시체, 안면이나 두개골이 함몰되어 이전의 모습을 거의 알아볼 수가 없는 시체, 그리고 사방 벽면과 바닥에 달라붙어 굳어가는 핏물. 목불인견의 참상이 눈앞에 펼쳐져 있었다.

"뭐냐?"

시체를 수습하던 삼악파 조직원 중 하나가 눈살을 찌푸리며 앞으로 걸어왔다.

하지만 사비는 그의 말이 귀에 들어오지 않았다. 그저 장도가 없기만을 간절히 바라며 모아놓은 시체들 쪽으로 천천히 고개를 돌렸다.

'없을 거야! 없어야 돼!'

사비는 실성한 사람처럼 중얼거리며 쌓인 시체들을 차례로 훑어봤다.

순간, 사비의 동공이 크게 확대됐다.

그의 눈에 짧은 머리에 굵은 팔뚝을 축 내려뜨린 사내의 시신이 들어왔다.

아무 생각도 들지 않았다. 머리 속이 하얀 백지 상태가 된 사비는 그저 멍한 눈으로 시뻘건 피를 뒤집어쓴 장도의 몸에 시선을 고정할 뿐이었다.

그사이 사비의 앞으로 다가온 장한이 다짜고짜 주먹을 날렸다.

퍼억!

굳은 피로 얼룩진 장도의 옆구리로 시선을 옮겨가던 사비는 그의 주먹을 맞고 나가떨어졌다. 하지만 사비는 곧바로 자리에서 일어나 장도의 시신을 향해 달려가며 넋 나간 사람처럼 중얼거렸다.

"장도는 안 죽었어. 명이 얼마나 질긴 녀석인데. 이렇게 허무하게 죽을 놈이 아니야. 암, 아니고말고."

"저 새끼, 뭐야!"

그제야 사태를 관망하던 삼악파 조직원 모두가 사비를 향해 다가왔다. 하지만 사비는 그들을 무시한 채 다른 시체들을 걷어낸 후 장도에게 조심스레 손을 뻗었다.

"이런 썅!"

처음 주먹을 날렸던 장한이 앞으로 달려와 사비의 뒷덜미를 잡아 일으켰다. 하지만 장한의 발은 하필이면 장도의 손을 밟고 있었고, 이를 본 사비는 두 눈을 부릅떴다.

"대가리에 구멍 나기 전에 그 족 치워!"

"하! 이거 완전 미친놈 아냐?"

장한은 어이없다는 투로 장도의 손을 발로 툭 걷어찼다.

"지금 찼냐?"

사비의 두 눈이 핏빛으로 물들었다.

그사이 뒤늦게 안으로 들어오던 사군우의 눈에 이채가 어렸다. 장한에게 걷어차인 장도의 손이 가늘게 떨렸기 때문이다. 이에 그는 조용히 장도 쪽으로 걸음을 옮겼다.

하지만 괴이하게도 도박장 안에 모인 모든 이들은 사군우의 출현을 전혀 의식하지 못했다.

빠악!

"컥!"

사비의 주먹에 좌측 눈을 정통으로 맞은 장한이 뒤로 나자빠졌고, 그 직후 뒤에 서 있던 그의 동료 셋이 일제히 사비에게 달려들었다.

"밟아버려!"

한 장한의 외침과 동시에 사방에서 주먹이 날아오자 사비는 데구르르 구르며 왼쪽으로 몸을 피했다. 행여 장도의 시체가 상할까 염려됐기 때문이다.

자리에서 벌떡 일어난 사비는 가장 근접해 있는 장한의 옆구리로 파고들었다.

"아아아악!"

장한은 비명을 토하며 사비와 함께 나뒹굴었다. 이를 보고 짧게 당황하던 나머지 중 하나가 놀란 외침을 터뜨렸다.

"저 개새끼가 아삼의 옆구리를 물어뜯었어!"

그의 손가락이 가리킨 곳으로 고개를 돌린 사군우는 함께 뒹구는 장한의 옆구리를 물어뜯고 있는 사비를 발견하고는 설레설레 고개를 저었다.

'저래서 광견이라 불린 거군.'

사비의 입이 장한의 옆구리에서 흘러나온 피로 범벅이 된 사이 두 장한이 한쪽 구석에 뒀던 손도끼를 챙겨 들고 다시 달려왔다.

옆구리를 물어뜯긴 동료가 이를 딱딱 부딪치며 눈이 까뒤집힌 것을 본 그들의 눈에 불똥이 튀었다.

"이런 미친 새끼!"

"죽어!"

후아악!

사비는 자신의 이마를 쪼개기 위해 날아오는 손도끼를 보고 급히 옆구리에서 입술을 떼었다. 하지만 워낙 세게 물어서인지 살 속 깊숙이 틀어박힌 이가 좀처럼 빠지지 않았다.

'젠장!'

사비는 침음성을 삼키며 있는 힘껏 몸을 굴렸다.

퍼퍽!

"헉!"

손도끼를 휘두르던 두 장한이 헛바람을 집어삼켰다. 사비의 날랜 몸놀림에 자신들의 손도끼가 동료의 몸에 틀어박힌 까닭이었다.

하지만 그 잠깐의 당황은 사비에게 있어 절호의 기회였다.

즉각 자리에서 일어난 사비는 두 장한을 향해 솟구쳐 올랐다.

파팍!

"캑!"

사비의 발에 가격당한 장한의 목이 기역 자로 꺾임과 동시에 나머지 장한의 이가 사비의 주먹에 의해 우수수 떨어졌다.

그들이 나가떨어지는 순간 사비는 몸을 획 돌리고 달려가 자신이 옆구리를 물어뜯었던 장한의 몸에 박힌 손도끼 두 개를 뽑아 들고 다시 그들에게로 몸을 날렸다.

부웅!

허공으로 도약했던 사비가 양손을 크게 휘둘렀다.

퍼퍽!

그의 손을 떠난 손도끼가 장한들의 옆구리에 틀어박힌 것은 그 직후였다.

"으으!"

사비가 손도끼 하나를 다시 뽑아 들고 자신에게 뚜벅뚜벅 걸어오자 처음에 나자빠졌던 장한이 뒤로 엉금엉금 기어가기 시작했다. 죽음의 공포에 고통까지 마비됐는지 그는 자신의 왼쪽 눈에서 피가 철철 흘러내리는 것도 모르고 있는 듯 보였다.

"그만 해라! 그 정도면 충분하다!"

장도에게 진기를 불어넣으며 일련의 상황을 모두 지켜본 사군우가 무겁게 입을 뗐다.

"한 번만 더 지껄이면 당신도 가만두지 않겠어!"

사비가 고개를 홱 돌리고 버럭 소리치자 사군우는 씁쓸하게 웃으며 천천히 몸을 일으켰다.

"어린 놈의 입이 어찌 그리 험한 것이냐?"

"닥치라고 했다!"

사비는 사군우에게서 시선을 떼고 다시 마지막 남은 장한을 향해 고개를 돌렸다. 하의에 오줌을 지린 채 덜덜 떨고 있는 그의 모습이 들어왔다.

"넌 하나밖에 없는 내 친구를 죽였어! 저 새끼가 비록 덜떨어지기는 했어도 내겐 하나밖에 없는 친구였단 말이다! 죽어!"

사비가 손가락으로 장도 쪽을 가리키며 한 손을 번쩍 치켜들었다.

"물러서라!"

사군우가 앞으로 한 손을 내젓는 순간 부드러운 암경에 주르륵 뒤로 물러난 사비가 얼굴을 찌푸렸다. 역시 사군우는 자신의 예상대로 예사 인물이 아니었던 것이다. 하지만 그렇다고 물러설 생각은 추호도 없었다.

"당신… 말로만 듣던 무림인인가 뭔가 하는 인간인가 보군. 하지만 사람 잘못 봤어! 내가 그런다고 저 새끼를 그냥 놔둘 것 같아?"

"네 친구는 죽지 않았다. 정 죽이고 싶으면 손을 써라. 그럼 나도 이 친구를 구하지 않겠다."

"지, 지금 뭐라고 했지? 장도가 살아 있다고?"

사비는 들고 있던 손도끼를 땅에 떨어뜨리고 곧바로 장도를 향해 달려갔고, 그사이 남아 있던 장한은 미친 듯이 밖으로 뛰쳐나갔다.

"정말… 살아 있는 거야?"

"일단 자리를 옮기는 게 좋겠다. 집이 어디냐?"

장도의 가슴에 귀를 대본 사비가 불신의 눈빛으로 묻자 사군우는 밖으로 걸음을 옮겼다. 이에 잠시 망설이던 사비도 장도를 들쳐 업고 그 뒤를 따랐다.

"당신, 거짓말이면 내 손에 죽어!"

사비가 자신의 앞을 스치고 지나가며 중얼거리자 사군우는 그의 뒷모습을 바라보며 씁쓸한 미소를 머금었다.

'하나밖에 없는 가족이라……'

속으로 중얼거리던 사군우는 문득 좀 전에 사비가 싸우던 모습을 떠올렸다. 무공을 익힌 흔적은 전혀 없었다. 하지만 사비의 움직임에는 무인이 아니면 절대 펼칠 수 없는 몸놀림과 감각이 깃들어 있었다. 그것은 평생을 무도를 추구하며 살아온 사군우로서도 좀처럼 이해하기 힘든 일이었다.

"그렇군. 저 아이는 화류패기(火流敗氣)를 지니고 있다."

사군우의 얼굴이 급격히 굳어졌다.

사비가 당도한 곳은 다 쓰러져 가는 관제묘였다. 머리 없는 관제상이 커다란 고목에 기대 있고, 벽만 남은 사당 안 천장은 뻥 뚫려 있었다.

"여기야!"

사당 안으로 들어선 사비는 장도를 조심스레 내려놓고 뒤따라 들어오는 사군우를 향해 고개를 돌렸다.

"이곳이 네 집이란 말이냐?"

"쓸데없는 소리 말고 이 자식이나 살려! 살리기만 하면 이거 다 줄 테니까!"

사군우가 착잡한 표정으로 묻자 사비가 품속에서 꺼낸 전표 뭉치를 그에게 내밀었다.

"허허허! 네 친구의 목숨 값치고는 싼 편이지만 아무튼 잘 쓰마!"

사군우는 피식 미소를 흘리며 사비가 건넨 전표를 품속에 갈무리했다. 처음에 느꼈던 것보다 사비에게 더 괜찮은 구석이 있다는 생각에 다소 마음이 놓였다.

'진정한 친구는 돈으로 살 수 없는 법. 그걸 이미 알고 있는 것을 보니 네 어미가 너를 잘못 키우지는 않은 모양이구나.'

사군우가 속으로 고개를 끄덕이는 사이 사비가 눈썹을 찌푸리며 입을 열었다.

"뭐 하고 있어, 어서 살리지 않고?"

"저 친구에게는 이미 손을 써놨다. 무슨 이유인지 모르지만 손을 쓴 자가 마지막 순간에 진기를 거둬들였더구나. 옆구리를 길게 베고 간 자상은 흉터로 남겠지만 생명에는 큰 지장이 없을 것이다. 지혈도 했으니 이제 금창약을 바르면서 몇 달만 요양하면 괜찮아질 게다."

"난 그딴 거 모르니까 복잡한 소리는 집어치우고. 아무튼 당신은 이 자식이 멀쩡히 일어날 때까지 여기 좀 남아 있어야겠어. 그리고 만일 장도가 일어나지 않으면 그땐 함께 묻히게 될 거야.”

사비는 장도의 얼굴에서 시선을 떼지 않고 속삭이듯 입을 열었다.

“허, 말 한번 참 곱게 하는구나. 좋다. 하지만 그전에……."

“그전에?”

사군우는 힐끗 고개를 돌린 사비를 보며 한 가닥 미소를 머금었다.

'아무리 들꽃처럼 거칠게 자라며 든 습관이라고 해도 그런 언행으로는 다른 사람들에게 좋은 인상을 심어줄 수도, 신망을 얻을 수도 없다. 오히려 항상 분란을 초래할 뿐이지. 이제부터 그 성격부터 고쳐 보자꾸나. 난… 네가 무시당하며 사는 사람보다는 누구에게나 존경받는 그런 사람이 되기를 바란다.'

사군우는 사비에게 자신이 줄 수 있는 모든 것을 다 줄 생각이었다. 천하의 모든 무인이 자신에게 그토록 배우고자 했던 무공부터 시작해서 자신이 이제껏 살며 배우고 얻은 모든 것들까지.

그것만이 자신의 기억 저편에서 흐릿하게 남아 있는 현화와 아비 없이 자란 것도 모자라 어미를 잃은 고통까지 혼자 감당했을 사비에게 용서를 구할 수 있는 길이었다. 하지만 그보다 앞서 사비의 인성부터 가다듬을 필요가 있었다.

“그전에 뭐? 말을 해야 할 것 아니야!”

사군우가 말없이 자신을 보며 웃자 사비가 눈썹을 찌푸리며 말했다.

퍼억!

“흠! 네놈의 그 버르장머리없는 말투부터 고쳐 놔야겠다는 말이다!”

“이런 쌍!”

사군우의 주먹에 얼굴을 맞고 나가떨어진 사비는 눈에 핏발을 세우고 일어나다가 다시 픽 고꾸라졌다.

"젠장! 뭔 놈의 손이 이렇게 매워?"

퍼어억!

"크윽!"

힘겹게 몸을 일으키며 중얼거리던 사비는 사군우의 발길질에 또 한 번 나가떨어졌다. 하지만 이번에는 아무런 말도 하지 못했다. 기절했기 때문이다.

"허허허, 고얀 놈. 사람 만들려면 내 손발이 고생 좀 해야겠구나."

장도의 옆에 사비를 눕힌 사군우는 빙긋이 미소 지었다. 참으로 오랜만에 지어보는 편안하고 기분 좋은 미소였다.

＊　　　　＊　　　　＊

황보세가의 젊은 가주 황보천. 그의 황색 무복이 바람에 휘날렸다. 그는 달빛이 반사된 해수면을 물끄러미 바라보다가 슬며시 고개를 돌렸다. 자신을 향해 달려오는 이들이 보였다.

"형님 말씀대로 한 놈이 더 있었습니다. 형수님이 바로 손을 쓰셨기에 망정이지 아니면 큰 낭패를 볼 뻔했습니다."

황보상이 입을 열며 자신과 함께 온 여인에게 고개를 돌렸다.

"제가 뭐 한 게 있나요."

그의 시선을 받은 여인이 복면을 쓰느라 구겨졌던 머리카락을 살며시 쓸어 올리며 웃었다. 동그란 눈에 오똑한 콧날, 갸름한 얼굴 선을 가진 매혹적인 여인. 임현현(林賢玄)이었다.

"제수씨에게 매번 못할 짓을 시키는 것 같아 면목없습니다."

황보천이 임현현을 향해 미안한 표정을 지었다.

"못할 짓이라니요? 그게 무슨 말씀이세요? 전 그렇게 생각하지 않아요. 이렇게 바깥 세상을 보는 것만으로도 얼마나 좋은데요."

임현현이 고개를 저으며 살며시 웃자 황보천은 내심 쓸쓸한 기분이 들었다.

'하긴 혁이의 그 성질을 다 받으며 갇혀 지내느니 이게 더 나을지도 모르지. 아무튼 여러모로 제수씨를 볼 낯이 없군.'

황보천은 자신의 가문이 돈을 벌기 위해 용병 활동을 하게 된 지금의 현실보다 이 일에 임현현까지 가담시켰다는 것이 못내 걸렸다.

임현현은 산동성 제일 갑부 임로주의 딸로 삼 년 전 자신의 아우 황보혁과 혼인한 사이였다.

무가와 상가의 혼인은 으레 있는 일이었지만 산동성 최고 부자 임로주가 점점 가세가 기울던 황보세가에 혼사를 타진해 왔다는 사실은 황보천 본인이 생각해도 도저히 납득이 가지 않는 일이었다.

게다가 임현현의 혼인 상대인 황보혁이 천재적인 재능과 더불어 병약한 체질을 지니고 있다는 것은 온 천하가 다 아는 사실. 하지만 임로주는 이를 알면서도 적극적으로 혼사를 추진했고, 황보천으로서는 앞으로 혼례를 올릴 가능성이 희박한 아우를 생각해서라도 이 혼사를 성사시키고 싶었다.

처음에는 조금 미심쩍은 마음도 있었지만 이후 세가에 온 임현현이 보인 무공에 대한 깊은 관심은 그런 의심을 말끔히 씻어주었다.

그녀는 타고난 무공광이었다. 더욱이 임현현은 지난 삼 년간 꽤 훌륭한 무공 수위에 올라 있었다. 이는 그녀가 무공에 관심이 많은 것뿐만 아니라 자질도 훌륭하다는 의미였다. 하지만 임현현을 빌미로 임가 상단의 후원을 받는 데도 한계가 있는 법. 결국 황보천은 세가의 기술들을 데리고 비밀리에 용병 활동을 시작하기에 이르렀다. 안 그래도 위태롭던 가세는 전대 가주의 돌연사 이후 기울 대로 기운 상황이었고, 삼십대 중반의 이른 나이에 가주에 오른 황보천으로서는 다른 방법이 없었다.

그렇게 용병 활동을 한 지도 어느덧 이 년이 흘렀고, 황보세가를 일으키기 위한 자금도 충분히 확보한 상태. 이에 황보천은 마지막으로 삼악파가 산동 전체로 영역을 확장하는 데 도움을 주고 일을 끝마칠 심산이었다. 하지만 문제는 임현현이 이번 마지막 거사에 참여하고 싶다는 의사를 비쳤다는 것이다.

무공 실력이야 이미 검증받은 것이니 오히려 큰 도움이 될 것이 분명했지만 황보천으로서는 망설일 수밖에 없었다. 하지만 자신의 두 아우 황보혁과 황보상까지 간청하고 나서자 결국 황보천은 임현현을 데리고 용병 활동을 시작했고, 이곳 청도에 이르러 무사히 일을 마무리할 수 있었다.

"그럼 돌아갑시다!"

"저어⋯⋯."

막 몸을 돌리려던 황보천이 임현현의 음성에 힐끗 고개를 돌렸다.

"잠시 아버님께 들렀다 갔으면 하는데 괜찮을까요?"

"임 대인께서 청도에 계십니까?"

"네, 중양절에는 왕 대인이라는 분을 뵙기 위해 이곳에 오시거든요. 올해도 아마 계실 거예요."

"그러십시오. 그럼 상이 너는 여기 남아 있다가 제수씨를 모시고 오너라."

황보천이 고개를 끄덕이며 황보상에게 고개를 돌렸다. 이에 임현현이 급히 손을 내저으며 입을 열었다.

"아니에요. 아버님만 뵙고 바로 갈 테니 저 혼자 갈게요."

"알겠습니다. 그럼 조심하시고 편히 쉬다 오십시오."

황보천은 흔쾌히 승낙했다. 이번에 임현현이 보였던 실력과 기지는 그녀가 혼자 있어도 큰 무리가 없음을 증명해 주었기 때문이다. 하지만 그보다는 그동안 세가에 있으며 답답했을 그녀에게 마음 편히 있을 시간을 주고 싶다는 배려가 더 컸다.

"그렇게 오래 걸리지는 않을 거예요. 그럼 살펴 가세요."

임현현이 고개를 숙이자 황보천이 고개를 끄덕인 후 곧바로 몸을 돌렸다.

"형수님, 빨리 오세요."

"네, 막내 도련님이 기다리시니 하루라도 빨리 가야지요."

"헤헤!"

이제껏 자못 근엄한 표정을 짓던 황보상이 해맑은 표정으로 머리를 긁적였다. 이제 갓 이십대를 넘긴 황보상은 임현현을 친누나처럼 따르는 편이었다.

황보상이 손을 흔들어 보인 뒤 몸을 돌리자 임현현은 말없이 그들의 뒷모습을 지켜보다가 천천히 몸을 돌렸다.

*　　　*　　　*

"으윽!"

새벽녘이 돼서야 정신을 차린 사비는 일어나다 말고 눈살을 찌푸렸다. 온몸이 뻐근한 것이 손가락 하나 까딱할 기력도 없었다.

"깨어났느냐?"

"당신, 손 잘못 놀린 거야!"

힘겹게 몸을 일으킨 사비가 자신을 노려보자 사군우는 피식 웃으며 몸을 돌렸다.

"그래? 그럼 어디 그 손맛 좀 더 볼 테냐?"

"자, 잠깐!"

사군우가 곁으로 큰 걸음을 옮기자 사비가 당황하며 손을 내저었다.

"이 자식이 나으면 그때 보자고."

사비는 곤히 잠든 장도를 힐끔 쳐다봤다.

"그럼 그 말투부터 고쳐라."

"말투? 아하! 어른 대접을 받고 싶다 이건가? 뭐, 그야 어려운 일이 아니지. 알았어!"

사비가 피식 웃으며 고개를 끄덕였다.

"그럼 약재상에 좀 다녀오너라."

"약재상은 왜… 요?"

사비가 기어들어 가는 목소리로 물었다. 존대를 하자니 여간 어색한 것이 아니었다.

"청도에 금창약을 팔 만한 곳이 없으니 그 약재들을 가져오면 아쉬운 대로 만들어보려고 한다."

"당신이 그걸 어떻게 알지… 요?"

"일전에 이곳에 잠시 머문 적이 있다."

사비가 고개를 갸웃거리며 묻자 사군우가 피식 웃으며 답했다.

"귀한 약재는 아니니 구하기가 어렵지는 않을 거다."

사군우가 느릿느릿 걸어와 사비에게 처방이 적힌 종이를 내밀었다.

"그럼 갔다 올게… 요!"

사비가 어기적어기적 걸음을 놀리자 사군우는 그의 뒷모습을 보며 따뜻한 시선을 던졌다.

청도 시전으로 접어든 사비는 곧바로 약재상으로 향했다. 근방에 비해 없는 것이 없는 청도였지만 유독 의원은 드물었다. 특히 무인들에게 필요한 약재는 쉽게 구할 수 있는 것이 아니었다. 청도는 그만큼 무인들의 발길이 뜸한 곳이었다.

약재상에서 빠져나온 사비는 걸음을 옮기려다 말고 잠시 주저했다.

'왕 할배한테 조심하라는 말이라도 해주고 가야겠군.'

사비는 이내 취화루 쪽으로 몸을 돌렸다. 취화루 앞에 당도한 사비는 이전에 자신이 떨어졌던 그 골목길로 이동했다.

"히히! 이왕 온 거 한 번만 더 볼까?"

사비는 혼잣말로 중얼거리며 피식 웃다가 취화루 삼층을 향해 고개를 들어 올렸다.

턱!

날렵하게 몸을 놀려 삼층까지 올라간 사비는 창틀에 손을 얹었다.

'있다! 난 참 이런 때는 귀신같이 잘 맞춘단 말씀이야! 히히!'

조심스레 고개를 들고 방 안을 엿보던 사비가 마른침을 꿀꺽 삼켰다. 경대를 보고 앉아 있는 누군가의 모습이 눈에 들어왔다.

하지만 그녀의 뒷모습은 이전에 봤던 초연이 아니었다. 훨씬 더 풍만하고 훨씬 요염한 뇌쇄적인 몸매의 여인이었다. 옷을 입고 있다는 것이 조금 아쉽긴 했지만 앞으로 종종 방문하다 보면 언젠가는 제대로 벗은 몸을 볼 수 있을 것이기에 이런 여인을 발견했다는 것만으로도 몹시 기분이 좋아졌다.

'왕 할배가 요즘 투자를 엄청나게 하는 모양이야. 정말 최고다.'

사비는 연신 침을 삼키며 여인의 뒷모습을 훑기에 바빴다.

"눈요깃거리가 되는 건 사절이야. 용건 있으면 들어오고."

나긋나긋한 여인의 음성에 사비는 크게 놀랐다.

'익! 저거 나보고 한 소린가?'

잠시 주저하던 사비가 슬금슬금 안으로 몸을 들이밀었다.

"험! 미안하다."

안으로 들어선 사비가 헛기침을 하며 변명을 하자 여인은 몸을 홱 돌리며 눈을 흘겼다. 임현현이었다.

"미안할 짓을 왜 했지?"

"크억!"

사비는 임현현의 풍만한 가슴에 시선을 고정하고 입을 떡 벌렸다.

몸에 짝 달라붙는 자색 경장으로 인해 그녀의 몸매가 완전히 드러나 있었기 때문이다.

'예, 예쁘다아! 정말 죽인다!'

임현현의 몸에 시선을 고정한 사비는 무슨 상상을 하는지 점점 두 눈이 거슴츠레하게 풀려갔다.

"그러다 눈알 빠지겠군! 여기 온 용건이나 어서 말해! 시답잖은 이유 면 그땐 각오해!"

그의 엉큼한 시선이 그리 달갑지 않은 임현현은 한심한 눈으로 사비 를 바라보며 톡 쏘아붙였다.

"다, 당신이 여기 있는 줄 내가 알았나? 난 그저 왕 할배를 만나러 왔을 뿐이라고……."

사비가 더듬더듬 대답하자 임현현이 고개를 갸우뚱했다.

"왕 할배? 왕춘악 대인을 말하는 거냐? 왕 대인에게 손자가 있다는 말은 못 들어봤는데?"

사비가 거슴츠레한 눈으로 자신을 힐끔거리자 임현현은 아미를 찡그리며 다시 물었다.

"쳇! 손자는 무슨, 그냥 아는 동생이야."

"후훗! 동생? 알았어. 나중에 확인해 보고 나서 사실이 아니면 그땐 네 두 눈을 뽑아버릴 거야. 일단 가봐!"

임현현은 피식 미소를 흘리며 다시 몸을 돌렸다. 이에 사비는 잠시 망설이다가 방문으로 걸음을 옮겼다.

'무슨 여자가 저렇게 싸가지가 없는 거야. 하여간 기녀들이란.'

사비가 막 문을 열고 밖으로 나가려는 순간이었다.

"잠깐!"

임현현의 외침에 고개를 돌리던 사비의 눈이 경악으로 커졌다. 그녀가 자신에게 확 안겨들었기 때문이다.

"뭐, 뭐 하는 짓이야?"

사비가 눈살을 찌푸리며 물었지만 임현현은 이에 대답하지 않았다. 그저 놀란 눈을 치켜뜨고 사비의 등 뒤 십이경추를 짚어갈 뿐.

'화, 화류패기! 어찌 이자가?'

사비가 손을 확 털며 임현현에게서 한 발 떨어졌다.

"놔! 이게 무슨 짓이지?"

사비는 그녀의 적극적인 애정 공세가 몹시 불쾌했다. 치마만 입으면 앞뒤 안 가리고 달려드는 그였지만 유독 거부감이 드는 여자들이 있었으니 그것은 바로 임현현처럼 적극적인 여자들이었다.

‘여자가 빼는 맛이 있어야지 말이야. 얼굴은 예쁘장하게 생겨가지고. 에잇!’

사비는 벌컥 문을 열며 그녀를 향해 고개를 홱 돌렸다.

“난 너 같은 년들은 딱 질색이거든. 좀 조신하게 굴어. 무슨 여자가 그렇게 부끄러움이 없냐?”

말을 마친 사비가 거칠게 방문을 닫고 나가 버리자 임현현은 살며시 고개를 저으며 중얼거렸다.

“분명 화류패기야. 하지만 무공을 익힌 흔적이 없다니, 이게 도대체 어떻게 된 일이지?”

방에서 빠져나온 사비는 곧바로 왕춘악의 거처로 향했다.

벌컥!

“할배! 나 왔어!”

왕춘악의 방으로 들어서던 사비는 그와 대화에 한창인 뚱뚱한 노인을 발견하고 몸을 멈췄다.

“사비 왔구나. 그래, 만나봤느냐?”

“누굴?”

“그야 네 부… 아니다. 참, 이리 와서 인사드려라. 임가상단의 임 대인이시다. 내게 도움을 많이 주는 분이시다.”

사비가 고개를 갸웃거리며 되묻자 왕춘악이 잠시 망설이다가 고개를 저었다. 사군우가 아직 말을 하지 않았다면 그만한 이유가 있을 것이라는 생각이 들었기 때문이다.

“반갑수!”

곁으로 다가온 사비가 왕춘악의 맞은편에 앉아 있는 임로주를 향해 손을 내밀며 악수를 청했다.

"헛! 녀석, 저 버르장머리 하고는……."

사비의 어이없는 태도에 왕춘악은 등줄기로 식은땀을 삐질 흘렸다. 하지만 사비의 인사를 받은 임로주는 전혀 불쾌한 기색이 아니었다.

"놔두게. 한창 혈기 왕성할 나이 아닌가? 허허허!"

"이 할배는 뭘 좀 아네?"

임로주가 호쾌하게 웃으며 자신의 손을 마주 잡고 흔들자 사비 역시 피식 웃으며 흐뭇해하다가 왕춘악에게 힐끗 고개를 돌렸다.

"할배, 나 조만간에 청도를 뜰 거야."

"청도를 뜨다니, 그게 무슨 말이냐? 혹시 또 사고를 쳤… 에잉!"

입을 열던 왕춘악이 눈살을 찌푸리며 한 손을 이마에 얹었다.

"취화루 이호점을 하나 내볼까 하는데 나한테 투자 한번 해볼 생각 없어?"

"차가 식습니다. 어서 드시지요."

왕춘악은 사비의 말을 못 들은 척 시치미를 떼며 임로주에게 차를 권했다.

"쳇! 뭐, 싫으면 관두고."

사비는 인상을 찌푸리며 고개를 돌렸다.

"아! 아무래도 다른 지역 놈들이 청도 바닥을 접수한 것 같아. 이제 나도 여기 없을 텐데, 그러면 할배 뒤를 봐줄 사람은 아무도 없어. 그러니까 몸조심하라고. 그 말 해주러 왔어. 그럼 난 간다!"

말을 마친 사비는 곧바로 밖으로 빠져나갔고, 방 안에 남은 두 노인은 멋쩍은 표정으로 서로를 보며 어색하게 웃었다.

"허허! 아직 철이 없어서 그러니 너그러이 이해해 주십시오."

"별말씀을 다 하십니다. 제 여식하고 거기서 거긴데요 뭘."

임로주의 답에 고개를 끄덕이던 왕춘악은 속으로 생각에 잠겼다.

'저 녀석이 허튼소리를 하는 성격은 못 되는데 그렇다면 흑치회에 문제가 생겼단 말인가? 또 돈 들어갈 일이 생겼군. 끙!'

왕춘악이 속으로 고개를 젓는 사이 이번에는 임현현이 방문을 열고 안으로 들이닥쳤다.

"어머! 제가 실례를 한 건 아닌지 모르겠네요. 아버님, 잠시 좀 뵐 수 있을까요?"

"험! 험! 뭐, 그러자. 그럼 잠시만 실례하겠습니다."

임로주는 왕춘악에게 살며시 읍을 취한 후 의자에서 무거운 몸을 일으켰다. 등을 돌리고 있어 왕춘악은 보지 못했지만 그의 얼굴은 벌레 씹은 사람처럼 구겨져 있었다.

"그럼 이따 뵈요!"

왕춘악에게 한쪽 눈을 찡긋해 보인 임현현이 몸을 돌리고 나가자 임로주가 마지못한 표정으로 그 뒤를 따랐다.

자신의 거처로 들어온 임현현이 고개를 돌렸다.

"알아봐 줄 일이 있어서 불렀어."

"무슨 일이신지?"

임로주가 기어들어 가는 목소리로 묻자 임현현이 다시 말을 이었다.

"좀 전에 나간 자식 있잖아."

"사비라는 청년을 말씀하시는 거군요?"

"그래, 그 사비라는 녀석 말이야. 알아봐 줘. 뭐든지 다 좋으니까."

"알겠습니다. 그리하지요."

임로주가 공손히 머리를 조아리며 답하자 임현현이 고개를 끄덕이며 다시 입을 열었다.

"그리고 황보세가에 날 조금 더 데리고 있다가 보낸다고 미리 연락해 두고."

"기간은 얼마나?"

"두 달 정도면 될 것 같아."

"알겠습니다."

"나가봐."

"그럼 이만 가보겠습니다."

임로주가 머리를 조아리고 뒷걸음질쳐 물러나자 임현현이 그에게서 시선을 거두고 살며시 두 눈을 감았다.

"드디어 찾았어! 호호호!"

그녀의 의미 모를 소성이 방 안에 울려 퍼졌다. 하지만 분명한 것은 임로주와 임현현이 전혀 부녀지간으로 볼 수 없는 대화를 나눴다는 것이다.

십 일이 흐르며 장도는 조금씩 회복의 기미를 보였고, 이를 본 사비는 사군우의 말을 군말없이 따랐다.

지금도 사군우의 성화에 식사 준비를 하는 사비의 모습은 무척이나 분주해 보였다.

"아직 멀었냐?"

"이씨! 지금 하잖아… 요."

사군우의 재촉에 사비가 버럭 고함을 치다 말고 입을 다물었다.

"젠장! 뭔 놈의 인간이 저렇게 참을성이 없어? 배고픈 것도 못 참으면서 지가 무슨 무인은……."

"지금 나 들으라고 한 소리냐?"

사비의 종알거림에 사군우가 눈썹을 꿈틀하며 물었다.

"아니요. 다른 사람한테 한 말이에요."

"나 말고 아는 무인이 있었냐?"

"나는 뭐, 아저씨 말고 아는 무인이 없을 것 같아요? 이래 봬도 내가 얼마나 발이 넓은데……."

"흠, 그래? 그럼 그게 누구냐?"

사군우가 자리에서 일어나 팔짱을 끼며 물었다.

"누구라뇨?"

"무인이라면 별호 하나쯤은 있을 것 아니냐?"

사군우가 눈을 가늘게 뜨고 물었다.

'오늘따라 왜 이렇게 집요하게 물고 늘어지지? 에라, 모르겠다!'

사비가 이내 고개를 바짝 치켜들고 입을 열었다.

"흑화검성이요!"

"하하하! 뭐라?"

사군우는 사비의 입에서 자신의 별호가 튀어나오자 어이없는 표정으로 실소를 흘렸다.

뜻밖이었다. 지난 열흘간 잠깐잠깐 대화를 나눠본 바로 사비는 무림에 전혀 관심이 없었다. 그런 사비의 입에서 자신의 별호가 튀어나왔다는 것은 사군우로서 너무나도 뜻밖이었다.

반면 사비는 속으로 투덜거렸다.

'입을 다문 것을 보니 흑화검성이 무섭긴 무서운 모양이지? 쯧쯧쯧! 인물만 번드르르하고 검만 차면 다 무인인가?'

사비는 무림에는 관심이 없었지만 흑화검성만큼은 달랐다. 지닌 무공이 뛰어나거나 훌륭한 외모를 지녔다는 소문 때문이 아니었다. 어디에도 속하지 않고 단신으로 천하제일에 오르고 세상 어느 누구도 함부로 범접 못할 자신만의 영역을 구축한 사내.

사비는 흑화검성의 그런 자유로움과 호방함이 마음에 들었고, 그런 그의 성정이 왠지 모르게 자신과 비슷하다는 생각을 하고 있었다. 더욱이 그는 자신과 같은 사씨 성을 지니고 있었다.

"너같이 하늘 높은 줄 모르고 날뛰는 녀석까지 알고 있는 걸 보면 흑화검성이 유명하긴 한가 보구나. 어차피 허명인 것을. 후후후!"

"흑화검성은 무인이랍시고 어깨에 힘주고 다니는 인간들 하고는 차원이 다른 사람이라고요!"

사군우의 자조적인 웃음에 사비가 눈썹을 꿈틀하며 외쳤다. 이에 사군우는 쓸쓸한 얼굴로 사비의 두 눈을 응시하며 천천히 입을 열었다.

"흑화검성처럼 되고 싶으냐?"

"그게 지금 무슨 소리죠?"

"흑화검성처럼 천하제일인이 되고 싶으냐고 묻는 거다!"

사군우의 물음에 사비는 일순 입을 열지 못했다. 그의 질문은 이제껏 생각해 보지 않은 질문이었다.

"글쎄, 뭐, 나쁠 건 없겠죠. 하지만 그것 말고도 난 할 일이 많은 사람이라서 말이죠. 그럴 시간이 있을지 모르겠네?"

"할 일?"

사비가 자못 심각한 표정으로 말하자 사군우가 고개를 갸웃거리며 물었다.

"취화루 이호점! 왕 할배의 뒤를 이어서 기루를 차릴 생각이에요.
하지만 취화루처럼 아무 기녀나 두지는 않을 거예요. 모두 내가 직접
면접을 통해 뽑은 아주 아리땁고 야들야들한 아가씨들로… 흐흐흐!"

사비는 생각만 해도 즐겁다는 듯 양 손바닥을 비비며 음침한 괴소를
흘렸다.

"한심한 놈!"

내심 기대에 찬 눈초리로 사비를 쳐다보던 사군우가 고개를 절레절
레 저으며 몸을 돌렸다.

"네 어미가 그렇게 죽었는데도 너는 고작 그따위 생각만 하고 있었
던 것이냐?"

몸을 돌린 사군우가 씁쓸한 어조로 중얼거리자 사비의 싸늘한 음성
이 들려왔다.

"씨팔! 왜 당신 입에서 내 엄마 얘기가 튀어나오는 거야?"

"녀석 성질머리 하고는……. 그래, 이제 말을 해줄 때가 된 것 같구
나. 나는 오래전 네 어미와 인연을 맺었다. 현화는 기녀에는 전혀 어울
리지……."

"닥쳐!! 감히 누구더러 기녀래?"

"허허, 녀석. 그럼 기녀가 아니면 뭐란……."

쑤아앙!

사군우가 채 입을 열기도 전에 사비의 주먹이 면전으로 날아들었다.
하지만 사군우는 이를 가볍게 피하며 피식 실소를 흘렸다.

"허, 어찌 현화의 몸에서 저런 천둥벌거숭이 같은 놈이 나왔을까?"

"닥쳐!"

눈이 돌아간 사비는 혼신의 힘을 다해 사군우를 향해 주먹을 휘둘러

됐다. 하지만 사군우의 옷자락조차 건드리지 못했다.

사군우는 무공을 사용했다. 그는 이번 기회에 아들이 과연 자신의 무공을 배울 만한 자질이 되는지 그것을 시험해 보고 싶었다.

'역시 은연중에 화류패기가 뿜어져 나오는군. 감각도 나와 비교해도 손색이 없고. 이만하면 기초 심법을 배울 필요도 없겠어.'

사군우는 내심 흐뭇했다. 사비가 자신의 피뿐만이 아니라 재능까지 물려받은 것이다. 하지만 사비는 자신에게는 없는 거칠 것 없는 성격과 천형과 다름없는 화류패기를 지녔다는 큰 문제가 있었다.

그렇게 한참을 어우러져 싸우던 두 사람이 움직임을 멈춘 것은 일각이 지나서였다.

"헉! 헉! 죽여… 버리겠어!"

휙!

사비가 다시 주먹을 날렸다. 하지만 안타깝게도 그의 주먹은 사군우의 코끝을 스치고 지나갔다.

퍽!

사군우의 주먹에 사비의 머리가 홱 돌아갔다. 하지만 지난번과 달리 사비는 쓰러지지 않았다. 아니, 오히려 사군우가 뻗은 손을 잡기 위해 또 한 번 몸을 날렸다.

'허! 그렇게 맞고도 서 있다니. 웬만한 고수라도 버티기 힘들 텐데……'

사군우는 사비의 독기 어린 눈빛을 보며 속으로 은근히 감탄했다. 하지만 내심과 달리 사군우의 얼굴에는 비릿한 웃음이 담겨 있었다. 이를 본 사비의 두 눈이 광기로 번득였다.

"날 죽여! 지금 죽이지 않으면 후회할 거야!"

슈우욱!

사비가 허공으로 솟구쳐 올랐다.

'또 화류패기를 실었군.'

짓쳐드는 사비의 주먹에 미약한 홍광이 어려 있음을 확인한 사군우는 다급히 진기를 끌어올리며 몸을 날렸다.

퍼어억!

삼 장 밖으로 나가떨어진 사비의 코에서 피가 흘러나왔다. 지극히 당연한 결과였지만 사군우의 놀라움은 이만저만한 것이 아니었다. 자신이 반 초식의 무공도 모르는 사비의 공격을 막기 위해 반격을 가했기 때문이다.

"허허허, 녀석. 어찌 그런 몹쓸 힘까지 물려받았단 말이냐."

허허로운 웃음을 흘리며 사비에게 다가가던 사군우는 뒤에서 느껴지는 인기척에 힐끗 고개를 돌렸다. 힘겹게 벽에 기댄 채 자신을 노려보는 장도가 눈에 들어왔다.

"사비 몸에 손대지 마!"

장도가 눈을 부릅뜨고 버럭 소리를 지르자 사군우는 절로 실소가 새어 나왔다.

'녀석, 나보다 낫구나. 너를 위해 목숨마저 버릴 친구가 있으니.'

일순 생각에 잠겼던 사군우가 몸을 움직이자 그의 신형이 찰나지간 장도 앞에 이르렀다.

"헉!"

장도의 입에서 경악성이 터짐과 동시에 사군우의 손이 허공을 갈랐다.

"음!"

저도 모르게 두 눈을 질끈 감았던 장도는 자신의 단전을 통해 흘러들어 오는 뜨거운 기운에 눈앞이 아찔했다.

이윽고 그의 귀로 사군우의 잔잔한 음성이 들렸다.

"지금 네게 주고 있는 힘은 화류패기다. 그렇다고 진원진기를 전하는 것은 아니다. 단지 내 친우에게 나와 네가 인연을 맺었음을 확인시켜 주기 위함이니 고통스럽더라도 잠시만 참도록 해라."

장도는 사군우의 말을 들으며 입술을 질끈 깨물었다.

"옳지. 생각보다 잘 견디는구나. 무릇 무공은 사람의 지닌 자질보다 성정을 우선해야 한다. 너의 눈빛이 맑고 순후하니 그 친구라면 너를 잘 이끌어줄 것이다. 네가 설령 무공에 뜻이 없더라도 이를 인연으로 알고 받아들여라. 필시 커다란 기연으로……."

장도는 연신 고개를 끄덕였고, 사군우는 장도의 단전에서 손을 뗀 뒤에도 계속해서 말을 이어갔다.

"쳇! 곰탱이 같은 자식! 감히 친구를 배신해? 두고 보자!"

툴툴거리며 청도 시전을 걷고 있는 사비는 사군우에게 맞아 정신을 잃은 지 딱 일주일 만에 밖으로 나왔다. 그사이 몰라보게 회복한 장도는 완전히 딴사람이 되어 있었다. 호들갑을 떨던 예전의 가벼움은 온데간데없고, 가끔 하늘을 보며 혼자 중얼거리는 그의 모습은 사비로서도 처음 보는 낯선 것이었다.

"도대체 무슨 고민을 하는 거지? 에이, 곰탱이 놈이 고민은 무슨!"

고개를 갸웃거리던 사비가 이내 힘차게 걸음을 내디뎠다. 사군우의 말대로라면 오늘이 약재상에 들르는 마지막 날이었다.

사비가 관제묘에서 오 리가량 떨어진 숲길로 접어들 무렵이었다.

"까아악! 살려주세요!"

"뭐야?"

사비가 눈살을 잔뜩 찌푸리며 우측으로 고개를 돌렸다. 여인의 비명으로 보아 필시 사단이 난 것이 분명했다. 하지만 사비는 괜한 시비에 휘말리고 싶은 생각이 없었다.

"운이 없다고 생각해라. 내가 좀 바빠서 말이야."

사비가 어깨를 으쓱하며 다시 걸음을 옮기는 순간 마치 그의 말을 들은 것처럼 여인의 비명이 다시 들려왔다.

"가까이 오지 마! 혀를 깨물고 죽어버리겠어!"

사비가 걸음을 멈추고 잠시 주춤했다. 여인의 다급한 비명에 어머니의 얼굴이 뇌리를 스치고 지나갔기 때문이다.

"에잇! 귀찮아!"

사비는 몸을 홱 돌리고 곧장 여인의 비명이 들린 숲으로 달렸다. 얼마 안 있어 거대한 몸집의 장한 둘과 여인의 모습이 눈에 들어왔다.

"이런 쌍! 여기가 어디라고 감히 겁탈이야, 겁탈이!"

사비가 외치며 몸을 날렸다.

퍼퍽!

송곳처럼 파고드는 사비의 주먹에 장한 둘은 신음성도 흘리지 못하고 그대로 엎어졌다.

"고맙습니다. 정말 고마워요."

"왜 여자 혼자 쓸데없이 돌아다니고 그래, 사람 피곤하게! 어라? 뭐야, 너?"

사비가 휘둥그레진 눈으로 임현현을 손가락으로 가리켰다.

“아! 이제 보니 사비 공자셨군요?”

“공자는 무슨.”

임현현이 짧게 탄성을 내지르며 자신의 손을 덥석 잡자 사비가 눈살을 찌푸리며 슬며시 손을 뺐다.

“그럼 난 바빠서 이만.”

사비가 몸을 홱 돌리고 바쁘게 걸음을 놀리자 그의 뒷모습을 바라보는 임현현의 눈이 짧게 빛났다.

‘역시 화류패기가 확실해! 그렇다면!’

임현현의 신형이 잘게 떨렸다.

“야! 저게 정말 미쳤나? 안 일어나?”

관제묘로 돌아온 사비는 사군우 앞에 무릎 꿇고 앉아 그의 말을 경청하고 있는 장도를 보고 눈을 부라렸다. 하지만 장도는 사비의 외침을 듣지 못한 듯 사군우의 다음 말이 떨어지기만을 기다리고 있었다.

“완전히 세뇌당했어. 혹시 무림인이 아니라 사이비 교주 아니야?”

사비가 자신에게 고개를 돌리자 사군우는 어깨를 으쓱하며 유쾌한 목소리로 입을 열었다.

“어째 또 말이 짧아진 것 같구나.”

“그럼 당신도 더 이상 엄마 얘기 나불대지 마.”

사군우의 말에 잠시 어깨를 움찔했던 사비가 이내 눈동자를 굴리며 말했다.

“그건 네 하기 달린 것이다. 그러니…….”

콩!

"아얏! 쪽팔리게!"

순식간에 전면으로 다가온 사군우에게 머리통을 쥐어 박힌 사비는 장도를 힐끔거리며 눈살을 찌푸렸다.

"녀석아, 장도 좀 봐라. 얼마나 듬직하냐? 그 반만 닮아라."

"어르신이 너그러이 봐주십시오. 저 친구가 아직 철이 없어 그런 것이지 나쁜 의도는 없습니다."

사군우의 핀잔에 장도가 능청스레 대꾸했다. 이를 본 사비가 이를 빠드득 갈며 버럭 고함을 쳤다.

"너, 이 자식! 기껏 살려놨더니 뭐가 어쩌고 어째?"

"허허허! 네가 살렸냐?"

사군우가 어이없다는 투로 사비의 말을 자르고 끼어들었다.

"에잇! 관둡시다! 어차피 이제 같이 있을 날도 얼마 남지 않았는데 내가 참고 말지!"

사비는 크게 손사래 치며 몸을 홱 돌렸다.

"헉! 네가 여기는 어떻게?"

사비의 놀란 눈을 따라 고개를 돌린 사군우와 장도의 눈에 살포시 미소를 머금고 서 있는 임현현이 들어왔다.

"저 여인은 누구냐?"

"아저씨는 좀 빠져요!"

사군우가 고개를 갸웃거리며 묻자 사비가 신경질적으로 고개를 돌리고 꽥 소리쳤다.

"네가 여긴 왜 왔어?"

"그야 제 목숨을 구해주신 분에게 어떻게든 보답하려고 왔지요."

"보답 같은 거 필요없으니까 가봐! 안 그래도 피곤해 죽겠는데."

임현현이 짐짓 서운하다는 투로 말하자 사비가 세차게 고개를 저었다.

"아니요! 그럴 수는 없지요. 절 구해주신 분을 어떻게 모른 척할 수 있겠어요? 그건 사람 된 도리이니 제가 하고 싶은 대로 하게 그냥 내버려 두세요. 그런데… 이분은?"

"알 것 없어!"

임현현이 사군우를 바라보며 묻자 사비가 퉁명스레 대꾸했다.

"혹시 아버님이신가요? 안녕하세요? 저는 임현현이라고 해요."

임현현은 사비의 말을 무시하고 곧바로 사군우에게로 다가가 살머시 고개를 숙였다. 이에 사군우도 점잖게 웃으며 고개를 끄덕였다.

"허허허! 임 낭자는 우리 사비와 어떤 관계인가?"

"헉! 우리 사비?"

사군우의 물음에 사비가 입을 떡 벌렸다. 하지만 장도는 사비와 달리 당연하다는 듯 대화에 참여했다.

"반갑습니다. 저는 사비 친구 장도입니다."

"네, 반가워요. 사비 공자께 이렇게 헌앙한 친구 분이 계셨군요."

장도를 보는 임현현의 눈이 짧게 흔들렸다. 그가 흑치회를 처리할 때 자신의 일검을 맞고 쓰러졌던 광호임을 알아본 것이다. 하지만 장도는 그런 낌새는 전혀 눈치채지 못한 듯 멋쩍은 표정으로 머리를 긁적였다.

"하! 갈수록 태산이군."

임현현과 장도, 그리고 사군우의 대화를 듣던 사비는 눈살을 찌푸리며 몸을 홱 돌렸다.

"그래, 이곳까지 온 연유가?"

"호호호! 연유랄 게 뭐 있나요? 제 처지가 여의치 못해 사 공자님께
받은 은혜를 갚을 길이 몸으로 때우는 것뿐이 없어서요."

사군우가 넌지시 묻자 임현현이 까르르 웃으며 답했다. 이에 장도의
표정이 이상하게 변하자 임현현이 다시 입을 놀렸다.

"보아하니 세 분만 사시는 것 같은데 아버님께서 허락하신다면 잠시
이곳에 머물며 제가 살림을 거들까 하는데……."

임현현의 말에 사비는 귀를 틀어막았고, 장도는 얼굴에서 실망감을
감추지 못했다.

이를 본 사군우는 잠시 망설였다. 몸으로 때운다는 임현현의 말에
불현듯 이십 년 전 현화의 모습이 떠올랐다.

"가진 것도 드릴 것도 없는 하찮은 몸입니다. 드릴 수 있는 건 그저 이 술
한잔뿐입니다."

아련하게 귓가를 울리는 현화의 음성.

'당신은 내게 술 한잔만이 아니라 전부를 주었소. 이렇게 아들까지
낳아줬는데도 난 그것도 모르고 당신을 쓸쓸히 보내고 말았구려. 당신
에게 주지 못한 정, 저 아이에게 나눠 줄 테니 나중에 다시 만나면 모
른 척 외면하지나 말아주시오.'

사군우는 사비를 힐끗 쳐다보며 속으로 쓸쓸한 미소를 지었다.

이윽고 사군우가 슬며시 고개를 끄덕이며 임현현에게 입을 열었다.

"나야 대환영이지만 낭자가 힘들지 않을지……."

"감사해요. 역시 아버님께서는 사 공자와 달리 화통하시군요. 호호
호!"

사군우의 말이 채 끝나기도 전에 임현현이 손뼉을 치며 웃었다.

그때였다.

"모두 내 집에서 당장 나가!"

사비가 씩씩거리며 그들을 향해 달려오고 있었다.

|第三章|
타락수라(墮落修羅)

하남성 대별산(大別山)에는 수많은 고루전각이 빼곡히 들어차 있다. 삼천 채에 달하는 전각들의 규모도 엄청났지만 그 주변은 나는 새도 감히 지나가기 어려울 정도의 장엄한 분위기에 휩싸여 있었다.

이곳은 바로 이십 년 전 탄생한 백천맹(白天盟)의 거점이었다.

육패에 의해 만들어진 백천맹은 단일 세력으로는 전례를 찾아보기 힘든 최대의 성세를 구가하는 단체로 현재 천하 각지의 방파에서 파견한 일만 고수와 자체적으로 육성한 삼천의 일류급 고수들로 구성된 중원무림의 관장자였다.

현재 마도 최강 세력으로 인정받고 있는 화양마부(火陽魔府)나 빙월마궁(氷月魔宮)은 감히 비교할 엄두조차 내지 못하는 초거대 세력.

백천맹은 크게 두 가지로 분류된다.

맹주의 직속 부대인 의천단(義天團)과 천하 각지에 퍼져 있는 절정고수들로 이루어진 흑화대(黑花隊), 맹의 경비와 방어를 전담하는 백천수호대(白天守護隊)와 주력 부대인 백천단(白天團)이 한 축을 이루고, 육패의 수장들로 구성된 집법원로회와 그 밑의 십회주, 십회주의 통솔을 받는 하북회, 하남회, 산동회, 산서회, 강소회, 안휘회, 호북회, 섬서회, 사천회, 감숙회에 이르는 열 개의 지역회가 또 다른 한 축을 이룬다.

말 그대로 천하무림의 축소판이라 해도 과언이 아닌 무림 최강의 세력이 바로 백천맹이다.

지금 백천맹에서 가장 높은 전각 중 하나인 천웅전(天雄殿)에서는 맹주와 육패의 수장들로 이루어진 집법원로회가 무려 십 년 만에 열리고 있었다.

거대한 원탁에 빙 둘러앉은 무인들에게서는 하나같이 막강한 기도가 흘러나왔다. 이들은 사십 년간 천하무림에 군림해 온 육패의 수장들로 걸왕 마항산, 야왕 은강후, 장왕 헌원유천, 만수왕 남경홍, 농왕 복인문이었다. 오왕(五王)이라 불리는 무림의 절대자들.

그들의 중심에 앉은 사십대 중반의 사내가 의연한 얼굴로 입을 열었다. 그는 인자한 성정과 공명정대한 일 처리로 전 무림의 존경을 한 몸에 받고 있는 백천맹의 이대맹주 공황식(公凰式)이었다.

"아버님께서 이 자리에 못 오신 점에 대해서는 제가 대신 양해의 말씀을 드리겠습니다."

"공 가주께서는 정녕 일선에서 물러나실 생각이신 거요?"

"노환이 있으셔서 더 이상 강호 일에 관여할 여력이 없으십니다."

복인문의 물음에 공황식이 씁쓸한 어조로 답했다.

"안타깝군. 어쩌다 검황(劍皇)이 그 지경이 됐는지……."

복인문이 입을 열자 나머지 육패의 수장들이 고개를 끄덕였다. 하지만 공황식은 알고 있다. 그들이 지금 얼마나 속으로 크게 기뻐하고 있는지를.

"그런데 타락수라(墮落修羅)라는 자가 신비령을 동원할 정도로 중요한 자요? 내 그가 남궁세가인들을 몇 죽였다는 말은 들었소만 그런 일로 신비령을 발동한 것은 도저히 납득이 가지 않소."

깔끔한 차림에 문사건을 쓴 헌원유천이 조심스레 물었다. 그는 칠십을 넘긴 나이임에도 이제 오십대 초반 정도로밖에 보이지 않는다. 하지만 그보다 중요한 사실은 그의 음성에 불쾌한 기색이 실려 있다는 것이었다. 타인들에게는 집법원로회로 알려져 있지만 그들 스스로는 신비령이라 부르는 이 육패의 회합은 지난 사십 년간 단 네 번 열렸다.

신도세가를 멸하기 전이 처음이었고 백천맹을 만들고 공우생이 초대 맹주가 됐을 때가 두 번째, 그의 뒤를 이어 이대맹주로 공황식을 앉힐 때가 그 세 번째였다. 그리고 지금이 바로 그 네 번째 회합이었다. 헌원유천은 이런 하찮은 일로 육패를 모은 공황식에게 다른 오왕들을 대표해 묻는 것이었다.

이를 모르지 않는 공황식이었지만 잠시 곤혹스러운 표정을 지으며 주저하다가 이내 좌중을 훑어보며 입을 열었다.

"물론 타락수라에 의해 남궁세가의 기재 셋이 죽었다는 것은 안타까운 일이 분명하나 그만한 일로 여러분을 모실 수는 없지요. 문제는 그 자가 사용한 무공에 있습니다."

자신의 침중한 어조에 좌중이 숨을 죽이자 공황식이 천천히 입을 열었다.

“그가 사용한 무공은… 마령심공(魔靈心功)이었습니다.”

“마령심공이라……."

헌원유천이 수염을 쓸어내리며 중얼거렸다. 그를 위시한 육패의 표정은 여전히 무심해 보였지만 그들은 하나같이 속으로 놀라고 있었다.

마령심공은 자신들과 함께 신도세가 멸문지사에 참여했던 음양마교주의 무공으로 현재는 소실된 상태. 이 때문에 음양마교를 손쉽게 섬멸할 수 있었고, 또한 현재 음양마교를 계승했다고 주장하는 화양마부나 빙월마궁은 음양마교주의 무공을 잇지 못한 까닭에 정통성을 지니지 못했고, 이로 인해 백천맹에게 밀려 그다지 큰 힘을 발휘하지 못하고 있었다.

“그가 어떻게 해서 마령심공을 익히게 됐는지는 아직 알아내지 못했습니다. 하지만 이미 마령심공이 세상에 나온 이상 마도 쪽에서 움직일 것이라는 것은 자명한 일입니다. 그 대책을 마련하고자 여러분을 모신 겁니다.”

공황식이 좌중을 돌아보며 말했다.

“후후후! 글쎄, 대책을 세울 필요가 있을까? 야문 아이들 몇 보내어 타락수라라는 놈을 처리한 후 마령심공을 가지고 오면 될 것을.”

은강후가 피식 웃으며 입을 열자 다른 이들은 입을 꾹 다문 채 그의 말에 답하지 않았다. 그가 타락수라를 처리한다는 말을 믿지 못한 것이 아니라 야문에서 과연 마령심공을 백천맹으로 가지고 올 것인지에 대한 불신 때문이었다.

‘네 녀석이 마령심공을 차지할 생각인 모양인데 어림없는 일이다.’

이제껏 아무 말 없이 다른 이들의 말만 듣던 만수관의 관주 남경홍이 속으로 코웃음을 쳤다.

잠시 주변의 분위기를 살피던 공황식이 다시 입을 열었다.

"얼마 전 그의 행적이 산동에서 포착되었습니다. 현재 그쪽에 있던 흑화대 고수들과 산동회 소속의 무사들이 그 뒤를 쫓고 있습니다."

"흑화대라……. 그들이 맹주 지시를 따랐단 말이오?"

복인문이 고개를 갸웃거리며 물었다.

"물론 흑화대는 현재 사군우 대협의 행적을 쫓느라 정신이 없습니다. 하지만 마령심공에 관한 일이고 보니 제 말이 아니더라도 먼저 나서더군요."

공황식이 씁쓸한 표정으로 답했다. 흑화대가 백천맹에서 가장 강한 세력임은 어느 누구도 부정하지 못했고, 더불어 맹주의 권한으로 쉽게 움직일 수 있는 세력도 아니었다.

그들은 천하제일비무대회가 열린 이십 년 전 사군우와 함께 인정 심사에 참여했던 낭인들로 그 수는 약 이백여 명이다.

흑화일심대(黑花一心隊).

흑화일심대는 사군우가 한사코 자신들을 거부하자 백천맹에 몸담고 있으며 그가 불러줄 때까지 기다리기로 결심한 이들의 모임이었다. 백천맹의 초대 맹주 공우생이 그들이 다른 세력과 손잡는 것을 두려워해 삼고초려를 했다는 일화로 더욱 유명해진 흑화대는 한 사람 한 사람이 각 문파의 장로나 수장으로도 손색이 없는 고수들이었기에 백천맹에서의 위상은 맹주로서도 함부로 할 수 없는 엄청난 것이었다.

"그럼 문제는 화양마부와 빙월마궁인데……."

"마사회도 포함시켜야 하오!"

남경홍이 입을 열자 은강후가 끼어들었다.

"그렇군. 그 녀석들도 무시할 수 없지. 맹주 생각에 마도 쪽은 어떤 조치를 취해야 좋겠소?"

남경홍이 고개를 끄덕이며 공황식에게 시선을 옮겼다.

"그들이 어떻게 움직이느냐에 따라 대처를 달리해야 할 겁니다. 그러려면 우선 야문에서 마도 쪽의 움직임을 감시해 주십시오."

"알겠소."

야왕 은강후가 흔쾌히 답하자 좌중이 일제히 고개를 끄덕였다. 밤의 지배자 야문이라면…….

이윽고 공황식이 나직한 목소리로 입을 열었다.

"하지만 정작 중요한 일은 따로 있습니다."

"마령심공보다 중요한 일이라니, 그게 도대체 뭐요?"

마항산이 눈썹을 찌푸리며 묻자 공황식이 힘겹게 입술을 뗐다.

"강남 쪽의 기운이 수상합니다."

"강남이라니, 그게 무슨 말이오? 난 금시초문이오만."

잠자코 공황식의 얘기를 경청하던 복인문이 고개를 갸웃거리며 물었다. 신농방의 영역인 절강성도 강남에 속했기 때문이다.

"호남, 강서, 복건, 광동, 광서의 동태가 의심스럽습니다. 그리고 타락수라가 마령심공을 얻은 곳도 그곳으로 추정하고 있지요."

"후후후! 그곳은 크게 우려할 바가 못 되는 곳들 아니오?"

복인문이 피식 실소를 흘렸다. 공황식이 열거한 지방은 마도나 정도, 백천맹의 관할에서 벗어난 곳이었고, 그렇다고 중도 세력이나 여타의 방파가 진출한 지역도 아니었다. 그저 작은 군소방파들로 가득 찬, 막말로 돈 안 되는 곳들이었다.

"그렇습니다. 복 방주님의 말씀처럼 제가 열거한 곳들은 거대 세력에게는 큰 매력이 없는 곳입니다. 심지어 마도에서조차 외면하는 지역이지요. 그래서 작은 방파들이나 녹림도들이 판치며 크고 작은 싸움이 끊이지 않는 곳이기도 합니다. 하지만 타락수라 건으로 인해 그 지역을 면밀히 관찰한 결과 의외의 사실이 하나 발견됐습니다.”

“의외의 사실이라?”

헌원유천이 고개를 갸웃거렸다.

“그곳에서 십여 년 전부터 작은 싸움 한 번 일어난 적이 없었다는 것입니다. 싸움이 빈번했다면 주목했겠지만 오히려 그런 세 다툼이 한 번도 일어나지 않아 우리의 이목에서 벗어났던 것이지요.”

“그것참 괴이한 일이군.”

헌원유천이 고개를 끄덕였다.

“어쩌면 우리가 모르는 사이 그곳을 일통한 세력이 있을 수도 있다는 뜻입니다.”

“당치 않은 소리! 다른 세력은 몰라도 우리 야문의 지부는 그쪽에도 있소!”

은강후가 소리치자 공황식이 고개를 끄덕이며 다시 입을 열었다.

“물론입니다. 하지만 그 보이지 않는 세력이 그들까지 포섭해 야문의 이목까지 속이고 있을 가능성도 충분히 있습니다.”

“으음!”

은강후가 침음성을 삼키며 입을 다물자 공황식이 씁쓸한 표정으로 고개를 저었다.

“기우이기를 바라지만 간과할 수 없는 일입니다. 그 만일의 세력이 존재한다면… 그리고 우리의 이목을 속일 수 있는 능력을 갖춘 자들이라면 결코 호락호락한 이들은 아닐 것입니다. 그래서…….”

공황식은 잠시 말끝을 흐리고 복인문에게 고개를 돌렸다.

“이 건은 신농방에서 알아봐 주셨으면 합니다. 아무래도 가장 인접해 있으니 움직이기가 훨씬 수월하실 겁니다.”

“알겠소!”

복인문이 힘껏 고개를 끄덕이자 공황식은 엷은 미소를 띤 채 좌중에게 고개를 돌렸다.

“마령심공으로 인해 잠자던 마도가 움직이기 시작했고, 괴 세력이 등장했을 가능성도 있습니다. 이런 때일수록 우리 육패의 힘이 건재하다는 것을 보여줘야 합니다.”

공황식의 나직한 음성이 육패 수장들의 가슴에 울려 퍼졌다.

*　　　　*　　　　*

사비와 장도는 부슬부슬 내리는 비를 맞고 서 있었다.

“정말 갈 생각이냐?”

“응!”

사비의 물음에 장도가 단호한 어조로 고개를 끄덕였다.

“답답하다! 생전 처음 보는 인간 말만 믿고 만 리가 넘는 길을 간다고? 지금 너 제정신이냐?”

사비는 어이가 없었다. 우려는 했지만 장도가 이런 결심을 할 줄은 상상조차 못했다. 사군우의 말을 듣고 무림고수를 찾아가 제자로 삼아 달라고 한다는 말은 그래도 참고 들어줄 만했지만 그 무림고수가 있다는 곳이 청해라는 말을 들었을 때는 뒤통수라도 한 대 갈겨주고 싶은 심정이었다.

“너, 거기가 어딘 줄 알고나 이러는 거야? 거긴 청해라고, 청해!”

"나도 그래서 많이 망설였어. 하지만 말이다."

장도는 잠시 말을 멈추고 주저하다가 이내 눈에 힘을 주며 말을 이어갔다.

"난 이렇게 살다 죽는 게 싫다. 술 먹고 싸움질하다가 누군가의 칼침 맞고 뒈지기도 싫고, 돈 때문에 아옹다옹하며 사는 것도 싫어."

"그건 나도 마찬가지야. 그래서 한몫 단단히 챙겨서 기루를 열기로 한 거잖아."

"그런 것도 싫어. 네가 내 옆구리에 칼침 놓은 인간을 못 봐서 그래. 단 한 번이었다고. 피할 틈도 없었어. 그냥 눈앞에 뭐가 번쩍 하나 싶었는데 옆구리가 타 들어가더라고. 우리가 기루를 차려서 아무리 잘 먹고 잘살더라도 그런 무림인 하나 잘못 만나면 그대로 끝이잖아. 난 그렇게 되기 싫다."

"으음."

사비는 침음성을 삼켰다. 자신 또한 사군우의 힘을 직접 겪어본 터라 마땅히 대꾸할 말이 떠오르지 않았다.

그사이 장도가 다시 말을 이었다.

"그리고 세상은 강한 사람이 지배한다. 그건 부정할 수 없는 현실이야. 난 강해지고 싶어. 그리고 이왕 강해질 거면 최고의 고수에게 배워서 보란 듯이 강해질 거다. 설령 내가 목표로 한 것을 이루지 못하더라도 최선을 다하면 그걸로 만족할 거야."

"그건 또 어디서 주워들은 말이냐?"

"그, 그야 어르신이……."

이제껏 의연한 분위기를 보이던 장도는 사비의 물음에 일순 당황하며 말끝을 흐렸다.

"그 말을 어떻게 믿어? 우리가 그 인간을 만난 게 얼마나 됐다고. 너, 그 인간 이름이나 아냐?"

"안다!"

"뭐야? 그럼 이름이 뭔데?"

"그건 말할 수 없어."

사비가 묻자 장도가 힘껏 고개를 저었다.

"어이구, 속 터져!"

사비는 장도의 우직한 대답을 듣자 제 가슴을 탕탕 치며 자리에서 일어났다.

'이 녀석, 결심을 굳혔어!'

사비는 장도를 내려다보며 짧은 한숨을 토했다.

서로를 위해 목숨까지 버릴 수 있는 친구라고 생각했던 장도가 변했다는 사실을 인정하기 싫었지만 그간 아무리 설득을 해도 장도는 요지부동이었다.

야속했다.

장도도 그랬지만 그를 충동질한 사군우는 더욱 못마땅했다.

하지만 사비는 그를 떠나보내야 함을 알고 있었다.

'죽다 살아나니까 다른 세상이 보이기 시작한 건가? 휴우! 그래, 보내주마.'

사비는 내심 생각을 정리하고 천천히 입을 열었다.

"가라! 대신 나중에 찾아와서 싹싹 빌어도 그땐 국물도 없을 줄 알아! 치사한 자식!"

사비는 싸늘한 일갈을 토하며 몸을 획 돌렸다.

이에 성큼성큼 걸음을 옮기는 사비의 뒷모습을 바라보던 장도가 씁쓸한 표정으로 중얼거렸다.

"미안하다. 하지만 말이다, 이건 내게 찾아온 절호의 기회야. 살면서 단 세 번 온다는 그 기회 말이야. 너한테도 그렇고."

중얼거리며 자리에서 몸을 일으킨 장도는 사비의 뒷모습을 보며 일순 망설이다가 이내 힘겹게 발을 내디뎠다.

그것은 그가 무인이 되기 위해 내딛는 첫걸음이었다.

"이제 속이 시원하쇼?"

사당 안으로 들어온 사비는 지그시 눈을 감고 앉아 있는 사군우를 향해 퉁명스레 말을 내뱉었다. 이에 눈을 뜬 사군우가 피식 웃으며 고개를 끄덕였다.

"장도는 흔치 않은 기회를 얻은 거다."

"내가 그런 거 알게 뭐야!"

사비는 한쪽 구석으로 가 털썩 주저앉았다.

"너도 장도처럼 무공을 배우고 싶지 않느냐?"

"그런 걸 배워서 뭐 하게요? 난 지금도 충분히 내 한 몸 지킬 힘은 있다고요."

"하지만 무인의 길은 사내라면 한 번 도전해 볼 만한 일이지. 특히 너처럼 뜨거운 피를 가진 녀석이라면 말이다."

"쳇! 난 그 뜨거운 피로 내 기루에서 일하는 기녀들의 몸이나 따뜻하게 녹여줄 생각이요!"

사비의 대답을 들은 사군우는 설레설레 고개를 저으며 눈을 질끈 감았고, 막 음식을 들고 안으로 들어서던 임현현이 부끄럽다는 듯 고개를 숙이며 입을 열었다.

"어머! 망측해라!"

"뭐? 망측? 허이고야! 누가 보면 대갓집 규수인 줄 알겠다! 너도 생각 있으면 나중에 찾아와! 내 보수는 후하게 쳐줄 테니까!"

"지금 그게 무슨 말이에요?"

사비의 말을 들은 임현현의 안색이 대번에 굳었다. 하지만 사비는 이를 못 본 척 시치미를 뚝 떼고 다시 입을 열었다.

"그나저나 왕 할배가 너 찾느라고 난리났을 텐데 안 가봐도 되겠어?"

"왕 대인이 저를 왜 찾죠?"

"손님 받아야 할 거 아니야. 너 데려오느라고 돈도 꽤 들어갔을 텐데."

"뭐, 뭐라고요?!"

"왜? 내가 틀린 말 했어?"

임현현의 날카로운 외침에 사비가 눈에 쌍심지를 켜며 되물었고, 그 사이 사군우는 분위기가 심상치 않다고 여겼는지 슬그머니 일어나 관제묘 밖으로 빠져나갔다.

"음, 그러니까 지금 공자님은 내가 왕 대인 밑에서 일하는 기녀라고 생각하고 있는 건가요?"

"그럼 아니야?"

그제야 사비가 자신을 기녀로 여기고 있음을 깨달은 임현현이 두 눈을 일그러뜨렸다.

"뭐야, 그 표정은? 한번 해보겠다는 거야?"

사비는 임현현이 눈을 흘기자 자리에서 벌떡 일어나며 외쳤다.

"나 스물다섯이거든요!"

"근데?"

임현현이 눈을 착 내리깔고 말하자 사비가 어이없다는 투로 물었다.

"난 지금 당신보다 다섯 살이나 많은 누님이라는 말을 하고 있는 거예요."

"그래서 뭐 어쩌라고? 은인이라고 굽실거릴 때는 언제고 이제 와서 나이 대접이라도 받아보겠다는 거야?"

사비는 말은 그렇게 했지만 임현현의 나이가 보기보다 많다는 사실에 속으로 꽤 놀랐다. 하지만 그렇다고 그녀를 누님으로 떠받들 생각은 추호도 없었다.

"일단… 눈부터 까세요."

임현현이 입가에 엷은 미소를 머금은 채 두 눈을 치켜떴다.

"뭐, 뭐야?"

휘익!

사비가 불신이 가득한 눈빛으로 그녀를 향해 되묻는 순간 임현현의 주먹이 잘게 흔들렸다.

"정말 이젠 개나 소나 다 내가 만만해 보이는 모양이군!"

사비가 입가에 조소를 머금고 고개를 살짝 옆으로 틀자 그녀의 주먹이 사비의 안면을 스치고 지나갔다. 하지만 사비의 귓가를 스치던 임현현의 주먹은 마지막 순간 기이하게 틀어지며 사비의 면전으로 짓쳐들었다.

퍽!

그녀의 주먹에 얼굴을 정통으로 맞은 사비가 그 충격을 이기지 못하고 벽으로 날아가 부딪쳤다.

"뭐야? 정말 해보자는 거야?"

그 자리에서 벌떡 일어난 사비가 두 눈을 부라리며 임현현에게 달려들었다. 하지만 임현현은 지척에 이른 사비의 왼쪽 어깨를 오른손으로 툭 치며 뒤로 한 걸음 물러났고, 이에 사비는 중심을 잃고 그 자리에 털썩 쓰러졌다.

"쌍! 너도 무림인이었어?"

사비는 경악과 불신이 뒤섞인 표정으로 물었다. 하지만 임현현은 그의 물음에 대답하지 않고 피식 미소를 머금었고, 사당 밖에 있던 사군우가 그녀를 대신해 답했다.

"지금 그녀가 피한 보법의 이름은 천왕보법(天王步法)이다. 이제 보니 황보세가의 여인이었구나."

"공자께서 너무 안하무인이라 제가 화를 참지 못했습니다."

사군우가 의아한 눈초리로 다가오자 임현현이 그를 향해 엷게 웃으며 입술을 달싹였다.

"당신은 사비가 아니라 나를 찾아온 것 같소만. 그렇지 않소?"

"그 말씀은 잠시 후에 드리죠."

사군우가 고개를 갸웃거리며 묻자 임현현이 사비를 힐끗 쳐다보며 답했다.

"제길, 정말 요즘 왜 이렇게 되는 일이 없는 거야?"

사비가 엉덩이를 툭툭 털고 일어나자 임현현이 천왕보법을 발휘해 순식간에 그의 정면으로 이동했다.

"시삭을 했으니 끝은 봐야지요. 안 그래요?"

"됐어! 무림인이라면 지긋지긋하니까 꺼져 버려! 너도 꺼지고 아저씨도 이제 가쇼!"

사비가 한 손을 저으며 막 몸을 돌리는 찰나 임현현의 주먹이 날아

들었다.

"훌륭한 쾌활삼(快活三)이오!"

"권법으로 바꿨는데도 알아보시는군요."

사군우의 탄성에 임현현이 짧게 고개를 끄덕여 보였다. 앞에 있는 사비는 전혀 안중에도 없는 태도였다. 이에 사비는 자존심이 무참히 구겨졌다.

"이제 정말 못 참겠다!"

짧게 외친 사비가 지면을 박차고 날아오르며 임현현의 주먹을 피했다. 이에 그녀의 주먹은 사비의 발끝을 스치고 지나갔고, 사비는 그 틈을 노려 그녀의 얼굴로 주먹을 날렸다.

'역시 무공을 익히지 않았어!'

허리를 뒤로 젖히며 사비의 주먹을 피한 임현현은 곧바로 왼발을 축으로 빙글 돌며 오른발로 사비의 하반신을 쓸어갔다.

하지만 이를 본 사비는 피하기는커녕 오히려 그녀의 오른발을 향해 얼굴을 들이밀었다.

찰나지간 불길함을 느낀 임현현이 급히 다리를 거둬들였다.

치이익!

"비겁해요!"

임현현은 자신의 찢어진 하의를 보며 입술을 질끈 깨물었다.

"싸움에 비겁한 게 어디 있어? 그건 너나 저 인간처럼 겉멋만 잔뜩 든 무림인들에게나 해당되는 얘기야! 퉤!"

사비는 피식 웃으며 입에 물고 있던 임현현의 옷자락을 뱉었다.

"제가 아드님을 잠시 훈계해도 될까요?"

"좋을 대로 하시오."

임현현의 청에 사군우가 어깨를 으쓱하며 고개를 끄덕였다.

"뭐? 훈계? 그리고 누가 저 사람 아들이야? 이크!"

파파파파팟!

사비는 입을 열다 말고 급히 허리를 숙였다. 허공으로 붕 날아오른 임현현이 공중에 뜬 상태로 순식간에 다섯 번의 발길질을 가해왔기 때문이다.

퍼퍼퍼퍼퍽!

양팔을 들어 그녀의 발을 막아낸 사비는 시뻘겋게 달아오른 자신의 두 팔을 보며 눈썹을 꿈틀했다.

"좋아! 이제 나도 봐주지 않겠어!"

"흥! 언제까지 그렇게 말로만 때울 거죠?"

임현현이 콧방귀를 뀌며 비아냥거리자 사비가 피식 웃으며 자세를 고쳐 잡았다.

"나도 비장의 한 수는 있다고. 몇 년 전에 황두라는 새끼를 골로 보낼 때 쓰고 한 번도 쓰지 않은 게 있거든. 이걸 쓰고 나면 기운이 쫙 빠져서 웬만하면 쓰지 않으려고 했는데 말이야. 계집애한테 쥐어 터지고 있을 수만은 없잖아? 막는 것보다는 피하는 게 좋을 거야."

"역시 허풍 하나는 일품이군요."

임현현이 엄지손가락을 세우며 혀를 삐죽 내밀었다.

하지만 사비는 더 이상 대꾸하지 않고 살며시 호흡을 가다듬었다. 이에 임현현도 조심스레 공력을 끌어올리며 그의 공격을 막기 위한 만반의 대비를 갖췄다.

하지만 이들과 달리 사군우는 크게 동요하고 있었다.

'혹시 이 녀석, 화류패기를 의지대로 쓸 줄 안다는 건가?'

사군우가 흔들리는 눈으로 자신을 바라보는 사이 사비가 임현현을 향해 달려가기 시작했다.

타타탁!

'이것은?'

임현현은 자신을 향해 달려오는 사비를 보며 짧은 침음성을 삼켰다. 그의 전신에서 은은한 홍광이 발현되고 있었기 때문이다.

슈우욱!

혼신의 힘을 다해 뻗은 사비의 주먹이 임현현의 복부를 향했다.

'역시 화류패기!'

이를 보고 대경한 임현현이 급히 어깨를 들썩였고, 그녀의 주먹에서 백광이 번쩍였다.

"백월환(白月丸)!"

사군우가 놀란 외침을 터뜨림과 동시에 사비와 임현현의 사이로 쏜 살같이 몸을 날렸다.

콰아앙!

요란한 폭음과 함께 임현현의 앞으로 다섯 발자국이 찍혔고, 사비는 허공으로 붕 날아올랐다가 칠 장 뒤에 서 있는 고목에 등을 부딪쳤다.

한 손으로는 사비의 주먹을, 나머지 한 손으로는 임현현의 주먹을 막았던 사군우는 사비의 상태를 확인한 뒤 떨리는 눈동자로 임현현에게 시선을 옮겼다.

"천월사도(天月使島)에서 나왔나?"

"……"

임현현은 대답하지 못했다. 기혈이 뒤엉켜 입을 열 수 없었기 때문이다. 하지만 그녀의 놀라움은 이만저만한 것이 아니었다.

‘이자가 바로 흑화검성 사군우였어!’

임현현이 동그랗게 뜬 눈으로 자신을 쳐다보는 사이 사군우는 힐끗 고개를 돌렸다.

힘겹게 몸을 일으킨 사비가 망연자실한 표정으로 걸음을 옮기고 있었다.

‘한낱 계집에게 겁을 먹었다. 내가 겁을 먹었어.’

사비는 임현현이 마지막 순간 날린 하얀 빛을 본 후 큰 충격에 휩싸였다. 그녀의 손은 마치 죽음으로 인도하려는 듯 너울거리며 다가왔고, 이를 본 자신은 분명 극심한 공포를 느꼈다.

공포. 자신에게 낯선 기운이었고 다시없을 치욕이기도 했다.

‘휴우! 녀석, 자존심이 많이 상한 모양이로군.’

사군우는 말없이 관제묘를 벗어나는 사비를 보며 짧은 한숨을 토했다.

“이제 대화를 나눌 시간이 된 것 같은데요, 사 대협?”

고개를 돌린 사군우의 눈에 자신을 뚫어져라 응시하는 임현현이 들어왔다.

“역시 화류패공을 훔친 자는 흑화검성 사군우였군요. 예상은 했지만 알고 나니 조금 충격이네요.”

“대천사(大天使)가 보냈나?”

“물론이에요. 대천사님은 당신으로 인해 천월사도가 외부에 알려지는 것을 원치 않으시니까요.”

“하지만 난 더 이상 천월사도에 속한 사람이 아닌데…….”

“맞아요. 하지만 당신이 익힌 화류패공은 천월사도에서 나온 무공이지요.”

"그건 좀 억지 같군. 화류패공은 천월사도에서도 익히기가 불가능하다고 해서 버려졌던 무공이 아닌가?"

"어찌 됐든 천월사도의 무공임에는 틀림이 없지요."

사군우가 씁쓸한 표정을 짓자 임현현이 엷은 미소를 띤 채 말을 이어갔다.

"대천사님은 천월사도에서 나온 사람이 흑화검성일 거라고 처음부터 생각하고 계셨어요. 그래서 그동안 당신을 찾기 위해 백방으로 수소문을 했고요. 하지만 결코 쉬운 일이 아니었지요. 대천사님의 짐작대로 과연 흑화검성이 천월사도의 무공을 익혔는지 확인하기는커녕 당신의 종적조차 알 길이 없었으니까요. 결국 당신이 황보세가주와 친분이 있다는 사실을 알아내고 황보세가에 잠입한 뒤에야 화류패공을 익히고 있다는 것을 확신할 수 있었어요."

"확신?"

"실수를 하나 했더군요. 황보세가의 자제들에게 무공을 가르쳐 줄 요량으로 그곳에 화류패기의 흔적을 남겼으니까요."

"대단하군. 그런 것까지 알아내다니. 후후후!"

사군우는 피식 웃었다.

"그렇지도 않아요. 흑화검성 사군우가 천월사도의 무공을 훔쳐 달아난 범인임을 알았을 때는 이미 당신은 은퇴 선언을 하고 잠적한 뒤였어요. 그게 반년 전이에요."

"다시 말하지만 화류패공은 천월사도에서 버려진 무학이다. 또 내가 화류패공을 익히기 시작했을 때는 대천사도 그 사실을 알고 있었다. 그런데 왜 이제 와서 날 무공을 훔친 죄인 취급하는 거지? 너무 억지라는 생각 안 드나?"

사군우가 눈을 빛내며 묻자 임현현이 살포시 미소를 머금었다.

"후훗! 화류패공이 그런 절세무공이라는 걸 알았다면 처음부터 허락치 않으셨겠지요. 하지만 당신은 이십 년 전 천월사도에서 나와 천하제일인의 자리에 올랐어요. 불과 십 년을 연성한 화류패공으로요."

"절세무공이라……. 그래, 그 말도 맞다. 하지만 내게 있어 화류패공은 독이나 다름없지. 그걸 조금 더 일찍 깨달았어야 했는데 말이야. 그나저나 난 어떻게 찾았나? 쉬운 일은 아니었을 텐데."

"얼마 전 당신 말고 화류패기를 지닌 자를 만났어요. 처음에는 이해도 안 되고 당혹스러웠는데 당신을 보니 모든 것이 확연해지는군요. 저 사람, 당신과 참 많이 닮았거든요."

임현현은 사비가 떠난 방향을 힐끗 쳐다봤다.

"흠, 모든 것을 알았다니 이제 내 목숨을 거둬갈 순서군. 그럼 시작하지."

사군우가 천천히 몸을 돌리고 자신을 응시하자 임현현이 살며시 고개를 저으며 입을 열었다.

"아직은 아니에요. 인정하긴 싫지만 방금 전에 아직은 당신 상대가 안 된다는 것을 알았어요. 그래서 좀 더 기다릴 생각이에요."

"하하하! 내가 그때까지 기다려 줄 사람으로 보이나?"

사군우가 호쾌하게 웃으며 물었다.

"물론이죠. 당신은 결코 승부를 포기한 사람에게 검을 겨눌 인간이 아니에요."

"흠, 그렇게까지 말하는데 손을 쓰기가 좀 뭐하군. 하지만 녀석의 생사가 달린 문제니 나도 그냥 좌시할 수만은 없는 일. 미안하네."

말을 마친 사군우의 전신이 붉게 타오르기 시작했다. 사비가 보였던 붉은 빛과는 비교조차 할 수 없는 강렬하고 뜨거운 빛이었다.

이를 본 임현현의 안색이 대번에 굳어졌다.

"잠깐만요! 정말 이럴 거예요?"

"약속을 하나 해라! 그럼 공격을 멈출 의향도 있다!"

"어떤 약속이죠?"

사군우가 공력을 거둬들이며 천천히 입을 열었다.

"앞으로 사비를 건드리지 않는다는 약속. 그거면 된다."

"하지만 화류패기를 지닌 사람을 살려둘 수는 없어요. 대천사님이 허락하지 않으실 거예요."

"아니, 너라면 충분히 가능하다."

"호호호! 어떤 근거로 단언하시죠?"

임현현이 피식 웃으며 물었다.

"백월환은 대천사가 아니면 배울 수 없는 무공. 따라서 그 무공을 사용한 너는 앞으로 대천사가 될 후보 중 하나라는 뜻이지."

사군우의 말에 임현현이 웃음을 뚝 그쳤다.

"역시 알아보셨군요. 좋아요. 그럼 약속하지요. 하지만 제가 좀 밑지는 것 같은데요?"

"그런 걱정은 안 해도 된다. 적어도 삼 년 안에 네게 내 목숨을 줄 테니까. 이만하면 괜찮은 거래 같은데, 어떤가?"

"그 말, 진심인가요?"

사군우의 말에 임현현이 눈을 반짝이며 되물었다.

"사내는 한 입으로 두말하지 않는다. 그럼 이제 돌아가라."

사군우는 고개를 끄덕인 후 곧바로 몸을 돌렸고, 그의 뒷모습을 보는 임현현의 눈이 짧게 흔들렸다.

사사삭!

풀잎을 타고 넘는 검은 신형은 무척 날렵했다. 하지만 잠시 잠깐 나무에 몸을 기대고 쉴 때면 그 검은 신형은 크게 흔들렸다.

창백한 안색에 퀭한 눈을 한 사내. 부슬부슬 내리는 비를 고스란히 맞은 그의 머리에서는 하얀 김이 모락모락 피어오르고 있었다. 그에게 있어 공력을 끌어올려 비를 피하는 것은 그리 어렵지 않은 일이었으나 현재 그의 체력은 거의 바닥이 난 상태였다.

타락수라. 백천맹의 추격자들에게 무려 이십 주야를 쉬지 않고 쫓긴 그는 얼마 안 있어 자신의 긴 도주도 끝을 맺을 것임을 알고 있었다.

하지만 여기서 포기할 수는 없었다. 죽더라도 그녀의 곁으로 가서 죽고 싶었다. 이에 타락수라는 입술을 질끈 깨물며 다시 몸을 날렸다. 금방이라도 쓰러질 듯 휘청거리던 그의 신형은 언제 그랬냐는 듯 빠른 속도로 움직였다.

타락수라가 떠난 지 일각이 지나자 그가 서 있던 땅으로 일단의 무리들이 날아 내렸다.

"잠시 여기서 숨을 돌리고 저쪽으로 이동했습니다."

지면을 살핀 사내가 손가락으로 숲을 가리켰다. 그는 추적술과 경공의 달인 천리비호(千里飛虎)였다.

"가자!"

천리비호의 손가락이 가리키는 곳으로 텁수룩한 수염의 오십대 장한이 짧게 외치며 몸을 날리자 그의 뒤를 따라 나머지 무리가 신법을 전개했다. 그들의 수는 여덟으로 타락수라를 추격하는 백천맹의 추격대 중 하나였다.

타락수라는 전면에 보이는 관제묘를 발견하고 곧바로 한쪽 구석에 있는 사당 안으로 뛰어들었다.

"음!"

사당 안 천장이 뻥 뚫려 있음을 확인한 그가 눈살을 찌푸리며 황급히 벽 쪽으로 이동했다. 숨을 헉헉 몰아쉬는 모습이 무척이나 고통스러워 보였다.

이윽고 사당 뒤편에 있는 봉분을 발견한 그의 눈이 빛을 발했다.

생각할 겨를이 없었다. 벌써 수십 장 밖에서 추격자들이 오는 소리가 들렸기 때문이다.

파삭!

흙이 튀는 소리와 함께 타락수라의 신형이 순식간에 사라진 직후 추격대는 관제묘 앞에 사뿐히 날아 내렸다.

"여기서 잠시 쉬었다 간다!"

텁석부리 장한이 추격대를 돌아보며 말했다.

그는 대력신장(大力神將) 백리준(白梨俊)이라는 인물로 이십 년 전 비무대회에서 황실 대표로 출전했던 고수이다. 지금은 황실에서 나와 강호를 주유하며 지내고 있는 백리준은 흑화대에 소속된 인물이자 이 추격대의 대장이었다.

"대장님, 놈이 지척에 있습니다! 그러니……!"

마른 체격에 뾰족한 턱을 한 젊은 사내가 말을 하다 말고 입을 다물었다. 백리준이 퉁방울만 한 눈알을 부릅뜨고 노려봤기 때문이다.

하지만 그 역시 호락호락한 인물은 아니었다. 안휘성에서 가장 잘나가는 집안의 신진 기재로 급부상 중인 남궁원예였기 때문이다.

남궁원예는 조급했다. 한시라도 빨리 형과 사촌들을 죽인 타락수라

에게 복수하고 싶었다. 하지만 백리준의 단호한 표정을 보자 감히 더
는 추격을 하자는 말을 꺼낼 수가 없었다.

다른 동료들은 물론이고 자신 또한 체력이 급격히 저하된 상태였기
에 우선은 체력을 회복하는 것이 먼저였다. 그렇지 않으면 모두 개죽
음을 당할 수도 있었다.

남궁원예가 더 이상 말이 없자 천리비호를 포함한 나머지 인물들이
주위를 살피며 자리에 앉았다.

"누군가 이곳에 머물고 있는 것 같습니다!"

"으음."

천리비호가 고개를 갸웃거리며 입을 열자 백리준이 눈을 번득이며
주변을 둘러봤다.

백리준의 눈에 자질구레한 식기와 나름대로 깔끔하게 정돈된 침상
이 들어왔다. 하지만 그는 이내 몸을 휙 돌리고 자신의 일행이 있는 곳
으로 되돌아와 그 자리에 앉았다.

그가 조용히 운기조식을 취하자 다른 이들도 말없이 그동안의 피로
를 풀기 위해 팔다리를 두드렸다. 이십 주야에 걸친 추격전은 쫓기는
타락수라는 물론 추격을 하는 그들에게도 극심한 피로감을 안겨주었
다.

그때였다.

"썅! 내 더럽고 치사해서 무공 배운다! 배우면 될 거 아니야! 하지만
당신들에게 배울 생각 없으니까 모두 내 집에서 나가! 딸꾹!"

비틀비틀 걸어오는 사내는 사비였다. 많은 술을 마셨는지 그의 온몸
에서 술 냄새가 진동했다.

"저 자식, 뭐야?"

"놔둬라!"

남궁원예가 눈살을 찌푸리며 자리에서 일어나려 하자 백리준이 그를 제지했다.

그사이 어기적어기적 백리준 일행에게 다가온 사비가 눈을 비비며 그들을 하나하나 훑어봤다.

"니들은 또 뭐야? 어? 검까지 찼네? 진짜 보자 보자 하니까 이젠 아예 무림인들을 한 뭉텅이로 불러왔군!"

입을 열던 사비는 자신을 기분 나쁜 눈초리로 노려보는 남궁원예에게 시선을 돌렸다.

"뭘 야려? 눈 안 깔아!"

사비가 버럭 소리치자 백리준이 천천히 눈을 뜨고 입을 열었다.

"이곳이 자네 집인 모양이군. 미안하게 됐네. 잠시만 쉬었다 갈 테니 조금만 참아주게."

"선배님도 참. 관제묘에 주인이 어디 있습니까? 저런 자식은 제가 맡겠습니다!"

"같이 가기 싫다면 먼저 가도록!"

남궁원예가 몸을 일으키자 백리준이 굳은 얼굴로 말을 뱉었다. 백리준은 남궁원예처럼 가문의 후광을 믿고 설치는 부류의 인간을 가장 싫어했다. 백리준은 오로지 본인 스스로의 능력과 노력만으로 어림친위군(御臨親衛軍)의 우도독(右都督)까지 지낸 인물로 다른 관리들과의 세력 다툼이 싫어 황궁에서 뛰쳐나온 사람이었다.

"혼자 가기 싫으면 잠자코 앉아 있어라. 어찌 됐든 우린 이 젊은이에게 불청객이지 않나?"

백리준의 말에 남궁원예가 멋쩍은 표정으로 다시 자리에 앉았다.

"쳇! 무림인이랍시고 설쳐 대는 인간들 중에 그런대로 괜찮은 인간도 있군."

사비는 백리준을 보며 피식 웃다가 더는 시비를 걸지 않고 사당 쪽으로 몸을 돌렸다. 하지만 속으로는 꽤 놀란 상태였다. 내리는 비에 온몸이 흠뻑 젖은 다른 이들과 달리 자신에게 예의를 갖춘 백리준의 옷자락은 전혀 젖어 있지 않았기 때문이다.

[어떻게 하실 거예요?]

[아직 안 갔나?]

임현현이 소리없이 다가와 전음을 보내자 사군우가 피식 웃었다.

[가고 오는 건 내 맘이에요. 뭐, 감시라고 생각해도 좋고요.]

임현현이 혀를 날름 내밀자 사군우가 실소를 머금고 다시 관제묘 쪽으로 고개를 돌렸다. 사비의 뒤를 밟았던 그는 백리준을 발견하곤 감히 앞으로 나서지 못하고 관제묘에서 삼십 장가량 떨어진 숲에 몸을 숨기고 있었다.

[사당 뒤쪽에 숨은 자의 능력이 대단한가 봐요. 저기 앉아 있는 산적 두목 같은 인간도 눈치 못 채는 것을 보면 말이에요.]

[후후후! 대력신장을 보고 산적 두목이라……. 하지만 뭐, 틀린 말은 아니군.]

사군우가 고소를 흘리자 임현현이 다시 전음을 보냈다.

[시 공자, 괜찮을까요? 갑자기 손을 쓰면 구하기가 쉽지 않을 텐데.]

[내가 이곳에 있는 한 누구도 사비를 건드리지 못한다. 그리고 봉분 안에 숨은 자는 지금 손가락 하나 움직일 기력도 없지.]

[정말 대단한 자신감이군요. 하지만 아무리 당신이라고 해도 여기서

사 공자가 있는 곳까지는 삼십 장이나 떨어져 있다는 걸 명심하세요.]

사군우가 단호하게 고개를 젓자 임현현이 피식 웃으며 말했다.

하지만 사군우는 임현현의 말에 전혀 개의치 않고 봉분 속에 숨은 타락수라의 기운을 감지하기 위해 애썼다.

[당신 말대로 봉분 속에 숨은 자가 좀 걸리긴 하는군. 마공의 기운이 느껴져. 그래서 백천맹에서 쫓고 있는 것 같고.]

[아, 마도 쪽 인물이었군요?]

임현현이 눈을 동그랗게 뜨고 봉분 쪽으로 시선을 던지자 사군우가 살며시 고개를 저었다.

[마도 쪽은 아니야. 변칙적으로, 그리고 자신의 생명을 갉아먹으면서 속성으로 쌓은 마기를 지녔을 뿐이지. 아무래도… 마령의 기운 같군.]

[뭐라고요? 그럼 지금 저자가 마령심공을 익혔다는 건가요?]

임현현은 크게 놀랐다. 설령 화양마부나 빙월마궁의 마인들이 모두 몰려온다 해도 눈 하나 깜짝 안 할 그녀였지만 마령심공이라면 얘기가 달랐다.

임현현이 속으로 놀라고 있는 사이 사군우가 다시 전음을 보냈다.

[문제는 사비가 백천맹 소속의 무사들과 시비가 붙으면 내가 나서기가 좀 곤란하다는 거야. 도와주겠나?]

임현현은 잠시 망설였다. 자신은 사군우의 목숨을 거둘 사람이지 다른 관계는 별로 맺고 싶지 않았기 때문이다.

하지만 잠시 주저하던 임현현은 결국 살며시 고개를 끄덕였다. 이를 본 사군우가 피식 웃으며 그녀의 어깨를 툭 쳤다.

[고맙군. 사비하고는 잘 어울리는 배필이 되겠어.]

[그, 그게 무슨 말씀이세요?]

[저 녀석 좋아하는 것 아니었나?]

[기가 막혀!]

[싫으면 관두고.]

임현현이 살짝 눈을 흘기자 사군우가 어깨를 으쓱했다.

[아니요. 생각 좀 해보죠. 어차피 대천사가 되려면 사내 하나는 잡아먹어야 하는데 화류패기를 지녔다면 몸보신에도 좋겠네요.]

임현현의 전음에 사군우가 실소를 머금었다.

[후후후! 사비를 잡아먹어? 그게 과연 가능할까?]

그 둘이 옥신각신할 무렵이었다.

“아함!”

사당 안에 들어가 대 자로 뻗어 있던 사비가 늘어지게 하품을 하다가 눈을 부릅떴다. 막 운기조식을 마치고 주변을 살피던 천리비호가 봉분 쪽으로 가고 있었기 때문이다.

“뭐야?”

사비가 차갑게 가라앉은 눈빛으로 천리비호에게 다가가 물었다. 하지만 천리비호는 사비를 전혀 아랑곳하지 않고 봉분을 유심히 살피다가 추격대가 있는 쪽으로 고개를 홱 돌렸다.

“여기 놈의 흔적이 있습니다!”

그의 외침과 동시에 백리준이 지면을 박찼다.

“어디냐?”

“여깁니다!”

“음!”

순식간에 무덤에 이른 백리준은 봉분 후면에 파헤쳐진 흔적이 있음을 발견하고 눈을 빛냈다.

“파라!”

“누구 마음대로?”

백리준의 지시에 무덤으로 막 손을 가져가던 천리비호가 사비의 외침을 듣고 어깨를 움찔했다. 하지만 그 외침의 주인이 사비임을 알아보곤 눈살을 찌푸리며 거칠게 흙을 파헤치기 시작했다. 그러나 그는 이내 손을 멈춰야 했다. 어느 틈에 사비가 달려와 자신을 밀쳤기 때문이다.

“지금 뭐 하는 짓이냐? 어서 비켜라!”

천리비호의 일갈에도 사비는 물러설 기미를 보이지 않았다. 아니, 오히려 천리비호의 앞으로 얼굴을 들이밀며 협박을 가했다.

“손모가지 분질러지고 싶으면 계속 파!”

“허!”

천리비호는 어이가 없었다. 비록 무림에서 알려진 자신의 장기가 추적술과 경공이라고는 하지만 그렇다고 무공이 떨어지는 것은 아니었다. 아니, 일반적인 무인에 비하면 월등한 무공 수위를 지니고 있는 그였다. 그저 지닌 무공보다 경공이 더 뛰어날 뿐이었다. 심지어 콧대 높기로 소문난 남궁원예조차도 감히 자신을 함부로 대하지 못하는 마당에 느닷없이 튀어나온 촌무지렁이에게 협박을 당한다는 것은 꿈에도 생각해 보지 못한 일이었다. 하지만 그렇다고 무공도 모르는 일개 청년에게 손을 쓰기도 뭐했다. 대쪽 같은 성격의 백리준이 옆에서 지켜보고 있었다.

천리비호가 이러지도 저러지도 못하고 백리준을 힐끗 쳐다보는 사이 남궁원예가 눈살을 찌푸리며 사비의 목덜미를 와락 움켜잡았다.

“네 녀석이 감히 백천맹의 일에 방해를 하다니, 간덩이가 부은 모양이로구나!"

사비는 남궁원예의 손이 목에 닿는 순간 목덜미가 불에 지진 듯 확 달아올랐다. 하지만 겉으로는 애써 태연한 표정을 보이며 남궁원예를 노려봤다.

"후후후! 내가 무림인들을 싫어하는 이유가 이거야! 왜 툭하면 먼저 주먹질에 힘 자랑이냐고! 그러려고 무공을 배웠나?"

남궁원예는 크게 놀랐다.

'대연십구식(大衍十九式)에 당하고도 웃고 있다? 이 자식 혹시 무공을 숨기고 있는 거 아니야?

곁에서 이를 지켜보던 백리준도 의아하기는 마찬가지였다. 그 역시 남궁원예가 남궁세가의 독문금나수를 썼음을 알아본 까닭이었다.

"음, 자네 사문이 어딘가?"

백리준이 남궁원예의 손을 툭 치며 물었다. 그의 손이 닿는 순간 손목에 힘이 쭉 빠진 남궁원예는 사비의 목에서 손을 떼고 한 발 뒤로 물러섰다.

'이 영감탱이도 내가 대연십구식을 쓴 걸 눈치챘나 보군.'

그사이 사비는 목을 주무르며 남궁원예를 잠시 노려보다가 백리준을 향해 고개를 돌렸다.

"지금 뭐라고 했지?"

"사문이 어디냐고 물었네."

"난 사문 같은 건 안 키워. 내가 하나 만들면 모를까."

사비의 광오한 대답을 들은 백리준은 그의 눈을 뚫어져라 응시했다. 이에 천리비호를 포함해 주변에 있던 백천맹의 무인 모두가 숨을 죽였다. 같이 보낸 한 달 동안 백리준이 이런 표정을 짓는 것을 처음 봤기 때문이다. 더욱이 지금 그의 눈빛에는 극한의 날카로움이 담겨 있었다.

살기였다.

백리준이라는 절정고수가 뿜어내는 살기는 웬만한 고수라 해도 감히 마주하기 힘든 공격이기도 했다. 하지만 사비는 전혀 주눅 든 기색이 아니었다. 그저 삐딱한 시선으로 그를 마주 보며 입술을 살짝 비틀고 있을 뿐이었다. 누가 봐도 명백한 도전의 눈빛이었다.

"그러다 눈알 빠지겠군. 그냥 한 판 뜨지."

사비의 입에서 튀어나온 말에 백천맹 무인들의 얼굴이 경악으로 일그러졌다. 하지만 사비를 제압하기 위해 연신 막대한 기운을 흘려보내던 백리준은 여전히 표정 변화가 없었다. 다만 그의 수염이 부들부들 떨리는 것으로 보아 이제 더 이상 자신을 제어하기 힘든 지경까지 화가 뻗쳤음을 짐작할 수 있었다.

이윽고 잠자코 사비를 노려보던 백리준의 입술이 묘하게 뒤틀렸다.

"하하하하! 오랜만에 제대로 된 걸물을 만났군!"

백리준은 대소했다. 안하무인에다 건방지기 짝이 없는 사비였지만 충분히 그럴 만한 자격이 있다는 생각이 들었다. 사비는 자신의 살기와 투기가 갈무리된 눈빛을 그대로 받아낸 것이다. 그것도 무공을 전혀 익히지 않은 몸으로.

'저 눈빛과 패기. 마치 무종사 어른의 젊은 시절을 보는 것 같군.'

백리준은 사비를 보며 흑화검성 사군우를 떠올렸다.

이십 년 전, 단신으로 천하의 모든 군웅들을 무릎 꿇린 사군우도 그리 겸손한 성격은 아니었다. 아니, 오히려 천하에서 몰려온 고수들과 방파의 수장들을 무시했고, 친한 척 다가오는 자들에게 오만불손한 태도를 보였던 인간이다. 하지만 그게 사군우의 매력이었다.

대명 황제에게조차 고개를 숙이지 않던 광오한 사내.

백리준은 사비에게서 그런 사군우를 느꼈다.

"그러고 보니 우리가 큰 실례를 범했네. 다짜고짜 남의 집에 들어와서 행패를 부렸으니 화가 날 만도 하지. 내 사과하겠네."

잠시 생각에 잠겼던 백리준이 고개를 끄덕이며 짧게 읍을 취해 보이자 사비가 피식 웃으며 고개를 끄덕였다.

"후후후! 당신은 처음부터 마음에 들었어. 내가 아는 겉멋만 잔뜩 든 무인들하고는 다르단 말씀이야."

"그런가?"

백리준이 사비의 칭찬에 피식 웃음을 머금는 사이 천리지청술을 발휘해 그들의 대화를 엿듣던 임현현과 사군우는 서로를 바라보며 어색하게 웃었다. 겉멋만 잔뜩 든 무인이 자신들임을 짐작했기 때문이다.

하지만 사군우는 한편으로는 무척 기분이 좋았다. 백리준의 말은 분명 칭찬이었다. 백리준이 잘 웃지 않을뿐더러 더군다나 칭찬에는 매우 인색한 사람임을 아는 까닭에 그가 사비를 진심으로 인정하고 있다는 사실이 그렇게 기쁠 수가 없었다.

'암! 누구 피를 받았는데!'

사군우가 내심 기분 좋은 미소를 흘리는 사이 사비가 백리준을 향해 다시 입을 열었다.

"알았으면 이제 그만 가. 혼자 있고 싶군."

"미안하지만 그럴 수는 없네. 우리는 악적을 쫓아 여기까지 왔고, 그러던 차에 지금 여기서 그놈의 흔적을 발견했지."

"대장님, 어찌 그런 기밀 사항을 처음 보는 놈에게 말씀해 주시는 겁니까?”

남궁원예가 눈살을 찌푸리자 백리준은 그에게 한 손을 내저으며 다시 말을 이어갔다.

“더욱이 놈은 극악한 마공을 익혀 사람의 생혈을 취해야 생명을 연장할 수 있네. 그동안 많은 사람이 그놈 손에 죽었지. 그러나…….”

“그래서? 그놈이 숨어 있을지도 모르니 파보겠다는 거야, 뭐야?”

“이해하게.”

사비가 묻자 백리준이 고개를 끄덕였다.

“이해 못하겠는데?”

“…….”

“선배님, 이런 녀석에게는 예의를 차릴 필요가 없습니다! 이제 제게 맡기시지요!”

사비가 세차게 고개를 젓자 백리준은 입을 다물었고, 남궁원예는 그럴 줄 알았다는 표정으로 사비를 향해 한 걸음 다가섰다.

'도대체 저 영감탱이는 타락수라를 잡겠다는 거야, 말겠다는 거야? 저런 촌놈 하나 어쩌지 못하고 쩔쩔매는 꼴이라니. 에잇!'

남궁원예는 짜증이 났다.

하지만 백리준은 또다시 남궁원예의 앞을 팔을 들어 막으며 사비에게 고개를 돌렸다.

“도대체 이 봉분이 자네와 무슨 상관이라고 이러는 건가? 수색이 끝나면 원상 복구해 놓을 테니 그냥 좀 봐주게.”

“무슨 상관이냐고? 내가 그런 것까지 대답해 줘야 하는 거야?”

사비는 잠시 망설였다.

아무에게도 알려주지 않은 사연이었다. 심지어는 장도조차 모르고 있는 사연이었다. 하지만 지금 말해주지 않으면 이자들을 막을 도리가 없다. 죽기 살기로 덤벼도 봉분의 훼손은 막을 수가 없는 것이다.

사비는 현실을 냉정하게 직시하고 있었다.

결국 사비는 눈살을 찌푸리며 다시 입을 열었다.

"휴우, 엄마가 자고 있는 곳이야. 편하게 쉬고 계신 분 깨우지 말고 그냥 조용히 사라져 줘. 부탁하지."

"으음!"

사비의 잔잔한 음성에 백천맹 무인들은 일순 입을 다물었고, 숲에 숨어 사태를 주시하던 사군우도 얼굴이 굳어졌다.

'그랬군. 현화의 무덤이었어. 그래서 이곳을 집으로 삼았던 거야.'

사군우는 그제야 사비가 왜 이런 거칠고 황량한 곳에서 살고 있는지 이해가 갔다.

백리준은 곤혹스러웠다. 사비의 어조로 보아 거짓말은 아닌 것 같았다. 하지만 그렇다고 이대로 물러설 수도 없는 노릇이었다.

이윽고 마음을 정한 백리준이 천천히 고개를 들어 올리자 이를 눈치 챈 사비가 씁쓸한 표정으로 입을 열었다.

"힘으로 눌러보겠다 이건가? 역시 당신도 별수없군. 후후후!"

자존심까지 버리고 부탁한 것이었다. 어머니의 무덤만 아니었다면 이런 구차한 얘기는 입 밖으로 꺼내지도 않았을 터.

하지만 이들은 자신의 그런 마음까지 모두 송두리째 무시했다.

'무공이라는 게 좋긴 좋군. 남의 이미 무덤을 파려고 하면서도 저리 당당한 걸 보면 말이야. 후후후, 개자식들!'

사비는 지금까지 살아오며 남에게 져본다는 것은 상상조차 하지 않았다. 무림인들이 있다는 말은 들었지만 그건 자신이 살고 있는 세상과는 전혀 다른 세상의 이야기일 뿐 자신과는 하등 관계가 없는 것으로 여기며 살았다.

하지만 근래 들어 만난 이들은 하나같이 무림인들이었다.

그것도 자신의 삶에 어떻게든 엉켜들고 있는 귀찮은 존재들이었다.

장도를 떠나보내고, 자신의 자존심을 상하게 만들고, 이제는 그나마 안식처라고 마련해 놓은 어미의 허름한 무덤까지 파헤치려 하고 있다. 이에 사비는 처음으로 무력감이라는 감정을 느꼈다.

'하지만 난 결코 호락호락 당하지 않겠어!'

사비의 두 눈에 한기가 감돌았다.

"미안하네. 하지만 만일의 불상사를 생각하지 않을 수 없군."

"됐어! 어차피 붙자는 거잖아! 그러니 잡소리는 집어치우고 그냥 덤벼! 그럼 누구부터 나올래? 너냐?"

사비는 무덤을 등 뒤로 두고 백천맹 무사들을 쭉 훑어봤다. 그의 싸늘한 눈길을 받은 백천맹 무사들은 일순 오싹한 한기를 느꼈다.

하지만 이내 속으로 고개를 도리질 쳤다. 뼈를 깎는 고련 속에 무공을 익힌 자신들이 사비의 눈빛에 주눅이 든다는 것은 있을 수 없는 일이고 있어서도 안 되는 일이었다.

"으음!"

"무공도 모르는 인간에게 우리 모두가 나서는 건 좀 껄끄러운 일이니 허락하신다면 제가 처리하겠습니다!"

백리준이 망설이며 침음성을 삼키는 사이 보다 못한 남궁원예가 앞으로 나오며 말했다.

"안 그래도 계집애처럼 나불대는 꼴이 보기 싫었는데 잘됐군. 일단 자리나 옮기지. 설마 그것도 안 된다고 하지는 않겠지?"

사비는 백리준에게 고개를 돌렸다.

"그렇게 하지. 자네는 여기 있게."

고개를 끄덕인 백리준은 천리비호에게 봉분을 지키게 하고 먼저 걸음을 옮겼다. 이에 사비도 자리를 옮겨 사당 앞으로 이동했고, 백천맹의 무사들도 백리준의 뒤를 따라 자리를 옮겼다. 오직 천리비호만이 무덤가를 지키며 이쪽을 바라볼 뿐이었다.

"그리고 당신, 딴 짓거리 하면 당신부터 죽을 줄 알아! 그러니 얌전히 있으라고!"

"흥! 좋을 대로!"

사비의 으름장에 천리비호가 코웃음을 쳤다.

"그럼 어디 그 무공 초식인지 지랄 발광인지 하는 거 한번 해봐! 구경해 줄 테니까!"

"후후후! 내 잠시 후에 네 손으로 직접 어미 무덤을 팔 수 있는 영광을 주지!"

사비가 자신을 보며 피식 웃자 남궁원예가 비릿한 미소를 머금고 앞으로 나왔다. 자신 앞에서 이렇게 안하무인으로 행동하는 인간을 처음 접해본 터라 사비에게만큼은 추호의 자비심도 베풀고 싶지 않았다.

"기억해 두지. 하지만 그전에 네 무덤부터 파게 될 것 같은데?"

남궁원예의 말을 들은 사비가 고개를 끄덕이며 피식 웃었다.

속으로는 무척 화가 났지만 지금 흥분해 봤자 자신에게 좋을 것이 하나도 없다는 건 그동안 청도 암흑계에서 생활하며 이미 깨닫고 있었다.

"후후후! 오냐! 어디 그럴 실력이 있는지 한번 보자! 받아랏!"

슈우욱!

남궁원예가 육장을 뻗었다. 남궁세가의 장법 중 위력 면에서는 단연 최고라는 천뢰삼장(天雷三掌)이었다. 비록 오성의 공력이 실려 있었지만 웬만한 무인 두 서넛은 저 세상으로 보내고 남을 충분한 힘이었다.

"손속에 사정을 두게!"

남궁원예의 가공할 장세에 백리준이 눈살을 찌푸리며 외쳤고, 나머지 무인들은 급히 물러섰다.

한편, 숲에서 이 모든 상황을 지켜보던 임현현은 더 이상 참지 못하고 앞으로 나갔다. 하지만 사군우의 손에 잡혀 더는 움직일 수 없었다.

[왜 그러시죠?]

[일단 두고 보자고.]

[저러다가는 정말 죽을 수도 있어요!]

[사비는 저 정도에 죽을 녀석이 아니야!]

임현현은 잠시 사군우를 바라보다가 이내 짧은 한숨을 토하며 고개를 돌렸다.

그사이 사비는 남궁원예의 장을 피해 다급히 뒤로 물러서고 있었다.

'으음! 이 자식 보기보다 센데!'

사비는 속으로 침음성을 삼켰다. 간발의 차로 남궁원예의 장력에서 벗어나긴 했지만 얼굴이 따끔거렸다. 더욱이 남궁원예가 손을 휘두른 직후 그의 손바닥에서 기이한 기류와 뇌성벽력이 이는 소리가 들렸다는 것도 못내 걸렸다. 이는 남궁원예가 무림인 중에서도 꽤 수준급의 실력을 지녔다는 뜻. 하지만 두렵지는 않았다. 임현현이 펼쳤던 하얀 기류에 비하면 상대적으로 훨씬 약하고 덜 위협적이었기 때문이다. 아니, 그녀가 자신에게 펼쳤던 것과는 비교조차 되지 않았다.

'좋아! 까짓거! 해보는 거야! 죽기뿐이 더 하겠어?'

남궁원예의 장을 한차례 맛본 사비는 자신감이 생겼다. 반면 남궁원예나 주변에서 이를 지켜보던 무인들은 크게 놀라고 있었다.

'처, 천뢰삼장을 피하다니!'

남궁원예는 자신이 펼치고도 믿기지 않는지 주위를 힐끔 둘러봤다. 동료들 역시 믿기지 않는 눈초리인 건 마찬가지였다.

"좀 전에는 백 선배님의 말을 듣고 손속에 사정을 뒀지만 이번에는 다를 거다! 모두 네가 자초한 일이니 후회하지 마라!"

"어이구! 그러셨어요? 이거 무서워서 어쩌나?"

사비의 비아냥에 남궁원예가 공력을 끌어올렸다. 남궁세가의 직계들만이 익힌다는 천뢰제왕신공(天雷帝王神功)의 진기였다.

우우웅……!

남궁원예의 몸에서 미미한 천둥소리가 들리자 백리준이 눈썹을 찌푸렸다. 그가 전신 공력을 최대로 끌어올리고 있음을 간파한 것이다.

'쯧쯧! 어찌 저렇게 앞뒤 가리지 않고 전력을 가하는 것인가? 남궁세가의 앞날이 참으로 캄캄하구나!'

백리준은 속으로 혀를 차며 슬며시 진기를 끌어올렸다. 그는 모처럼만에 만난 마음에 드는 젊은이가 덧없이 죽는 것을 보고 싶은 생각은 추호도 없었다.

후아앙……!

남궁원예가 천뢰삼장의 마지막 초식을 펼치는 순간 시비의 앞으로 몸을 날리던 백리준이 휘둥그레진 눈으로 급히 허공에서 신형을 틀고 무덤 쪽으로 날아갔다.

무덤 쪽에서 강렬한 마기가 분출되고 있었기 때문에 이것저것 생각할 겨를이 없었다.

"으아악!"

천리비호가 비명성을 터뜨리며 순식간에 이십여 장 앞으로 쏘아져 가고 있었다. 아니, 보다 정확히 말하자면 타락수라에게 제압당한 채 이동 중이었다.

퍼어엉!

등 뒤에서 들린 폭음에 백리준이 급격히 일그러진 얼굴로 고개를 틀었다. 그의 동공에 뒤로 부웅 솟구쳤다가 사당 벽에 등을 부딪치는 사비가 들어왔다.

와르르!

사비의 몸으로 벽의 잔해가 무너져 내렸고, 이를 본 백리준은 급히 신형을 날렸다.

"흐음!"

급하게 돌 무더기를 걷어내던 백리준이 짧은 탄성을 토했다. 돌 무더기를 비집고 나온 사비의 손을 발견했기 때문이다.

"괜찮은가?"

"당신은 이게 괜찮아 보여?"

백리준이 근심스런 기색으로 묻자 사비는 전신에 묻은 흙먼지를 툭툭 털며 피식 웃었다.

"대장, 이쪽으로 좀 와보십시오!"

"무슨 일이냐? 아니?"

한 무인의 외침에 달려간 백리준은 전신을 부르르 떨며 서 있는 남궁원예를 보고 경악성을 토했다.

남궁원예는 불신의 눈빛으로 너덜거리고 있는 자신의 양팔을 보고 있었다.

"으윽!"

남궁원예가 더는 참지 못하고 그 자리에 털썩 무릎을 꿇었다. 꾸역꾸역 넘어오는 내장 부스러기 때문도 으스러진 양팔의 고통 때문도 아니었다. 무공도 모르는 한낱 애송이에게 패했다는 수치심과 모멸감이 그를 견딜 수 없게 만들고 있었다.

"어떻게 된 일이냐?"

"저도 어찌 된 영문인지 잘 모르겠습니다."

자신의 질문을 받은 사내가 대답을 못하자 백리준은 남궁원예의 뼈를 맞추며 빠르게 말을 뱉었다.

"조금 있으면 비가 그칠 테니 멀리 가지는 못할 거야. 자네 둘은 이 친구를 데리고 청도에 가서 다른 추격대들에게 연락을 취하게. 나머지는 나를 따르도록!"

"알겠습니다!"

남궁원예를 건네받은 두 명의 무인이 급히 자리를 뜨는 사이 백리준은 그 자리에 털썩 주저앉은 채 자신을 바라보고 있는 사비에게 걸음을 옮겼다.

"미안하지만 자네 몸에 손을 좀 대겠네."

슈우욱!

백리준의 손은 사비가 대답을 하기도 전에 그의 완맥을 움켜쥐었다.

"아니, 이, 이것은!"

막 말을 뱉던 백리준의 안색이 대번에 굳었다. 귀에 익은 음성이 자신의 귓전을 때렸기 때문이다. 더욱이 자신의 이목을 속이고 천리전음을 날릴 수 있는 자는 당금 무림의 고수 중에서도 손으로 꼽는다.

[녀석을 그냥 놔두게. 묻고 싶은 말이 많겠지만 그냥 조용히 물러갔으면 좋겠군.]

백리준은 전음의 주인이 사군우임을 직감하며 급히 고개를 돌렸다.

다른 이들이 의혹에 찬 시선으로 자신을 바라보고 있었다. 이에 잠시 멍한 얼굴로 서 있던 백리준은 슬며시 사비를 놔주고 그대로 몸을 돌렸다.

"가자!"

그가 급히 자리를 뜨자 나머지 무인들도 다급히 그의 뒤를 따랐다.

"무림인들, 이젠 정말 지긋지긋하다! 이씨! 더럽게 아프네!"

사비는 절레절레 고개를 흔들다가 얼굴을 찌푸렸다. 온몸의 피가 바싹 말라 버린 것처럼 아파왔다.

남궁원예에게 내상을 입은 것은 아니었다. 황두를 죽일 때 썼던 비장의 한 수. 임현현과의 대결에서는 미처 써보지 못했던 그 한 수를 남궁원예와의 대결에서 쓴 것이다. 하지만 그 후유증은 실로 엄청났다.

"으윽!"

사비가 고통스런 신음을 터뜨리는 사이 사군우와 임현현이 천천히 모습을 드러냈다.

비록 말은 없었지만 그들의 눈동자는 크게 흔들리고 있었다. 그들은 사비가 남궁원예를 어떻게 상대했는지를 제대로 파악한 유일한 사람들이었다.

"아까 그자의 무공 수위를 어느 정도로 보세요?"

"글쎄, 천뢰제왕신공이 오성에 이른 걸 보니 남궁세가의 후기지수 중에서도 꽤 유망한 친구일 것 같군."

임현현이 묻자 사군우가 고개를 갸웃거리며 답했다.

"적어도 일류급 고수는 된다는 말이군요?"

"아마도."

"그럼 지금 이게 말이 된다고 생각하세요? 아무리 화류패기를 지녔다고 해도 그렇지 삼류나 이류도 아니고 일류고수를 쓰러뜨렸어요. 이건 도저히 있을 수 없는 일이라고요."

"세상에는 믿지 못할 일이 많이 벌어지지. 저 녀석도 그냥 그런 부류 정도로 봐두면 편할 거야."

임현현이 눈살을 찌푸리자 사군우가 피식 웃었다.

하지만 사비의 앞에 다다른 둘은 그의 몸은 살필 생각이 없는지 여전히 대화에 여념이 없었다.

"저 인간도 그렇지만 당신은 도대체 무슨 생각으로 아까 내가 나서는 걸 말린 거죠? 그러다 죽기라도 하면 어쩌려고요?"

"난 이 녀석의 눈빛을 믿었다. 겉보기에는 아무 생각 없이 설치는 개망나니처럼 보일지 몰라도 남궁세가 출신의 청년에게 상대가 안 된다고 판단했다면 일찌감치 포기했을 거야. 물론 힘이 없어 잠시 물러서더라도 나중에 기회를 포착하면 죽기 살기로 달려들 녀석이지. 하지만 좀 전에는 자신이 있어 보였어. 난 그 자신감을 믿었고. 그리고 사비에게는 아직 이뤄야 할 꿈이 있지. 그 꿈을 이루기 전에는 결코 쉽게 죽을 녀석이 아니야."

"꿈이라고요?"

"그래. 취화루 이호점을 낸다고 하더군. 후후후!"

"가만, 취화루라면 왕 대인이 운영하는 기루잖아요?"

"소박하지만 멋진 꿈이지."

임현현이 어이없는 표정으로 묻자 사군우가 고개를 끄덕였다.

"무공을 가르치려던 게 아니었나요?"

"물론 처음에는 그랬지. 하지만 지금은 생각이 달라졌어."

"왜죠? 도대체 생각을 바꾼 이유가 뭐죠?"

"굳이 무공을 배우지 않아도 이 녀석은 행복할 수 있겠다 싶어. 어쩌면… 무공을 가르치려는 건 내 욕심일 뿐인지도 모르지. 굳이 무인의 삶이 아니어도 이 녀석이 행복하다면 난 그것으로 만족할 거야. 그리고 내가 받은 업을 사비에게까지 물려주고 싶지도 않군."

"당신이나 사비 공자나 모두 참 이해하기 힘든 인간들이에요."

임현현이 설레설레 고개를 젓는 순간 사비가 버럭 소리를 질렀다.

"썅! 다친 사람 앞에 놔두고 지금 뭐 하는 거야? 빨리 나 좀 어떻게 해줘! 아이고, 나 죽네!"

물컹한 느낌.

바람을 가르며 달리던 타락수라는 온몸으로 퍼지는 기이한 전율에 흠칫 몸을 떨었다.

천리비호의 혈도를 제압하고 달릴 때까지는 그를 죽일 생각까지는 없었다. 단지 도주할 수 있는 마지막 기회를 포착했고, 자신을 가장 괴롭히던 자도 한꺼번에 처리하는 것이 나을 것 같다는 판단에 손을 썼을 뿐이다. 하지만 막상 천리비호의 목덜미를 보자 극심한 욕망이 뇌신경을 자극했다.

'피가 필요해!'

흔들리는 눈빛으로 천리비호의 목을 바라보던 타락수라는 결국 그의 목덜미를 덥석 물고 말았다. 아혈을 제압당해 아무 소리도 내지 못하던 천리비호는 잠시 물 밖으로 나온 물고기처럼 전신을 파닥거리다가 이내 움직임을 멈췄다.

꿀걱! 꿀걱!

비릿한 냄새와 함께 따뜻한 액체가 타락수라의 식도를 타고 흘러들어 갔다.

그 효과는 실로 엄청났다. 지금까지 쌓였던 피로와 진기의 회복은 순식간이었다. 아니, 오히려 이전보다 더욱 강한 힘이 용솟음쳤다.

타락수라는 더 이상 천리비호의 목에서 피가 나오지 않자 아쉬운 듯 그의 목덜미를 혀로 핥았다.

"우욱!"

그러나 점점 쭈글쭈글해져 가는 천리비호의 얼굴을 보자 조금씩 정신이 돌아온 타락수라는 구토가 밀려왔다.

곧바로 인근 야산으로 들어가 한참을 토악질을 해대던 타락수라는 천리비호의 피를 빨았다는 것보다 자신이 구토를 하고 있는 지금의 행위가 오히려 더 역겹게 느껴졌다.

'후후후! 난 더 이상 인간이 아니야! 지금의 행동은 그저 위선이고 가식에 불과할 뿐이다! 나는 이제 인간이 아니니까!'

타락수라는 고개를 도리질 치며 격정에 휩싸였다. 사랑하는 여인의 복수를 위해 포기한 삶이었지만 막상 그녀의 복수를 하고 나니 자신의 자아에 대한 상실감을 주체할 길이 없었다.

순간, 타락수라는 전신이 따끔거렸다. 고개를 들어보니 먹구름이 조금씩 걷히며 햇살이 지면을 삼켜가고 있었다.

"큰일이군."

타락수라는 나무 그늘을 찾아 황급히 이동했다. 하지만 햇볕은 자신이 몸을 피한 그늘을 야금야금 갉아먹으며 조금씩 다가왔다.

'그곳이 좋겠어.'

잠시 고민하던 타락수라가 눈을 빛냈다.

스스슷……!

그는 천리비호의 시체를 한 줌 먼지로 만든 후 그의 옷가지들을 땅에 파묻었다.

휘이익……!

그 직후 타락수라는 흑색 장포를 뒤집어쓰고 곧바로 신법을 전개했다. 장포가 아무리 두텁더라도 햇빛을 차단하는 데는 한계가 있기 마련, 그는 자신이 낼 수 있는 최대의 속도를 냈다. 그래야 살 수 있었다.

|第四章|

장부지루(丈夫之淚)

사군우는 사비의 등에 장심을 대고 진기를 밀어 넣었다.

'다른 이들이 이 정도 양의 화류패기를 받아들였다면 심맥이 파열되거나 화독에 몸이 상했을 것이다. 하지만 역시 이 녀석은 아무 거부감이 없어. 예상은 했지만 도무지 믿기지 않는군.'

사군우는 사비의 몸에 화류패기를 불어넣으면서도 이해할 수 없다는 듯 살며시 고개를 저었다. 자신이 익힌 화류패공(火流敗功)은 아무나 익힐 수 있는 무공이 아니었다. 더욱이 자신의 생기를 태워야 제대로 된 힘을 발휘할 수 있기에 무공을 완성하게 되면 죽음에 이를 수밖에 없는 필사(必死)의 무공이기도 했다.

하지만 사군우도 자신이 익힌 화류패공이 그런 무공임을 안 것은 얼마 되지 않았다. 그전까지는 무공을 쓰는 데 아무런 무리가 없었기 때문이다.

　사군우는 반년 전 화류패공의 진기가 거대한 불덩어리로 변하며 자신의 생명을 조금씩 갉아먹어 가기 시작하자 이를 제거하기 위해 급히 신의 화정을 찾았다.

　하지만 사군우를 진맥해 본 화정은 고개를 가로저었다. 그 불덩어리를 제거하면 사군우의 생명도 모두 꺼져 버리기 때문이었다. 결국 사군우는 무림에서 은퇴하기로 마음먹었고, 죽음에 이르기 전에 자신의 처음이자 마지막 여인이었던 현화를 찾아 청도로 온 것이다.

　이후 사군우는 현화가 이미 이 세상 사람이 아니며 그가 남긴 자신의 아들이 있다는 뜻밖의 소식을 접했다. 그런데 그 아들이 자신에게 화류패기의 힘까지 물려받고 태어난 것이다. 이에 사군우는 크게 당혹했다.

　'무공을 익히지 않으면 화류패기를 쓰지 않아도 되니 더 오래 살 터. 아무래도 너는 무도와는 인연이 없나 보구나.'

　사군우는 씁쓸하게 웃었다.

　생각지도 않았던 아들이다. 솔직히 현화의 죽음을 들었을 때보다 그녀가 자신의 아들을 낳았다는 사실을 들었을 때 더 충격이 컸다.

　사비를 찾아 박투장으로 걸음을 옮기며 참으로 많은 생각을 했다. 자신의 모든 무공을 전수하여 천하무림에 우뚝 서게 만들겠다는 생각도 했고, 만일 무공에 관심이 없다면 황실에서 자신에게 내린 관직과 토지를 모두 물려주어 평생 호강하며 살게 할 생각도 했다.

　사군우 본인이야 그런 물질적인 안락함과는 거리가 먼 성격이었지만 지금까지 부모 없이 고생했을 사비에게는 그렇게라도 해야 마음이 편할 것 같았다.

　그러나 막상 사비를 본 후 그 실망감은 이루 말할 수 없을 정도였다.

친구와 작당해 사기를 치고 아무에게나 오만불손한 태도를 보이는 사비는 한눈에 보기에도 막 나가는 파락호였다. 하지만 그래도 자식이라고 차마 사비를 외면할 수는 없었다. 그렇게 해서 사비의 뒤를 밟으며 그의 행적을 살폈는데 생각보다 괜찮은 일면도 있었고, 어떨 때는 마치 자신의 젊은 날을 보는 것 같은 착각이 들 때도 있었다.

사군우는 피식 웃으며 사비의 몸에서 손을 뗐다. 워낙 많은 화류패기를 흘려 넣은 까닭에 잠시 숨을 돌리고 싶었지만 곁에서 지켜보는 임현현 때문에 그럴 수도 없었다.

자신의 몸에 이상이 있다는 것을 알면 그녀는 아무 망설임 없이 덤벼들 테고, 그렇게 되면 아들과 지낼 수 있는 얼마 남지 않은 시간마저 단축될 것이다. 죽음이 두려운 것이 아니었다. 그저 사비와 따뜻한 정을 나눌 시간이 조금이라도 더 있었으면 하는 바람뿐이었다.

사군우는 천천히 자리에서 일어났다.

"좀 쉬세요. 몸도 안 좋으신데……."

"으음, 알고 있었나?"

사군우가 의외라는 눈빛으로 고개를 돌리자 임현현이 담담한 표정으로 천천히 입을 열었다.

"머지않아 대천사님의 승천식이 거행될 거예요. 그때 새로운 대천사를 뽑게 되는데 그 후보로 지명된 소천사(小天使)는 모두 셋이지요. 그 중 한 명이 저예요. 제가 가장 마지막으로 내정된 소천사예요. 제 위로 있는 두 사저(師姐)는 제가 태어나기도 전에 이미 대천사님께 무(武)와 지(智)의 권능을 물려받고 소천사가 됐다고 해요."

"그럼 언(言)의 권능은 너에게 이어졌겠군."

사군우가 고개를 끄덕였다. 천월사도에서 태어나고 자란 그로서는 굳이 더 설명을 듣지 않아도 임현현이 무슨 말을 하려는지 알 수 있었다.

천월사도는 중원과는 차원이 다른 세상으로 사내들은 노예로 평생을 살 운명을 타고나지만 여인들은 태어나는 순간부터 추측 불가의 힘을 얻는 여인들의 천국이었다.

그 여아들 중 가장 뛰어난 여아를 대천사의 후보로 택하고 그녀들은 당대 대천사에게 고유의 능력을 물려받는다.

임현현이 물려받았다는 언(言)의 권능이란 예언의 능력이었다.

잠시 망설이던 사군우가 무겁게 입술을 뗐다.

"자네, 내 미래를 본 모양이군."

"네, 조금 전에요."

임현현이 안타까운 어조로 고개를 끄덕였다.

"그럼 내가 지금 자네를 죽여야 하나?"

임현현은 사군우의 물음에 잠시 망설였다. 사군우는 그와 자신이 한 약속을 지킬 것인지를 묻는 것이었다.

"그럴 필요는 없을 것 같군요."

"다행이군. 그럼 난 잠시 청도에 좀 다녀오지. 찾아올 물건이 있어서 말이야."

사군우는 피식 웃으며 몸을 돌렸다.

그의 뒷모습을 바라보는 임현현의 눈동자가 살짝 흔들렸다. 중원에서도 전설로 지리매김한 사내였지만 천월사도에서도 그는 전설이었다.

천월사도 여인들의 종마(種馬)가 될 운명이었던 사군우는 사내들이 유일하게 천월사도를 벗어날 수 있는 관문을 뚫고 중원으로 나왔다.

그 이유가 양기를 극대로 끌어올려 주는 화류패공에 있었다는 사실이 뒤늦게 밝혀지자 이를 알고 진노한 대천사는 이미 중원행을 떠난 소천사들과 막 떠나려는 임현현에게 사군우를 잡아오라는 명을 추가했고, 그를 잡아오는 소천사에게 대천사의 위를 넘긴다고 공표했다.

하지만 임현현은 사군우에게 그 사연만큼은 말하지 않았다. 그를 속일 생각이어서가 아니라 그럴 마음이 사라졌기 때문이다.

'며칠 사이에 내가 왜 이렇게 변한 걸까? 이건 내 예지력에도 나타나지 않았던 건데……'

임현현은 가부좌를 틀고 앉아 땀을 뻘뻘 흘리고 있는 사비에게 힐끗 고개를 돌렸다.

다음날 정오.

햇살이 눈부시다. 관제묘 주변으로 파릇이 돋아나는 새싹 위에 엉덩이를 걸치고 앉아 있는 사비가 맞은편에 앉은 사군우를 보며 눈썹을 찡그렸다.

"그래서 무공을 못 가르쳐 주겠다는 거요?"

"네 말대로 무공은 익혀봤자 아무짝에도 쓸모없는 것이다."

사비가 팔짱을 낀 채 앉아 눈썹을 찌푸리자 사군우는 살며시 고개를 저었다. 임현현은 십 장 정도 떨어진 풀숲에 앉아 멍하니 다른 생각에 잠겨 있었다.

"언제는 가르쳐 주고 싶어서 안달을 하더니 도대체 왜 마음이 바뀐 거요?"

사비는 이미 사군우에게 무공을 배우기로 결심한 상태였다. 근래 들어 뜻하지 않게 많은 무인을 만나고 곤란한 상황을 몇 번 겪으며 자신의 힘만으로 살아간다는 것이 쉽지 않음을 절감했고, 그나마 아는 무인

이라고는 사군우나 임현현이었다. 이에 사비는 임현현보다는 아무래
도 사군우가 사부로 삼기에는 그나마 낫지 싶어 그에게 무공을 가르쳐
달라고 청하고 있다.

그리고 무엇보다 결정적인 이유는 그동안 겪은 사군우가 빗물에 옷
자락이 젖지 않던 그 우락부락한 인간보다 강하면 강했지 못하지는 않
을 것 같다는 직감 때문이었다. 하지만 사군우는 한사코 자신의 청을
거부하고 있었다.

"네가 맞고 내가 틀렸기 때문이다. 네 말대로 무공을 익히지 않더라
도 세상은 충분히 네가 할 만한 일이 많으니까."

"그러니까 결론은 안 가르쳐 주겠다는 거잖아!"

사비는 고개를 홱 돌리고 애꿎은 임현현을 노려봤다. 혹시 그녀가
지닌 미모를 이용해 사군우에게 자기 대신 제자로 받아달라고 청했을
지도 모른다는 엉뚱한 상상 때문이었다.

"저년 때문이요?"

쿵!

"윽!"

"삼상일언(三想一言)! 사내의 말은 신중해야 한다! 세 번을 생각하고
한 번을 뱉어도 후회하는 것이 바로 말이라는 것이다! 지금 네게 필요
한 것은 무공이 아니라 사나이로서 살아가는 방법인 것 같구나!"

"우씨!"

사비는 시군우에게 맞은 머리를 긁적이면서도 대들지 않았다. 지금
아쉬운 사람은 본인이었다.

"좋습니다. 다시 여쭙지요. 어떻게 하면 무공을 가르쳐 줄 겁니까?"

"후후후! 이제야 좀 진득해 보이는구나. 하지만 어떤 방법을 써도

너에게 무공을 가르쳐 주지 않기로 한 내 결심은 바뀌지 않는다."

사비가 사뭇 진지한 어조로 묻자 사군우가 피식 웃으며 고개를 저었다.

"내 그럴 줄 알았어! 저년 때문이잖아! 저년이 꼬리쳐서 제자로 삼아 달라고 한 거지?"

"끄응!"

사군우는 이맛살을 찌푸렸다. 자신의 뜻대로 안 되자 사비가 그새 본래의 말투로 바꿨다. 이에 사군우는 씁쓸한 표정으로 입술을 뗐다.

"저 여인하고는 상관없는 일이다. 그리고 현현이는 앞으로 네 내자가 될 사람이니 그리 함부로 말해서는 아니 된다. 현현이에게 한 번만 더 그런 경솔한 언행을 보인다면 그땐 정말 용서하지 않을 것이다. 알겠느냐?"

"쳇! 아저씨가 내 부모라도 돼요? 내 색시는 내가 정해!"

사군우의 음성과 눈빛에서 거역할 수 없는 기운이 느껴졌지만 사비는 임현현에게 힐끗 고개를 돌리며 입술을 삐죽 내밀었다.

그녀는 여전히 무심한 표정으로 다른 곳에 시선을 던지고 있었지만 얼굴이 발그레 홍조로 물든 것이 필시 사군우의 말을 들은 모양이었다.

'저 질긴 계집한테 장가를 가라고? 외모 말고는 볼 것도 없는데 내가 왜 사서 고생문으로 들어가? 그렇게는 절대 못하지!'

사비가 입술을 질끈 깨물며 자신에게 시선을 옮기자 사군우가 곧바로 입을 열었다.

"진언필행(眞言必行)! 사내는 어떠한 경우라도 진실을 말해야 하며 거짓이라면 차라리 입을 다물어야 한다. 그리고 뱉은 말에는 반드시 책임을 지는 것. 그게 사내다. 알겠느냐?"

"예?"

사비는 엉겁결에 고개를 끄덕였다.

사군우의 음성에서 자신으로서는 도저히 항거할 수 없는 힘을 느꼈기 때문이다. 아니, 보다 정확히 말하면 그의 음성에 실린 따뜻한 기운이 자신을 향한 정이라는 것을 어렴풋이 느꼈기 때문이다.

사비로서는 어머니를 잃고 처음으로 남에게 충고를 받아보는 것이었다. 지금까지 겪어온 다른 이들은 결코 자신에게 이런 말을 해주지 않았다. 하고 싶어도 사비의 더러운 성질이 두려워 감히 입을 열지 못한 것이었지만 사비는 그렇게 생각하지 않았다.

'이 인간, 설마 나를 양자로라도 삼으려고 그러는 건가? 왜 이렇게 시시콜콜 하라는 게 많은 거야?'

사비는 고개를 갸웃거리며 사군우를 힐끗 바라봤다. 아무리 생각해 봐도 자신을 바라보는 사군우의 두 눈에 담긴 따뜻한 기운은 분명 정겨움이었다.

'흐음! 아무튼 내게 나쁜 뜻을 지닌 인간은 아닌 것 같아. 그나저나 삼상일언(三想一言)에 진언필행(眞言必行)이라고? 그리고 보니 처음에 불로불욕(不勞不慾)이라는 말도 했었는데, 괜찮은데? 나중에 여러모로 써먹을 데가 있겠어. 흐흐흐!'

사비가 짐짓 심각한 표정으로 고개를 끄덕이자 미처 그의 심사를 눈치채지 못한 사군우는 엷은 미소를 머금고 그의 얼굴을 바라봤다.

지금 사군우는 사비에게 자신이 이제껏 살아오며 얻은 깨달음을 전해주고 있었다. 사비와 함께 살 날은 길게 잡아도 사 년을 넘지 못할 것이다. 그렇기 때문에 지금부터라도 자신에게 가장 소중한 것들을 사비에게 모두 물려주고 싶었다. 그는 무공이 아니더라도 사비에게 가르쳐 주고 알려주고 싶은 것이 너무나도 많았다.

'그래, 지금 너에게 필요한 건 무공이 아니라 세상을 바라보는 눈인 것 같구나. 네 차갑고 독기 어린 눈을 따뜻하게 만들어주는 것이 아비로서 해야 할 일이겠지? 아들아!'

사군우는 속으로 사비를 불러봤다. 아직까지는 자신과 사비의 관계를 밝히지 않았다. 아니, 그럴 수 없었다.

그간 사비가 보인 성격으로 보아 자신이 아버지라는 걸 알게 되면 필시 원망하고 외면할 것이 분명했다.

천하에 두려운 것 없는 흑화검성 사군우도 아들이 자신을 외면하는 상황만은 두려워하고 있는 것이다.

'아들아.'

사군우는 속으로 한 번 더 사비를 불러봤다.

사군우는 사비가 자신처럼 살기를 바라는 것은 아니었다. 그저 자신이 해준 말들을 기억하며 자신이 어떻게 살아왔는지 어렴풋이라도 이해해 준다면 그것으로 족했다. 사비와 그의 어미 현화를 일부러 버렸던 것이 아니라는 사실만 인정해 준다면.

사군우에게 마지막으로 남은 바람은 그것뿐이다.

이윽고 사군우가 다시 입을 열었다.

"아직 하고 싶은 말이 더 있지만 그 얘기는 잠시 뒤로 미루고, 이제부터는 네 앞날에 대해서 얘기를 해보도록 하자."

"앞날이요?"

"그래. 네가 목표로 삼고 있는 그 일에 대해서 말이다."

사비가 조심스레 묻자 사군우가 힘차게 고개를 끄덕였고, 이제껏 무심한 표정으로 있던 임현현도 슬며시 고개를 돌렸다.

"아! 취화루 이호점이요? 왜 투자 한번 해보게요? 맞다! 아저씨한테 은자 오백 냥이 있었지?"

"그 돈은 장도가 떠날 때 모두 줬다."

사비가 눈을 반짝이며 자신을 응시하자 사군우가 살며시 고개를 저었다.

"캑! 뭐, 뭐라고요?"

사비는 얼굴을 일그러뜨렸다. 장도를 살릴 때는 아깝지 않던 돈이 지금 생각하니 무척 아깝게 느껴졌다.

"아저씨도 통 한번 크네요. 나라면 절대 못 그랬을 거예요."

"너도 내게 장도를 살리기 위해 그 전표를 선뜻 주지 않았냐?"

"그건 장도 목숨이 달린 일이니까 그랬죠. 하지만 지금은 무지 아깝네요. 그 자식이 얼마나 신이 났겠어요? 오라! 그리고 보니 그래서 청해까지 간다고 했었구나? 나쁜 자식!"

사비가 눈살을 찌푸리며 자리에서 벌떡 일어났다.

"무슨 소리냐?"

"그 녀석이 청해에 갔을 것 같아요? 분명 그 돈 가지고 혼자서 튄 게 분명해요! 에잇! 그런 놈을 친구라고 생각했다니!"

사비가 주먹을 불끈 쥐며 아쉬운 탄성을 내뱉자 사군우가 한심한 눈초리로 쳐다봤다.

"넌 정말 장도가 그 정도밖에 되지 않는 친구라고 생각하냐?"

"누가 꼭 그렇대요? 그냥 아쉬우니까 해본 소리지. 그놈은 내가 없으면 돈도 제대로 못 쓰는 미련 곰탱이라고요. 어릴 때 고생해서 돈의 가치를 소중히 여긴다는 헛소리나 늘어놓지요. 아마 동전 한 닢 쓰면서도 벌벌 떨고 있을걸요?"

사비가 피식 웃으며 대답했다.

"그럼 다시 본론으로 들어가서, 그 취화루 이호점이라는 기루를 차리는 데 얼마면 되겠냐?"

"글쎄요. 왕 할배 같은 구두쇠도 사십이 넘어서야 취화루를 차렸고, 거기다가 염왕채까지 얻었다고 했으니까 아마 모르긴 해도 제대로 차리려면 은자 천 냥은 있어야 될 거예요. 근데 그건 왜요?"

사비가 의아한 눈초리로 쳐다보자 사군우가 잠시 망설이다가 천천히 입을 열었다.

"그럼 한번 해봐라."

"네? 그게 무슨 소리죠?"

"내가 자본을 댈 테니까 기루를 한번 차려보란 말이다."

"에이, 아저씨가 무슨 돈이 있다고. 가만, 삼상일언에 진언필행이라고 했으니까… 그럼 이 말도 거짓말이 아니겠네?"

"받아라!"

사비는 두 눈을 휘둥그레 뜨고 사군우의 앞으로 머리를 들이밀었다.

"이게 뭐죠?"

사비는 사군우가 내민 종이를 보며 물었다.

"광동성 화평(和平)이라는 곳에 가면 내 앞으로 된 땅이 조금 있다. 그 땅을 팔면 네가 기루를 차릴 돈을 마련하는 건 큰 무리가 없을 것이다."

사군우가 내민 종이는 그가 이십 년 전 천하제일비무대회에서 우승하며 상금으로 받은 일만 정보(町步)에 달하는 토지 문서였다.

사군우 역시 아직까지 그곳에 단 한 번도 가본 적은 없었지만 황제가 하사한 땅을 누가 함부로 할 리는 없었기에 그 땅은 여전히 자신의 소유일 것이 분명했다.

하지만 사군우는 자신이 받은 일만 정보(町步)의 토지가 얼마나 엄청난 규모인지는 알지 못했다. 이제껏 무공이 아닌 다른 것에는 한시도 한눈을 팔아본 적이 없었기에 자신의 토지에 대한 시세조차 알아보지 않은 까닭이다.

"이걸 왜 저한테 주는 거죠?"

사군우가 내민 토지 문서를 빤히 쳐다보던 사비가 고개를 들어 올렸다.

"그냥 투자라고 생각해라. 나는 이문에는 밝지 못하니 그저 뒤에서 네가 하는 걸 지켜보기만 하마."

"아하! 동업을 하시겠다 이거군요? 좋습니다! 그럼 동업하죠!"

사비가 흔쾌히 고개를 끄덕이며 손을 내밀자 사군우도 피식 웃으며 그와 손을 마주 잡았다.

'후후, 따뜻하군.'

아들의 손은 따뜻했다. 처음 사비를 대할 때부터 무척 잡아보고 싶던 손이다. 물론 이전에도 몇 번 잡아본 적은 있었지만 그때는 사비가 정신을 잃고 있을 때였거나 자신에게 혼찌검이 날 때였다. 이렇게 서로 맨정신인 상태에서 맞잡아본 것은 오늘이 처음이었다.

하지만 사비는 사군우가 자신의 손을 조심스레 쓰다듬자 어색하게 웃으며 슬며시 손을 뺐다.

"그럼 언제 출발할까요?"

"네가 편할 때 가자. 단!"

사군우가 말을 멈추자 사비가 숨을 죽이고 그의 입술을 바라봤다.

"삼 년 안에 확실한 기반을 구축해야 한다. 알겠느냐?"

"그거라면 걱정 마세요!"

사비는 환한 미소를 머금고 힘차게 고개를 끄덕였다.

그때였다.

"바보 같은 자식!"

자리에서 일어난 임현현이 사비에게 눈을 흘기며 한 발 한 발 다가왔다.

"뭐야? 이런 빌어… 휴우! 너 지금 뭐라고 했어?"

임현현에게 막 욕을 하려던 사비는 사군우를 힐끗 쳐다보더니 이내 어투를 바꿨다.

"바보, 멍청이, 덜떨어진 놈이라고 했어요! 왜요?"

사비의 앞에 이른 임현현이 두 눈을 치켜뜨고 또박또박 말했다.

"그만들 해라."

"아버님은 잠자코 계세요!"

임현현의 뾰족한 외침에 사군우가 어깨를 움찔했다. 그녀가 자신에게 아버님이라고 했기 때문이다. 사비에게 자신이 하는 말을 들었을 임현현이기에 그녀가 이전에 했던 아버님이라는 말과는 전혀 다른 의미였다. 이에 사군우가 기분 좋은 미소를 흘리며 슬며시 몸을 돌리자 사비가 한숨을 폭 내쉬며 입을 열었다.

"휴우! 내가 참는다, 참아!"

사비는 끓어오르는 화를 억누르며 몸을 홱 돌렸지만 임현현은 그런 사비를 가만히 내버려 둘 생각이 없었다.

"안 참으면 어쩔 건데요?"

“뭐야?”

짜짜악!

눈을 부라리며 고개를 홱 돌린 사비는 눈앞으로 별이 보였다.

양 볼이 얼얼했다. 자신의 얼굴에 임현현의 손자국이 찍혀 있으리라는 것은 보지 않아도 알 수 있었다.

“너, 너……!”

사비는 임현현을 손가락으로 가리키며 눈물을 글썽였다.

아파서가 아니었다. 임현현이 자신의 콧등에 있는 누혈(淚穴)을 건드린 때문이었다. 하지만 이를 모르는 사비는 전신을 부르르 떨었다. 이제껏 눈물을 흘려본 적이 단 한 번도 없었다. 심지어 어머니가 돌아가셨을 때도 가슴으로만 흘렸을 뿐이지 다른 사람 앞에서 결코 눈물을 보인 적이 없었다.

혼자였던 그는 강해야 했고, 강하려면 먼저 강해 보여야 했다. 그러기 위해서는 결코 눈물을 흘리지 말아야 했다.

그런데 지금 자신이 눈물을 흘리고 있는 것이다. 그것도 대성통곡을 하는 사람처럼 철철 흘리고 있다.

“흑! 흑! 너… 어떻게… 나를……!”

사비는 두 주먹으로 눈물을 훔쳤고, 임현현은 비웃음을 머금고 그의 얼굴을 응시했다.

“한쪽도… 흑… 아니고… 쌍 싸대기를… 흑! 날렸어! 흑! 흑!”

사비는 이래서는 안 되겠다 싶었는지 급히 몸을 돌리고 달리기 시작했다. 하지만 그의 등 뒤에서 들려온 사군우의 음성은 그의 가슴에 대못으로 박혔다.

“사내란 모름지기 눈물을 흘리지 않는다. 슬퍼도 아파도 결코 울지 않는다. 더더구나 여인에게 맞고 운다면 사내도 아니다. 앞으로는 이런 일이 없었으면 좋겠구나.”

“아저씨가… 흑! 더… 흑! 얄미워! 흑! 흑!”

사비가 숲 속으로 사라지자 사군우가 길게 한숨을 내쉬며 임현현에게 고개를 돌렸다.

“괜히 쓸데없는 짓을 한 것 같구나.”

“죄송해요. 하지만 흑화검성의 아들이 기루나 하게 내버려 둘 수는 없었어요. 그리고 마지막에 쐐기를 박으신 건 아버님이시잖아요. 훗!”

“내가 그랬었나?”

임현현이 언제 화를 냈었냐는 듯 까르르 웃자 사군우도 피식 웃음을 머금었다.

‘역시 나는 사비가 내 뒤를 잇기를 바라고 있었던 건가? 괜한 욕심을 부리는 건 아닌지…….’

사군우는 일순 씁쓸한 눈빛으로 하늘을 올려보다가 문득 떠오른 생각에 임현현에게 다시 고개를 돌렸다.

“정말 사비와 인연을 맺을 생각인가?”

“아니라고는 못하겠네요. 하지만 제 의지라기보다는 피할 수 없는 숙명이라는 느낌이 더 강해요. 사 공자는 아버님을 대신해 천월사도와의 매듭을 풀 수 있는 유일한 기운, 화류패기를 지닌 사람이니까요.”

임현현이 대답했다.

“하지만 난 내 자식이 종마가 되는 것은 원하지 않아.”

“제가 매듭을 풀 수 있다고 말씀드린 건 그런 뜻이 아니에요.”

“그럼?”

사군우가 의아한 눈빛으로 물었다.

천월사도의 여인들에게 있어 사내란 존재는 노예일 뿐이었다. 임현현도 역시 천월사도에서 나고 자랐기에 그녀라고 해서 그 생각이 크게 다를 리 없었다. 이를 눈치챘는지 임현현은 살포시 미소를 지으며 입술을 달싹였다.

"제가 말씀드렸잖아요. 저는 언(言)의 소천사라고요. 좀 전에 사 공자와 제가 소천사와 종마 그 이상의 관계가 될 수도 있다는 계시를 받았어요. 됐죠?"

"그렇다면야. 그럼 나는 앞으로의 수련 계획을 짜야겠군. 자존심이 강한 녀석이니 아마 돌아올 때까지는 시간이 좀 걸릴 거야."

사군우는 입가에 미소를 담고 천천히 몸을 돌렸다.

"이런 썅! 가만 안 두겠어! 두고 봐! 이번에는 정말 안 참아!"

풀밭에 대 자로 누워 있던 사비가 밤하늘에 뜬 별을 보며 버럭 소리를 질렀다. 눈물이 멈추는 데까지는 두 시진이라는 참으로 긴 시간이 흘러야 했다.

사비는 두 시진 내내 속으로 다짐하고 또 다짐했다. 지금 이렇게 흘리는 눈물은 앞으로 자신이 흘릴 눈물을 모두 쏟아내는 것이라고.

그러니 지금 마음껏 울고 앞으로는 절대 눈물을 보이지 말자고.

하지만 그렇게 생각하니 괜히 심사가 울적해졌다. 애써 잊고 지내던 어머니의 얼굴, 이름도 얼굴도 모르는 아버지, 그리고 자신을 두고 떠난 장도에 이르기까지 지금껏 무의식 중에 마음속에 꼭꼭 감춰두었던 모든 슬픔과 서러움, 야속한 감정들이 튀어나오기 시작했다.

그렇게 두 시진을 울고 나자 어느새 눈물은 멈춰 있었다.

하지만 시큰한 콧등을 손으로 꾹 누르자 또다시 눈물이 나왔다. 이에 사비는 대경했다.

'그렇군! 젠장! 무림에서 말하는 혈도라는 걸 눌린 거였어!'

일련의 모든 상황을 파악한 사비는 노기가 치밀어 올랐다. 또한 사군우 역시 무인. 곁에 있던 그가 이 상황을 모를 리 만무했다.

'둘이서 날 가지고 놀았던 거야! 다 죽었어!'

사비가 풀밭에서 벌떡 일어나는 순간이었다.

"사연이 많은 친구로군."

"누구야?"

고개를 홱 돌린 사비의 눈에 흑색 장포를 걸친 타락수라가 들어왔다. 창백한 안색에 퀭한 눈을 한 것이 일견하기에도 꽤 음침하고 사악해 보였다.

추격대를 따돌리기 위해 다시 관제묘 쪽으로 되돌아와 은신을 하고 있던 타락수라는 지금까지 사비가 우는 모습을 쭉 지켜봤다. 하지만 그때는 아직 해가 떨어지지 않고 있었기에 감히 앞으로 나서지 못하다가 햇빛에 의해 가열된 지면의 양기까지 모두 빠져나간 지금에야 드디어 모습을 드러낸 것이다.

'으음!'

타락수라는 사비를 보며 침을 꿀꺽 삼키다가 급히 고개를 돌렸다.

"가라! 어서 가!"

타락수라는 사비를 향해 한 손을 내저었다. 그를 보고 있자니 목을 빨고 싶은 충동이 확 일어났기 때문이다.

하지만 사비는 그의 말에 따를 의사가 전혀 없었다.

"다 봤냐?"

"……."

사비는 눈썹을 찌푸리며 물었지만 타락수라는 대답하지 않았다. 아니, 온몸의 피가 쫙 빠져나가는 고통에 대답을 할 수가 없었다.

"내가 우는… 아니, 내가 하는 짓 다 본 거냐고?"

"으음, 여기 계속 있으면 너는 죽는다. 그러니 어서……."

"정말 미치겠군. 도대체 요새는 왜 이렇게 나를 못 잡아먹어 안달이 난 인간들만 만나는 거야?"

"잡아먹다니? 누가 잡아먹는다는 거냐?"

사비가 어깨를 으쓱하며 중얼거리자 타락수라가 고개를 홱 돌렸다.

"자식, 되게 으스스하네. 알았다. 가라면 가지."

사비는 더욱 창백해진 타락수라의 안색을 보자 불길한 예감이 스쳤다. 근래의 경험으로 봐서 이럴 때는 일단 자리를 피하는 것이 상책이었다.

"자, 잠깐!"

"또 왜? 가라며?"

휘익!

타락수라의 외침에 고개를 돌리던 사비의 두 눈이 경악으로 커졌다.

"커억! 뭐야? 이 손 못 놔?"

사비는 순식간에 다가와 자신의 목을 움켜잡고 뚫어져라 응시하는 타락수라를 보며 눈을 부라렸다.

하지만 이미 몸을 움직일 수 없는 상태였기에 강철보다 단단한 타락수라의 손에서 벗어날 방도는 어디에도 없었다.

"캑캑! 너 지금 뭐 하는 거야?"

타락수라의 두 눈이 광망으로 번득였다.

콰악!

사비는 목에서 느껴지는 차가운 느낌에 식은땀이 주르륵 흘렀다.

'이 미친 새끼, 정말 나를 잡아먹으려는 거야?

사비의 생각은 더 이상 이어지지 않았다. 타락수라가 거친 숨을 몰아쉬며 자신의 피를 빨아대자 일순 정신이 혼미해졌기 때문이다.

'안 돼! 정신 차려야 해! 이건 정말 개죽음이야!

사비는 일순 사위가 희미해짐을 느끼며 두 눈을 부릅떴다.

꿀꺽꿀꺽!

하지만 자신의 소중한 피가 타락수라의 목 울대로 넘어가는 소리는 점점 아득해져만 갔다.

그러다가 문득 사비의 뇌리를 스치는 얼굴, 사군우.

나중에는 무척 어이없어 한 일이었지만 사비의 머리 속에서 정신 차리라고 외치는 이는 분명 사군우였다.

"이이!"

사비는 입술을 질끈 깨물며 젖 먹던 힘까지 모두 쥐어짜며 두 주먹을 불끈 쥐었다.

순간, 그의 전신에서 은은한 홍광이 발현되기 시작했고, 잠시 후 타락수라의 입술이 사비의 목에서 떨어져 나갔다.

"크어억!"

치이이익……!

타락수라는 땅바닥을 뒹굴며 온몸을 요동쳤다. 전신 피부가 시뻘겋게 변해갔다. 그의 전신이 사비의 피에 섞여 있던 화류패기에 의해 타들어갔기 때문이다.

세상에 모든 양기를 피해야 하는 몸으로 양기 중 극상에 위치한 화류패기를 취하며 벌어진 현상이었다.

"으으! 사, 살려줘! 으악!"

타락수라는 비명을 지르다가 서서히 그 움직임을 멈췄다.

펙!

"이런 싸가지없는 새끼를 봤나! 감히 누구 피를 쪽쪽 빨아?"

타락수라의 복부를 걷어찬 사비는 그의 옷을 북 찢어 자신의 목에
친친 감았다.

"아! 어지러워! 이 새끼, 진짜 생각할수록 열받네? 에라!"

사비는 타락수라를 노려보다가 이내 그의 목으로 입술을 가져갔다.

타락수라가 자신에게 했던 것처럼 응분의 대가를 치르게 해줄 심산
이었다.

덥석!

'몸은 얼음처럼 차가운데 피는 따뜻하네? 이거 정말 괴물 아냐?'

사비는 겁이 덜컥 났다. 본래 겁이라고는 찾아볼래야 찾아볼 수 없
는 그였지만 근래 겪은 일들이 그를 조금은 위축되게 만든 모양이었
다.

하지만 사비는 타락수라의 피를 빼는 것을 멈추지 않았다. 두려움보
다는 타락수라가 가져간 자신의 피를 되찾는 것이 훨씬 중요하다고 생
각했기 때문이다.

"꺼억! 자식! 목 좀 닦고 다니지. 이만하면 충분하겠지? 히히히!"

한참이 지나서야 타락수라의 목에서 입을 뗀 사비는 볼록 나온 배를
두드리며 흡족한 미소를 지었다.

"그러니까 사람을 먹어도 좀 봐가면서 먹어야지, 이 괴물 새끼야!"

말을 마친 사비는 고개를 숙이고 타락수라의 흑색 장포를 들어 입가
에 묻은 피를 스윽 닦은 뒤 자리에서 일어났다.

사비는 살기 위해 피를 빨아야 했던 타락수라보다 자신이 더한 별종임은 미처 깨닫지 못하고 있었다.

"가만, 이제 보니가 이 자식, 낮에 왔던 그놈들이 찾던 새끼였구나! 그런데 뭐 이리 약해?"

사비는 고개를 갸웃거리다가 이내 몸을 돌리고 걸음을 옮겼다.

"하긴 내가 알게 뭐야."

"으음."

타락수라가 신음을 흘리자 사비가 그 자리에 뚝 멈췄다.

등골이 오싹했다. 마치 타락수라가 등 뒤에서 자신을 노려보고 있을 것 같았다.

"사, 살고 싶어. 살… 려줘. 그녀에게… 가야 해."

타락수라의 목소리에 아무런 힘이 실려 있지 않음을 알아챈 사비는 용기를 내어 슬며시 고개를 돌렸다.

역시 타락수라는 자신이 몸을 돌리기 전에 보았던 그 자세 그대로 쓰러져 있었다. 오직 그의 두 눈동자만이 애잔한 빛을 띠고 사비를 향해 있을 뿐이었다.

"자식, 살기는 어지간히 살고 싶은가 보네."

사비는 잠시 망설였다. 도와주고 싶은 마음은 추호도 없었으나 그의 처연한 눈동자를 보자 차마 발길이 떨어지지가 않았다.

이윽고 사비가 힘겹게 입술을 뗐다.

"그냥… 죽어. 그게 너나 이 사회를 위해 좋은 일이야."

자신의 말에 타락수라가 체념한 표정으로 두 눈을 감자 사비는 몸을 휙 돌리고 걸음을 옮겼다.

"너 말고도 해야 할 일이 너무 많아서 그래. 일단 그 연놈들을 작살

내야 하고, 또……."

사비의 음성이 점점 멀어져 갔다.

눈을 감은 타락수라에게서 씁쓸한 웃음이 새어 나왔다. 사비에게 자신이 지금까지 해온 것과 똑같은 일을 겪게 되자 두려움이 물밀듯이 밀려왔다. 그건 자신으로서도 미처 생각해 보지 못한 감정이었다.

'복수를 하고 바로 죽는다고 다짐했건만 난 왜 그렇게 살려고 몸부림쳤을까? 후후!'

하지만 그는 점점 가늘어지는 의식의 끈을 차마 놓을 수 없는지 지난 일들을 떠올리며 중얼거렸다. 삶에 대한 강한 집착을 아직 버리지 못했고, 자신의 서글픈 사연은 이대로 묻히고 자신은 천하의 악인으로 이 땅을 떠야 한다는 것이 너무도 억울했다.

"화무영(華霧英). 타락수라라 불리기 전 내 이름이다. 지금으로부터 십 년 전, 그러니까 내가 스무 살이 되던 해에 혼례를 올렸어. 아니, 그러기로 되어 있었지. 어려서부터 난 인물도 출중했고 재기 발랄했어. 그래서 내가 태어나고 자란 래주(萊州) 현령의 추천으로 난 열 살이 되던 해에 선혜원이라는 의가로 가서 의술을 배울 수 있었지. 선혜원은 중원 최고를 다투는 의원들을 배출한 곳이야. 규모 면에서도 의술의 질적인 면에서도 정말 다른 곳과는 비교도 안 되는 곳이지. 그런 곳에서 의술을 배우려면 보통의 자질로는 어림도 없다. 하지만 나는 다행히 의술에 꽤 소질이 있었어. 아니지. 단언하건대 내 동기 이백 명 중에 나와 비교힐 민한 친구는 이무도 없었다. 선혜원의 원주이신 신의 화정 어르신까지 인정한 솜씨였으니까. 그분에게 직접 사사받은 사람이 내가 그곳에 머무는 동안 나를 제외하고 아무도 없었다는 것만 봐도 내 자질은 충분히 입증된 셈이지."

"그렇게 뛰어난 인간이 왜 애꿎은 사람들은 죽이고 다녔냐?"

타락수라는 들려온 음성에 힘겹게 눈을 떴다. 그의 눈앞에 검은 그림자가 일렁이고 있었다.

'염왕사자(閻王使者)가 정말 있었나 보군.'

자신의 눈앞에 어리는 그림자가 자신을 저승으로 인도할 사자라 생각한 타락수라는 씁쓸한 미소를 머금었다.

염왕사자는 지금 자신의 죄를 따지고 있는 것이다. 그를 지옥으로 데리고 가야 할지 말아야 할지를 판단하기 위해서.

그러나 타락수라는 오히려 그에게 따지고 싶은 심정이었다. 염왕사자는 자신이 지은 죄와 행동을 모두 알 것이기에. 왜 자신에게 이런 시련과 고통을 안겨주고 천하에 다시없을 괴물로 만들었는지 묻고 싶었다.

하지만 타락수라의 앞에 서 있는 이는 사비였다.

"내가 왜 이렇게 됐는지는 당신이 더 잘 알잖소."

"……."

사비가 아무 대답이 없자 타락수라는 몽롱한 눈빛으로 지난 일들을 다시 떠올리기 시작했다.

"화정 원주께서는 내가 선혜원에 더 머물기를 원하셨소. 하지만 나는 그럴 수 없었지. 래주에는 나와 평생을 약속한 여인이 기다리고 있었으니까. 그래서 난 십 년간의 의술 공부를 모두 마치자마자 곧바로 고향으로 돌아갔소. 물론 선혜원의 이름으로 의원을 차려도 좋다는 원주님의 허락까지 받았고. 래주에 돌아가니 좋은 가문에서 앞 다투어 매파를 보내오더군. 나는 그때 또 한 번 선혜원의 위상을 실감했지. 하지만 이미 내겐 장래를 약속한 여인이 있었소. 소란(素蘭). 어릴 적 소꿉친구이자 이미 오래전부터 내 삶의 전부가 됐던 여인. 그렇게 우리 둘의 혼사 날이 다가왔고, 우린 아이는 몇을 낳을지, 집은 어디에 장만할지 같은 일들을 상의하며 행복한 미래를 꿈꾸었소. 그런데… 혼례를 며칠 앞두고 소란이 자결을 한 거요.”

타락수라는 전신을 부르르 떨다가 다시 입을 열었다.

“방에서 목을 맸소. 하늘이 노랬지. 난 그녀가 왜 자살을 했는지 전혀 짐작할 수 없었소. 하지만 이상하게도 어느 누구도 소란의 자살을 의심하지 않더군. 심지어 그녀의 부모조차도 말이오. 오직 나만 그녀의 사인을 조사하기 위해 사력을 다했다오. 장례가 치러지던 그 밤 난 넋을 잃고 소란의 관만 바라봤소. 그리고 다른 사람들에게 잠시 소란과 둘만 있고 싶다며 모두 내보내고 관 뚜껑을 열고 그녀의 전신을 샅샅이 살폈소.”

“……”

타락수라의 목소리가 떨렸다. 하지만 사비는 아무 말도 하지 않았다. 그저 주먹을 불끈 쥐고 눈을 빛내고 있을 뿐.

“난 오열했지. 그녀의 발목에서 미세한 혈흔을 발견한 거요. 독침이었소. 그것도 웬만한 무가에서는 구경조차 못할 절독이었고, 게다가… 소란의 몸속에는 태아까지 있었소.”

“으음!”

사비가 처음으로 반응을 보였다. 하지만 타락수라는 자신의 얘기에 빠져 이를 전혀 눈치채지 못했다.

“그제야 내가 올 때부터 소란의 얼굴에 수심이 가득했던 것이 떠올랐소. 그녀의 부모님도 이 사실을 알고 있었던 거고… 모든 사건이 명확해졌지. 소란은 구하기 힘든 절독을 사용할 수 있을 정도로 큰 위세를 지닌 누군가에게 겁간을 당해 임신을 하게 됐고, 이를 고민하던 차에 또 누군가에게 독살을 당한 거였소. 자살이 아니었단 말이오. 이후 나는 의원을 세우기 위해 준비했던 자금을 가지고 곧바로 래주를 떴소. 범인을 밝히고 싶었소. 그래서 사건을 은밀히 조사하기 시작했지. 아무래도 무가와 관련된 일일 가능성이 많아 아무도 모르게 해야 했소. 그렇지 않으면 쥐도 새도 모르게 사라지는 건 오히려 내가 될 테니까.”

“하여간 무림인이라는 새끼들은 정말…….”

사비의 말에 타락수라는 잠시 입을 다물었다. 염왕사자의 말투치고는 다소 거칠었기 때문이다. 하지만 이내 다시 입을 열기 시작했다. 이젠 빨리 말을 마치고 그를 따라 세상을 홀가분하게 뜨고 싶었다.

“반년간의 노력 끝에 독의 출처를 알아냈소. 탈백은침(奪魄銀針)이라는 것으로 사천에 있는 당문이라는 무가에서 만든 것이었지. 그렇다면 흉수는 당문일 가능성이 농후했소. 하지만 난 서두르지 않았소. 소란이 일을 당했을 시기에 래주를 찾은 무인들의 흔적을 조사한 결과 당문은 당시 가주가 바뀌는 시기였기에 당문의 기술들이 중원을 돌아다닐 여유가 없었소. 그러다가 남궁세가의 젊은 기재들이 래주로 유람을 왔었다는 사실을 알아냈소. 난 그때서야 범인이 남궁세가에 있음을 확신했지. 상식적으로 생각해도 당문에서 자신들의 암기를 드러내 놓고 쓸 리가 없는 것 아니겠소? 남궁세가는 당문과 친분이 돈독했으니 탈백은침 몇 개 선물로 받는 것은 일도 아니었을 것이오. 결국 나는 곧바로 남궁세가인들이 있는 산동의 성도 제남으로 향했소. 남궁세가의 본가는 안휘 황산에 있었지만 황보세가의 가세가 기운 틈을 타 산동까지 영역을 넓히던 차였기에 남궁세가의 젊은 축은 모두 산동에 있었소. 제남에 이른 나는 남궁세가에서도 가장 전도가 유망하다는 남궁사수(南宮四秀)를 주목했소. 래주 땅에 유람 왔던 셋이 모두 남궁사수에 속해 있었기 때문이오. 하지만 여섯 달간 면밀히 관찰한 결과 그들의 행동은 너무도 광명정대하고 의연했소. 수많은 악한을 무찌르고 약자를 보호하는 협사 중의 협사였지.”

“등신! 그게 다 그 새끼들 수법이잖아!”

사비의 외침에 타락수라가 고개를 끄덕였다.

“맞소. 난 여섯 달 뒤에야 그들의 가증스런 일면을 목도할 수 있었지. 개새끼들! 그들은 기녀 하나를 데려다가 셋이서 돌아가며 즐긴 후 그녀의 목을 졸랐소. 그리고 탈백은침을 꽂았지. 그리고는 창문에 기녀의 목을 걸고 그녀의 엉덩이를 치며 낄낄거리더군. 난 당장이라도 뛰쳐나가 그 개자식들을 처죽이고 싶었소. 하지만 참아야 했소. 내가 지닌 무공으로는 그들에게 들키지 않은 것만으로도 다행이었으니까. 나는 가까스로 살기를 억누르고 곧바로 선혜원으로 향했소.”

타락수라는 지금 생각해도 노기가 치미는지 입술을 꽉 깨물었다.

“선혜원은 왜? 독이라도 쓰려고?”

사비는 그의 입술에서 흘러나오는 피를 보며 눈살을 찌푸렸다.

“아니오. 원주 어르신께 의술을 배우던 시기, 난 오직 가주만이 들어갈 수 있는 서고를 사용할 자격이 있었소. 불현듯 그때 봐둔 비급이 떠올랐기 때문이오.”

“혹시 그 무공이 네가 피 빨아먹고 다니는 그거냐?”

“그렇소! 마령심공! 죽음의 무학이자 파천의 힘이지. 처음부터 차근차근 익혀도 성취가 있을까 말까 한 무학이었지만 난 시간이 없었소.

한시라도 빨리 그자들의 목을 소란의 무덤에 바치고 싶었소. 그래서 난 속성으로 마령심공을 익혔고, 결국 남궁사수에게 복수를 할 수 있었지. 그자들이 죽어가면서 울부짖던 모습은 아직도 눈에 선하오. 후후후!"

타락수라는 입가에 미소를 머금고 다시 말을 이었다.

"남궁원예라는 한 놈이 남긴 했지만 그는 여인들을 다루는 면에서는 다른 사수들과 취향이 안 맞았던 모양인지 소란의 죽음과는 관련이 없었소. 그래서 살려뒀지. 하지만 그를 살려둔 게 화근이었소. 덕분에 지금 쫓기는 신세가 됐으니까."

타락수라는 가슴속에 담아두었던 말을 모두 끝내자 온몸에 맥이 풀렸다. 남아 있던 모든 힘을 쥐어짜 가며 입을 열었던 까닭에 탈진한 것이다.

"으음, 그럼 데려가시오. 지옥이라도 달게 가겠소. 하지만 가기 전에 그녀 얼굴을 한 번만 더 보게 해주면 원이 없겠군."

털썩!

타락수라의 고개가 옆으로 돌아갔고, 이를 물끄러미 바라보던 사비는 그를 데리고 갈지 말아야 할지를 놓고 한참을 망설였다. 비록 자신을 죽이려고 한 자였지만 웬만한 일에는 감응을 보이지 않는 사비가 보기에도 그의 사연은 기구했다.

"여인을 위해 인생을 바치는 별종도 있긴 있군. 쩝!"

이윽고 사비는 천천히 허리를 숙이고 타락수라를 어깨에 둘러멨다.

"자식, 몸 한번 더럽게 차네!"

타락수라를 메고 느릿느릿 걸음을 옮기는 사비의 몸이 달빛에 어른거렸다.

“아버님, 저, 저기!”

“으음!”

임현현의 놀란 외침에 눈을 뜬 사군우는 침음성을 흘렸다. 사비가 타락수라를 어깨에 둘러멘 채 걸어오고 있었기 때문이다.

“사비야, 지금 네가 무슨 짓을 하고 있는지 알고 있느냐?”

“그래요! 이 사람은 지금 백천맹에서……!”

“알아. 타락수라. 피 빨아먹고 다니다가 쫓기고 있는 미친 새끼잖아.”

사비는 사군우와 임현현의 말을 가로채며 다시 말을 이었다.

“하지만 이 인간은 당신들처럼 속으로 딴생각하면서 내 뒤통수를 치진 않아. 이 자식은 그래도 솔직하다고.”

“……”

사비의 말에 사군우와 임현현은 일순 입을 다물었다. 의도가 어찌 됐든 간에 자신들은 분명 몇 시진 전에 사비를 속인 셈이었기 때문이다.

말투로 보아 사비가 이를 알아챈 것이 분명했다.

“나, 취화루고 무공이고 다 필요없으니까 그냥 이 자식만 살려줘요. 그 정도는 해줄 수 있죠?”

사비가 사군우를 응시하며 물었다. 하지만 사군우는 망설였다.

백천맹의 공적으로 쫓기는 사람을 살린 뒤에 사비에게 어떤 불상사가 생길지 염려됐기 때문이다. 그것은 임현현도 마찬가지였다.

“사 공자, 이 사람을 구했다가는 당신도 백천맹의 공적으로 쫓기게 될지 몰라요. 그러니까……”

"입 닥쳐! 공자라고 부르지 마! 내가 왜 네 공자야? 엉? 그리고 여기 더 있고 싶으면 앞으로 절대 내 몸에 손댈 생각 하지 마! 특히 혈도 같은 거 찍었다가는 그땐 정말 끝장이야! 알았어?"

"……."

사비가 눈을 부라리며 성을 내자 임현현은 끽소리도 못하고 고개만 끄덕였다.

'녀석, 가르쳐 주지 않았는데도 자연스레 무리(武理)를 깨달아가고 있구나.'

곁에서 이를 지켜보던 사군우가 흐뭇한 미소를 흘렸다. 사비는 임현현에게 누혈을 가격당했던 사실을 정확히 깨닫고 있었다. 또한 무인들을 보며 부지불식간에 무리를 깨달아가는 사비의 모습도 흐뭇했지만 임현현을 꼼짝 못하게 하는 것도 무척 마음에 들었다.

"아저씨는 뭘 잘했다고 웃어요? 뭐, 여자에게 맞고 우는 새끼는 사내도 아니라고요?"

"험! 내가 그렇게 말했었나?"

"진언필행(眞言必行)! 뭐, 사내는 어떠한 경우에라도 진실을 말해야 하며 거짓이라면 차라리 입을 다물어야 한다고?"

"으음!"

자신의 외침에 사군우가 굳은 안색으로 침음성을 삼키자 사비가 다시 입을 열고 물었다.

"어떻게 할 거예요?"

"뭘 말인가?"

"난 속으로 복잡하게 저울질하고 머리 싸움하는 거 싫거든요. 길게 빙빙 돌릴 것 없이 단도직입적으로 말하지요. 난 아저씨가 내게 뭘 기대하고 있는 것 같은데 그게 뭔지는 잘 모르겠어요. 그러니까 이 자식만 살려줘요. 그럼 아저씨가 하라는 대로 할 테니까. 무공을 배우라면 배우고 기루를 차리라면 차리지요. 아니, 그냥 여기서 찢어지자면 찢어지죠. 어때요?"

"흠!"

사군우가 턱을 어루만지며 잠시 생각에 잠겼다. 이전에 무슨 일이 있었는지는 모르지만 사비가 타락수라를 아무 생각 없이 살려달라고 하는 것은 아닌 것 같았다. 더욱이 자신을 바라보는 사비의 눈빛이 타락수라는 꼭 살려야 할 사람이라 부르짖고 있었다.

"알겠네."

"고마워요."

사비가 피식 웃으며 몸을 돌려 사당으로 걸음을 옮기자 임현현과 사군우는 서로를 바라보며 고개를 갸웃거렸다.

사비의 입에서 처음으로 고맙다는 말이 튀어나왔기 때문이다.

"역시 마령심공인가요?"

임현현이 근심 어린 어조로 물었다.

"그렇군. 마령심공을 속성으로 익히다가 주화입마에 빠졌어. 그래서 모자란 생기를 보충하기 위해 피가 필요했던 거지. 하지만 다행히 마성에 완전히 이지를 상실한 상태는 아니야. 기특하군. 고통이 심했을 텐데 많은 이들의 피를 빨지는 않았어. 한 다섯 정도."

사군우는 고개를 끄덕이며 피식 미소를 머금었다.

타락수라의 몸에서 느껴지는 생혈의 흔적은 다섯이었다. 즉, 다섯의 피를 빨았다는 것이다. 하지만 지닌 마령심공에 비해서는 턱없이 부족

했다. 이는 그가 타인의 피를 취하지 않기 위해 얼마나 애를 썼는지를
알 수 있게 해주는 증거였다.

"이 정도라면 이전의 품성이 어땠는지는 굳이 보지 않아도 알겠어.
그래, 사비 말대로 충분히 살아날 자격이 있는 친구야. 그런데 이상하
군."

"왜 그러시죠?"

사군우가 고개를 갸웃거리자 임현현이 물었다.

"마령심공은 극음의 기운이라 익힌 자가 주화입마에 빠지면 몸에 도
는 피가 모두 얼어버리지. 하지만 이 친구의 피에는 은은한 온기가 느
껴져."

"저도 좀 볼게요."

임현현이 다가와 타락수라의 완맥을 살며시 쥐었다.

"이건……."

임현현이 당혹스런 시선으로 자신을 쳐다보자 사군우가 살며시 고
개를 끄덕였다.

"맞아! 화류패기야! 후후후!"

사군우는 사비가 누워 있을 사당을 향해 고개를 돌리고 허탈한 웃음
을 흘렸다.

"치료를 다 해놓고 날더러 살려달라고 하다니, 무식도 이만하면 정
말 경이적이야. 안 그런가?"

말은 그렇게 했지만 사군우의 표정에는 사비에 대한 은근한 자랑이
섞여 있었다.

사비가 타락수라를 살리기 위해 본인의 피까지 수혈해 줬다는 것을
눈치챘기 때문이다. 하지만 타락수라의 피 역시 사비의 몸으로 대량

흡수됐다는 사실은 전혀 짐작도 못하고 있었다.

'아쉽군. 화류패기의 기운을 흘려주며 이자에게서 마령의 기운을 받아냈다면 천하에 다시없을 기연을 얻을 수 있었을 텐데……. 하지만 이 친구라도 큰 기연을 얻었으니 그나마 다행이군.'

사군우는 타락수라의 전신에 퍼져 있는 화류패기와 마령의 기운을 융합시키기 위해 그의 경혈을 두드렸고, 사군우의 손이 닿자 새롭게 형성된 진기가 타락수라의 사지백해로 퍼져 갔다.

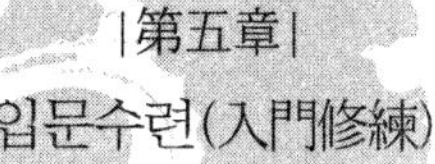

|第五章|

입문수련(入門修練)

"당신이 날 살렸습니까?"

살며시 눈을 뜬 타락수라는 자신을 지그시 내려다보고 있는 사군우를 향해 힘겹게 입술을 뗐다.

"살린 사람은 따로 있지. 나는 자네의 마령심공이 제 능력을 발휘할 수 있도록 약간의 도움을 줬을 뿐이고……."

사군우의 나직한 음성에 타락수라의 눈이 점점 커졌다.

확실히 달랐다. 이전까지 자신을 괴롭히던 극한의 한기가 더 이상 느껴지지 않았다. 게다가 지금은 낮이었다. 햇빛을 볼 수 없는 자신이 벌건 대낮에 나른한 양지 위에 누워 있는 것이다.

"으음!"

타락수라는 자신의 마령심공이 모두 소멸됐다는 생각에 침음성을 토했고, 이를 눈치챈 사군우가 다시 입을 열었다.

"무공을 잃은 것이 아니네. 마령심공의 기운을 갈무리할 수 있게 된 것뿐이지. 자네는 다시없을 기연을 만난 거지."

타락수라는 불신의 기색이 역력한 눈빛으로 사군우의 얼굴을 바라보다가 천천히 마령심공을 끌어올려 봤다. 하단전에서 치솟은 진기가 급속도로 전신으로 퍼져 갔다.

'정말 마령심공이 사라지지 않았다!'

타락수라는 자신의 몸이 정상으로 회복된 것도 모자라 이전에는 꿈도 못 꿨던 지경까지 도달해 있음을 깨닫고 속으로 탄성을 터뜨렸다. 이를 본 사군우가 피식 웃으며 천천히 입을 열었다.

"자네는 마공을 익힌 모든 이들의 꿈이라는 마성(魔聖)의 경지에 올랐네. 이는 마기를 의지대로 조절할 수 있는 마도 절정의 경지. 앞으로 부단히 노력하면 마성을 갈무리하고 지닌 마기를 숨길 수 있는 마황(魔皇)의 경지에도 오를 수 있을 것이네. 마공이면서도 더 이상 마공이 아닌 사상의 기운 중 하나를 흡수해 내공을 쌓고 오행의 진기 중 하나를 발출할 수 있다는 정도의 사상지경(四象之境)과 비슷한 절세의 경지를 말이네."

"제게 이런 은혜를 베푸신 이유가 뭡니까?"

타락수라가 사군우의 얼굴을 뚫어져라 응시하며 물었다.

"말하지 않았나? 자네를 살린 사람은 따로 있다고. 나는 그저 자네 몸속에 있는 마령지기와 화류패기가 잘 융합될 수 있도록 조절해 준 것뿐이 없네."

"화류패기라니요? 도대체 누기?"

타락수라가 몸을 일으키고 천천히 주변을 둘러봤다.

"어이! 흰둥이! 일어났어?"

임현현과 티격태격하고 있던 사비가 타락수라를 발견하고 터벅터벅 걸어왔다. 그는 사군우의 능력에 또 한 번 감탄하고 있었다.

장도를 살린 것은 그렇다 쳐도 온몸이 시커멓게 타 들어갔던 타락수라까지 회복시켰다는 사실이 도무지 믿기지 않았다.

"저분입니까?"

타락수라가 못 믿겠다는 표정으로 사군우에게 고개를 돌렸다. 자신을 마성의 경지로 이끌었다는 사비가 도저히 그런 능력이 있는 사람으로 보이지 않았기 때문이다. 하지만 사군우는 피식 웃으며 고개를 끄덕였다.

"물론 자네의 의혹도 무리는 아니네. 하지만 분명 저 녀석이 지닌 화류패기가 자네를 살리고 마령심공을 다스릴 수 있게 해주었지."

'그렇군. 저 사람이 나를 살렸어!'

타락수라는 사비의 피를 취하기 위해 그의 목을 물어뜯다가 염왕사자를 만났던 기억이 떠올랐다.

'내 사연을 모두 듣고 나를 살리기로 한 거야. 저 사람… 나를 진심으로 이해하고 함께 아파해 준 거였어.'

타락수라는 크게 경동했다. 자신이 생각하기에는 너무도 정당한 복수였지만 천하는 자신을 무림공적으로 몰았고, 도주하는 자신에게 어느 누구도 도움의 손길을 주지 않았다. 그런데 생면부지의 사비는 아무 조건 없이 자신의 손을 잡아준 것이다. 그것도 목숨을 앗아가려 했던 자에게. 그것은 결코 아무나 할 수 있는 행동이 아니었다.

'당신에게 입은 이 은혜를 도대체 어떻게 보답해야 할지…….'

타락수라가 감격에 겨운 표정으로 쳐다보자 사비가 곁으로 다가와 눈썹을 찡그렸다.

"어쭈! 정신 차렸으면 냉큼 일어나야지 뭐 하는 거야?"

“네?”

타락수라가 놀란 눈으로 되묻자 사비가 눈썹을 꿈틀하며 다시 입을 열었다.

“살려줬으면 은혜에 보답해야 될 거 아니야? 서두르라고. 청소도 하고 저 여자 도와서 식사도 준비하고 하려면 바쁘잖아. 흐흐흐!”

“아, 예.”

타락수라는 엉겁결에 고개를 끄덕이며 자리에서 벌떡 일어났다. 사비가 자신을 구한 은인이라는 것을 안 이상 그의 오만불손한 언행이나 엉뚱한 지시에는 전혀 반감이 일어나지 않았다. 그는 마령심공의 마기까지 다스릴 수 있게 해준 대은공이었다.

“그럼 뭐부터 할까요?”

“일단 청소부터. 그리고 그 칙칙한 장포도 좀 벗어.”

“알겠습니다!”

타락수라는 사비의 지시에 흔쾌히 고개를 끄덕였다. 사비의 말이 아니더라도 햇빛을 두려워하지 않아도 되는 이상 굳이 이런 특이한 복장으로 남의 이목을 끌 생각은 없었다.

‘겉과 속이 다른 위선자도 아니다. 게다가 한낱 청소 따위로 내게 은혜를 갚을 기회를 주려는 거야. 역시 속까지 깊으신 분이야.’

타락수라는 더욱 감격했다. 사비가 내린 명이 자신의 마음을 편하게 해주려는 배려라는 생각 때문이었다.

타락수라가 자리를 뜨자 시군우는 피식 웃었다.

‘사비를 과대평가하고 있군.’

사군우는 청소를 하기 위해 분주히 움직이는 타락수라에게서 시선을 떼고 타락수라를 보며 피식 웃는 사비를 향해 천천히 입술을 뗐다.

“이리 와서 앉아라.”

“예.”

사비가 잠자코 사군우의 앞에 앉았다.

“네가 저 친구를 살리기 위해 했던 말은 기억하고 있겠지?”

“물론. 사내가 한 입 갖고 두말하겠습니까? 말해보세요.”

사비가 피식 웃으며 대답하자 사군우가 다시 입을 열었다.

“나는 네게 무공을 가르치기로 결심했다.”

“바라던 바입니다.”

“바라던 바라? 생각을 바꾼 것이냐?”

사비가 크게 고개를 끄덕이자 사군우가 의외라는 듯 물었다.

“언제까지 얻어 터지면서 살 수는 없잖아요. 무림인들을 만나기 전에는 몰랐지만 막상 만나고 보니 내가 많이 약하더라고요. 이런 실력으로는 취화루 이호점을 낸다고 해도 제대로 운영하기 힘들 거예요. 취화루를 차리면 무림인들도 많이 올 텐데 그러다가 행패라도 부리는 놈들을 만나면 제 성질에 가만있겠어요? 차라리 조금 늦게 차리더라도 무공을 어느 정도 갖추고 시작하는 게 낫지요. 헤헤헤!”

사비가 머리를 긁적이며 웃었다.

“하지만 내가 가르쳐 줄 무공은 몇 년이면 배울 수 있는 만만하게 볼 수 있는 무공들이 아니다. 네가 그걸 참아낼 수 있을지 모르겠구나.”

“그런 걱정은 마세요. 그것보다는 궁금한 게 하나 있는데…….”

“물어보거라.”

사비가 말끝을 흐리자 사군우가 고개를 끄덕였다.

“아저씨한테 무공 배우면 저 자식이나 계집애를 이길 수 있을까요?”

사비가 임현현과 타락수라를 향해 힐끗 고개를 돌리며 묻자 사군우가 곤혹스러운 표정으로 잠시 입을 다물었다.

타락수라는 사비와의 만남을 통해 얻은 기연으로 이제 마도에서도 몇 안 될 절정고수의 반열에 올라 있었고, 더욱이 임현현은 현재 무공과 신분을 속이고 있을 뿐이지 실제는 천월사도에서도 가장 강하고 자질이 뛰어난 소천사 중 한 명이었기 때문이다.

"불가능한가요?"

사비가 실망스런 기색으로 묻자 사군우가 천천히 입을 열었다.

"꼭 그렇지만은 않다. 다만 네가 얼마나 열심히 하느냐에 달려 있는 것이지."

"그럼 얼마나 배워야 저 인간들을 누를 수 있을까요?"

"저들도 놀고 있지만은 않을 테니 따라잡으려면 적어도 이십 년 정도는 걸릴 거다. 그런데 그게 중요한 거냐?"

"그럼요. 마누라나 쫄따구한테 얻어 터지면서 살 수는 없잖아요."

"흠! 혹시 저자를 구한 이유가 수하로 삼기 위해서였다는 말이냐?"

사군우의 얼굴이 일그러졌다. 어느 정도 예상은 했지만 막상 사비의 입에서 타락수라를 살린 진정한 이유를 확인하자 입맛이 썼다.

"그럼 제가 아무 이유 없이 저 자식을 살려달라고 했겠어요? 저놈 인상이 먹어주잖아요. 나중에 취화루 이호점을 차렸을 때 저 녀석을 문지기로 쓰면 웬만한 인간들은 시비를 걸지도 못할 거고요. 원래는 장도를 쓸 생각이었지만 아쉬운 대로 쓸 만할 것 같아요. 히히! 그리고 저 계집애도 얼굴 하나는 반반하니까 취화루의 일굴 주인으로 쓰면 좋을 것 같아요."

"기가 막혀!"

"끙!"

사당 안에 앉아 사비의 말을 듣던 임현현이 얼굴을 일그러뜨렸고,

열심히 청소 중이던 타락수라도 굳은 안색으로 침음성을 삼켰다.

‘아닐 거야. 농담한 거겠지? 내가 불편할까 봐 일부러 저러는 걸 거야. 그래.’

자신을 살린 이유가 종으로 부려먹기 위해서였다는 소리에 박수 치며 좋아할 사람은 아무도 없었지만 타락수라는 사비가 진심으로 그런 생각을 지니고 있지는 않다고 애써 자위했다.

하지만 사군우는 약간 당황한 표정으로 타락수라를 힐끗 쳐다보다가 이내 면전에 있는 사비를 보며 손을 저었다.

“휴우! 일단 네 뜻은 충분히 알았으니 잠시 물러가 있어라. 수련은 내일부터 하도록 하겠다.”

“넵! 그럼 쉬세요.”

사비가 어깨를 으쓱하며 뒷짐을 진 채 어기적어기적 걸어가자 사군우는 타락수라와 임현현을 손짓해 불렀다.

“둘 다 이리 와봐라.”

사군우의 부름에 임현현과 타락수라가 다가와 앉았다.

“자네도 봐서 알겠지만 사비의 심성은 그리 광명정대하지 못하네. 현현이는 크게 걱정이 되지 않으나 자네는 사비와 있게 되면 아무래도 곤란한 일을 많이 겪게 될 것이야. 그러니 자네는 지금 떠나는 게 좋겠네.”

“……”

타락수라는 입을 다물고 잠시 생각했다. 사비는 자신의 생명을 구한 사람이다. 사군우의 말은 사비를 대신한 겸양의 말이 분명했지만 지금 그가 하는 말에는 사비의 종이 되기 싫으면 가라는 뜻도 내포되어 있었다.

‘지금 간다면 자유롭게 살 수는 있을 테지만 평생 쫓기는 신세를 면하기 힘들 것이다. 하지만 남는다면 쫓기는 신세를 면하지는 못해도 외롭지는 않겠지. 신분이 어찌 됐든 함께하는 사람이 있으니까. 더욱이 저분은 모두가 외면하는 나를 아무 사심 없이 도와주신 분이야.'

이윽고 타락수라가 힘겹게 입술을 떼었다.

"저는 복수를 위해 많은 악한 짓을 저질렀습니다. 그래서 더 이상 아무 데도 갈 곳이 없는 사람이지요. 그런 저를 거둬주신다는데 오히려 감사할 뿐입니다. 평생 저분을 모시며 살겠습니다. 어르신께서 말씀하신 의도도 이것이라 짐작합니다."

사군우는 고개를 끄덕였다. 타락수라의 성정은 역시 자신이 짐작하던 대로였다. 굳이 말을 하지 않았는데도 자신의 심사를 눈치채는 그의 재기와 은혜를 저버리지 않으려는 호협한 기상, 그리고 절정의 반열에 든 그의 무공 수위까지. 어느 것 하나 마음에 들지 않는 것이 없었다.

그런 짐작이 아니었다면 타락수라에게 자신의 생명을 단축시키면서까지 화류패기를 소모하지는 않았을 것이다.

사군우가 바라는 것은 사비가 제대로 설 때까지 그의 옆에서 보좌할 사람이었고, 타락수라는 숙명처럼 사비에게 다가온 인연이었다.

'이 친구라면 한시름 놓을 수 있겠군. 행색만 바꾼다면 백천맹의 이목에서 벗어나는 것도 그리 어려운 일은 아닐 테고.'

사군우는 속으로 고개를 끄덕이며 다시 임현현에게 시선을 옮겼다.

"현현이에게도 다시 생각해 볼 기회를 주고 싶구나."

"저는 사비 공자의 어이없는 행동에 장단을 맞춰줄 만큼 좋은 성격이 못 돼요. 하지만 그렇다고 이미 내린 결정을 바꿀 성격도 아니지요. 그러니 제 걱정은 안 하셔도 돼요."

임현현이 피식 웃으며 답하자 사군우는 천천히 고개를 끄덕이며 다시 입을 열었다.

"그럼 난 내일부터 사비에게 무공을 가르치겠다. 하지만 내가 어떻게 하든 너희들은 결코 사비에게 조언을 해준다거나 도움을 준다는 명목으로 쓸데없는 짓을 해서는 안 될 것이다. 알겠느냐?"

"네."

"알겠습니다."

임현현과 타락수라가 일제히 고개를 끄덕이자 사군우가 엷은 미소를 띠며 자리에서 일어났다.

"그럼 지금부터 난 준비를 해야겠다. 너희들은 당분간 각자 알아서 처신하도록 해라."

사군우가 자리를 뜨자 타락수라가 임현현을 향해 조심스런 표정으로 고개를 돌렸다.

"저어, 혹시 저분의 존성대명을 알고 계십니까?"

"저분은……."

타락수라의 물음에 잠시 망설이던 임현현은 이내 표정을 굳히며 살며시 입술을 달싹였다.

"흑화검성 사군우 대협이세요."

"헉!"

"하지만 사비 공자에게는 비밀입니다. 아버님께서 그렇게 당부를 하셨거든요. 아셨죠?"

"아, 알겠습니다."

타락수라가 당혹스런 얼굴로 고개를 끄덕였다. 그녀의 입에서 상상도 못한 별호가 튀어나왔기 때문이다.

다음날 새벽, 곯아떨어졌던 사비가 눈을 비비며 일어났다.

사군우가 깨웠기 때문이다. 임현현이나 타락수라도 깨어난 것은 마찬가지였지만 그들은 눈을 뜨지 않았다. 사군우에게서 미리 언질을 받은 터라 그들은 그저 그가 사비에게 어떤 수련을 시키는지에만 주목할 뿐이었다.

"아함! 이 시간에 무슨 일이에요?"

"무공을 배운다고 하지 않았느냐?"

사비가 늘어지게 하품을 하며 묻자 사군우가 어이없다는 투로 되물었다.

"벌써 시작하게요?"

사비가 언제 졸렸냐는 듯 눈을 빛내며 물었다. 이에 사군우는 말없이 고개를 끄덕인 후 곧 걸음을 옮겼다.

사군우가 몇 걸음 옮겨 멈춘 곳은 고목에 기댄 관제상 앞이었다. 그곳에는 언제 가져다 놓았는지 장작불이 활활 타오르고 있었다.

"꺼라!"

"네?"

사비가 어리둥절한 표정으로 묻자 사군우가 진중한 어조로 다시 입을 열었다.

"불을 *끄라*고 했다!"

"엥? 이게 무공 수련이에요?"

사비가 실망한 표정으로 묻자 사군우가 단호하게 고개를 끄덕이며 입을 열었다.

"지금부터 네가 배울 무공은 천하 모든 양기의 으뜸이라 할 수 있는 화류패공이다. 화류패공의 수련은 이 불을 *끄*는 것부터가 시작이다. 그럼 한 시진 후에 다시 오겠다."

사군우가 몸을 휙 돌리자 사비는 어이없는 얼굴로 장작불과 사군우를 번갈아 쳐다봤다.

"뭐야? 이게 정말 무공이라는 거야? 뭐, 하라면 하지만……."

장작불을 끄기 위해 사비가 막 허리를 굽히고 주변의 흙을 손으로 담을 때였다.

"단, 그 불은 결코 물이나 흙 같은 도구의 사용은 절대 불가! 오직 네 양손만을 이용해 꺼야 한다!"

"헥! 이걸 어떻게 맨손으로 꺼요?"

흙을 쓸어 모으던 사비가 휘둥그레진 눈으로 외쳤다. 하지만 잠이 든 척하며 사태를 주시하던 임현현도 놀라기는 마찬가지였다.

'초일류급 고수라고 해도 장풍이나 공력을 발산하지 않고 맨손으로 불을 끌 수는 없어. 그런데 어쩌자고 무공도 모르는 인간에게 저런 무모한 일을 시키시는 거지?

임현현이 살며시 눈을 뜨고 고개를 도리질 치는 사이 타락수라도 고개를 갸우뚱하고 있었다.

사비는 한 시진이 다 돼가도록 장작불을 바라보며 아무런 행동을 취하지 않았다.

그사이 임현현과 타락수라는 그와 멀찍이 떨어진 곳에서 각자의 일에 전념했다. 임현현은 식사를 준비했고 타락수라는 청소를 했다. 하지만 사비에게는 아무도 말을 건네지 않았다.

'도대체 어쩌라는 거야?

사비는 사군우가 자신에게 수수께끼를 낸 것이라 생각했다. 아무리 자신이 무모하다고 해도 맨손으로 시뻘겋게 달아오른 장작불을 끌 생각은 없었다.

이윽고 한 시진이 다 됐고, 사군우가 숲에서 주워온 장작을 한 아름 안고 돌아왔다.

"실망이구나."

사군우는 장작불 앞에 우두커니 앉아 있는 사비를 발견하곤 눈살을 잔뜩 찌푸리며 고개를 저었다.

"쳇! 내가 그랬죠? 난 복잡하게 머리로 재는 거 싫어한다고. 이런 수수께끼 말고 제대로 된 것 좀 가르쳐 줘요."

와르륵!

사비의 옆에 장작더미를 내려놓은 사군우는 잠자코 장작불 앞으로 걸어갔다.

그 순간 멀찍이 떨어져 있던 임현현과 타락수라의 고개도 천천히 그를 향해 돌아갔다.

치이이이익……!

"헉!"

사비는 놀란 침음성을 뱉었다. 사군우가 맨손으로 타오르는 장작을 움켜잡고 있었기 때문이다. 하지만 사군우의 얼굴에는 아무런 고통의 기색도 느껴지지 않았다. 하나둘 활활 타오르던 장작불이 그의 손에 의해 검은 재로 화해갔다.

"화류패공은 몸속에 있는 불을 다루는 무공이다. 몸 밖에 있는 불도 다루지 못한다면 너는 결코 그 무공을 배울 수 없다."

장작불을 모두 끈 사군우가 몸을 돌리며 한 손을 내밀었다.

휘익……!

그의 손을 따라 사비의 곁에 놓여 있던 나무토막들이 장작이 타던 자리로 줄을 지어 날아갔다.

"세상에 저런 허공섭물이라니!"

"음, 저분은 정녕 추측 불가의 공력을 지니셨군요."

"하지만 불을 끌 때는 공력을 일으키지도 않으셨어요."

이를 본 임현현과 타락수라는 절로 탄성을 내뱉었다.

화르륵!

사군우가 자신이 허공섭물로 모은 장작더미 위로 손을 뻗자 순식간에 이전보다 더한 불길이 피어올랐다.

"한 시진 후에 오겠다. 이번에도 끄지 못하면 내게 무공을 배울 생각은 하지 마라."

"……."

몸을 돌린 사군우가 다시 숲 속으로 사라질 때까지 사비는 말이 없었다. 이전에 무림인들을 보고 느꼈던 것과는 전혀 다른 신선한 충격에 휩싸여 있었다.

'불을 맨손으로 껐어. 어떤 꽁수도 없이…….'

이윽고 사비는 불을 노려보기 시작했다. 하지만 너울거리는 불길로 차마 손이 가질 않았다. 사군우의 장력에 의해 활활 타오르는 불길은 이전보다 훨씬 강한 열기를 뿜어내고 있었다.

그렇게 또 한 시진이 흐른 후 사군우가 한 아름의 장작을 안고 돌아왔다. 하지만 사비는 여전히 활활 타오르는 불길을 바라보며 망연자실한 표정으로 앉아 있을 뿐이었다.

'휴우, 내가 너무 큰 걸 바란 건가?'

사군우가 속으로 짧은 한숨을 토할 때였다.

이제껏 잠자코 있던 사비가 천천히 불길 쪽으로 손을 내밀었고, 이를 지켜보던 임현현과 타락수라가 안색을 찡그렸다. 사비의 손이 익으며 고기 타는 냄새가 났기 때문이다.

'너무 무모해!'

임현현이 눈살을 찌푸리며 속으로 외치는 사이 사비는 입술을 질끈 깨물며 불길 속을 향해 손을 더욱 들이밀었다.

치이이이익……!

손을 통해 느껴지는 극심한 통증이 뇌리에 이르기까지는 찰나였다.

사비는 의지와는 달리 자꾸 불길 밖으로 빠져나오려 발버둥 치는 자신의 손을 밀어 넣으며 어금니를 꽉 깨물었다.

'까짓거! 병신뿐이 더 되겠어? 해보자!'

사비는 온 힘을 다해 양손을 다시 앞으로 쭉 내밀었다. 하지만 손은 생각처럼 쉽게 뻗어지지 않았다. 노란 불꽃에 채 손이 닿기도 전에 자꾸 무의식적으로 손이 움츠러들었다.

"그만 하자. 너에게는 아직 무리인 것 같구나."

순간, 자신의 등 뒤에서 사군우의 실망스런 음성이 들려왔다. 이에 사비는 두 눈을 부릅뜨고 양손을 쭉 뻗어 활활 타오르는 장작을 움켜잡았다.

"으윽!"

치이익!

손이 다 들이갔다. 장작불의 뜨거운 화기가 뼛속까지 전해졌다. 하지만 사비는 손을 놓지 않았다. 아니, 놓을 수가 없었다. 등 뒤에서 자신을 지켜보고 있을 사군우의 실망스런 얼굴을 보고 싶지 않았다.

'으으으!'

사비는 이를 딱딱 부딪치며 손에 와락 힘을 주었다. 하지만 야속한 장작은 도무지 꺼질 기미를 보이지 않았다.

털썩!

사비가 정신을 잃고 장작불 위로 쓰러지는 순간 타락수라가 나는 듯이 달려와 사비를 붙잡았다.

"놔둬라!"

사군우가 버럭 외치자 타락수라는 어깨를 움찔하며 그에게 고개를 돌렸다.

"어르신, 이건 정말 터무니없는 수련입니다."

"이 정도 고통도 견디지 못하는 녀석에게 무슨 무공을 가르친단 말이냐? 어서 그 손을 놓아라!"

사군우의 추상같은 명에 타락수라가 곤혹스러운 표정으로 임현현에게 고개를 돌렸다. 그녀만이 사군우의 고집을 꺾을 수 있을 거라는 생각 때문이었다. 하지만 임현현은 타락수라의 시선을 슬쩍 피하며 천천히 몸을 돌렸다. 그녀는 사군우가 자식이 죽게 내버려 둘 사람이 아님을 알고 있었다.

"됐어. 난 괜찮으니까 이 손 좀 놔봐."

사비가 살며시 눈을 뜨고 힘겹게 입술을 뗐다. 하지만 덜덜 떨리는 손으로 보아 그의 말대로 괜찮아 보이지는 않았다.

"어르신, 이대로 놔뒀다가는 다시는… 손을 쓰지 못하게 될 수도 있습니다."

의술에 일가견이 있는 타락수라는 시커멓게 그을리고 군데군데 물집이 잡혀 있는 사비의 손을 보며 고개를 저었다.

하지만 사군우는 여전히 단호한 표정으로 입을 열었다.

"내 그래서 너와 현현이에게 약속을 받은 것이다. 어서 놓아라. 그리고 앞으로는 설령 저 녀석이 타 죽는다고 해도 도와주는 일이 없어야 한다."

타락수라는 마지못한 표정으로 사비를 부축한 손을 뗐다. 이에 사비는 휘청거리다가 간신히 중심을 잡고 앉았다.

"후후후! 좋아! 어떻게든 끄겠어! 이게 도대체 얼마나 대단한 무공인지는 모르지만 나중에 별거 아니면 그땐 정말 가만 안 놔둘 거야!"

사비는 다시 이를 악물며 힘껏 손을 뻗었다.

화르륵!

그의 손이 장작불을 잡음과 동시에 그의 옷으로 불이 붙었다. 하지만 이번에는 타락수라도 움직이지 못했다. 사군우가 공력을 끌어올리며 그를 제지했기 때문이다. 이에 타락수라는 크게 놀랐다.

사군우의 손짓 한 번에 자신이 몸을 움직이지 못하는 이 상황이 이해가 가지 않았기 때문이다.

'흑화검성이 천하제일이라 불리는 이유를 이제야 조금 알 것 같군.'

타락수라가 놀라는 사이 사군우는 전신에 불이 붙은 사비를 향해 걸음을 옮기고 있었다.

휘이익!

그가 한 손을 내젓자 그의 손에서 흘러나온 미풍이 사비의 몸에 붙었던 불과 그의 앞에 놓인 장작불을 순식간에 껐다.

"아무래도 수련 장소를 옮겨야겠군."

사군우는 정신을 잃은 사비를 안아 들고 숲 쪽으로 성큼성큼 걸음을 옮겼다.

그가 사라지고 얼마 안 있어 빗줄기가 내리기 시작했다.

“내릴 것이면 진작 좀 내리지.”

타락수라는 내리는 빗줄기를 향해 야속한 눈빛을 던지며 중얼거렸다.

하지만 임현현은 여전히 말이 없었다. 사군우가 이런 혹독한 수련을 선택한 이유가 그에게 남아 있는 시간이 얼마 없어서임을 짐작한 때문이었다.

“제길! 한 달이 지났는데도 장작불 하나 못 껐어! 하지만 오늘은 반드시 끈다!”

사비는 양손에 친친 둘렀던 붕대를 풀며 중얼거렸다. 누리끼리한 고름과 피가 범벅이 된 손은 자신이 보기에도 무척 혐오스러워 보였다.

사군우와 함께 숲으로 들어온 지 벌써 한 달이 흘렀고, 그때부터 임현현과 타락수라는 보지 못했다.

그저 사군우가 잠시 관제묘에 다녀오며 가져오는 음식으로 그들이 떠나지 않았음을 짐작할 뿐이었다.

“도대체 이 인간, 어디를 가서 이렇게 안 오는 거야?”

사비는 주위를 두리번거리며 중얼거렸다. 사군우는 관제묘로 간 지 한참이 지났는데도 아직 오지 않고 있었다.

탁! 탁!

결국 기다리다 지친 사비는 부싯돌을 부딪쳐 장작불에 불을 지피고 천천히 호흡을 가다듬었다.

“분명 통증이 느껴지지 않는 방법이 있을 거야.”

사비는 조금씩 거세지는 불길을 바라보며 중얼거렸다.

보름 전, 불에 손을 대는 어느 한 지점에서는 극히 미약한 화기만이 느껴졌었다. 이후로는 번번이 극심한 고통에 시달리며 화상만 입고 말았지만 그때 분명 그 지점을 발견했었다.

오늘 사비는 그 지점을 다시 찾으려고 결심했다.

'불의 맥을 짚어야 하는 거였어!'

사비는 불길을 노려보며 천천히 손을 내밀었다.

여전히 거센 고통이 밀려왔지만 사비는 입술을 질끈 깨물며 내민 손을 거두지 않았다. 이젠 자신의 손이 타며 나는 냄새에도 익숙해진 상태. 그렇다고 고통까지 익숙해진 것은 아니었다. 아니, 오히려 상할 대로 상한 손 덕분에 고통은 날이 갈수록 더욱 거세졌다. 하지만 오늘은 무슨 일이 있어도 성공하고 싶었다. 자존심도 자존심이었지만 더 이상 사군우의 실망한 얼굴을 마주하고 싶지 않았다. 하지만 자신이 왜 이토록 사군우에게만은 잘 보이고 싶어 안달을 하는지는 스스로도 이해할 수가 없었다.

사비는 이글이글 타오르는 불길에 집어넣은 손을 천천히 저었다.

'있다!'

사비의 두 눈이 빛을 발했다. 여전히 타 들어가는 고통에 눈이 돌아갈 지경이었지만 분명 불길의 중심에는 그나마 약한 화기가 느껴지는 곳이 있었다. 이에 사비는 그 지점을 따라 천천히 손을 옮겨 빨갛게 빛나는 장작의 꼭지로 이동했다.

"으으!"

사비는 이를 악물었다.

일순유였지만 억겁과도 같은 시간.

턱!

활활 타오르는 장작의 딱딱한 느낌이 손을 통해 느껴졌다.

"크으윽!"

더욱 거세진 통증. 하지만 사비는 이를 악물고 장작을 쥔 손에 힘을 가했다.

치이이익!

사비의 손까지 달궜던 시뻘건 장작의 빨간 불꽃이 천천히 사그라지기 시작했다. 이와 더불어 사비의 손바닥을 덮은 살가죽이 뚝뚝 녹아내렸다.

"으으으음!"

사비의 얼굴이 고통으로 일그러졌다. 그의 두 눈은 크게 흔들렸고, 녹아내린 살과 고름이 뒤엉킨 손은 부들부들 떨렸다.

하지만 잠시 후 사비의 눈가로 희미한 미소가 번져 갔다. 자신의 손에 의해 화기를 잃어가고 있는 장작을 확인했기 때문이다.

'놀랍군. 화류패공을 익히기 전과 후의 차이와 고통을 견디는 방법을 찾기만을 바랐을 뿐이었는데…….'

이십 장 밖 나무 위에 서서 사비를 지켜보던 사군우의 눈에 불신의 기색이 가득했다.

자신이 저 장작을 잡기까지는 화류패공을 익힌 뒤로도 무려 이 년이라는 시간이 흘러야 했다. 하지만 사비는 그 일을 단 한 달 만에 해낸 것이다. 그것도 화류패공을 익히지 않은 상태에서.

물론 사비에게는 자신으로부터 물려받은 화류패기가 있었지만 그것은 어디까지나 화류패기를 다룰 수 있을 때의 일이지 구결은커녕 다루는 방법조차 모르는 사비에게는 아무짝에도 쓸모가 없는 기운에 지나지 않았다. 그런 상황에서 화기를 견뎌냈다는 것은 사군우가 생각하기에도 도저히 불가능한 일이었다.

'인내한다고 가능한 일이 아니다. 설마 내가 알지 못하는 숨은 능력을 지니고 있다는 말인가?

사군우는 불신의 얼굴로 고개를 가로저었다. 그는 사비가 본래 지니고 있던 화류패기에 타락수라의 몸에서 흡수한 마령심공의 기운이 더해진 상태라는 것을 미처 모르고 있었다.

그로 인해 사비의 몸에 흐르는 화류패기와 마령심공의 진기가 한데 어우러져 장작의 화기에 저항하기 시작했다는 것도.

"아무튼 이젠 본격적으로 가르칠 때가 된 것 같군."

나무 위에 있던 사군우가 허공을 밟고 천천히 지면으로 날아 내렸다.

"해냈어요!"

"……."

곁으로 다가오는 사군우를 발견한 사비가 장작을 번쩍 들어 보였다.

하지만 사군우는 무심한 표정으로 고개를 끄덕이며 천천히 입을 열었다.

"애썼다. 하지만 네가 끈 것은 하나일 뿐이다. 저기 있는 장작을 모두 끌 수 있어야 비로소 화류패공을 익힐 수 있는 거야."

사군우의 손가락을 따라 고개를 돌린 사비의 눈에 아직도 활활 타오르고 있는 수십 개의 장작더미가 들어왔다.

"으음!"

사비는 절로 침음성이 터져 나왔다.

"지금부터 저 장작불을 모두 끌 수 있는 방법을 일러줄 테니 그대로 따라 해라."

"예?"

사비가 어이없는 눈으로 사군우를 바라봤다.

"그럼 따로 방법이 있다는 거예요? 그런데도 안 가르쳐 준 거였어요?"

“화류패공을 가르쳐 주면 화기에 손이 상하는 일은 없을 것이나 통증이 느껴지지 않기 때문에 발화점을 찾는 데는 엄청난 시간을 소비하게 된다. 하지만 너는 고통을 온몸으로 체험하며 그 발화점을 직접 찾았으니 화류패공을 익히고 발화점을 찾은 것보다 몇 년의 시간은 더 번 셈이지.”

“으음, 내가 불속에서 찾았던 그 덜 뜨거운 부분이 발화점이라는 거였군. 에이! 그럼 미리 설명이라도 좀 해주지. 아무튼 몇 년 더 단축됐다니 손해 본 장사는 아니군요. 그럼 이 손도 낫게 할 수 있어요?”

사비는 조금은 아쉬운 투로 입을 열며 손을 들어 보였다.

“물론이다. 화상을 입어 약해진 뼈와 살은 화류패공을 익히고 시간이 지나면 그 어떤 것에도 상하지 않는 단단한 손으로 변할 것이다.”

“쳇! 그래서 아저씨는 장작을 아무렇지도 않게 잡을 수 있었구나?”

사군우는 그의 물음에 답하며 속으로 은근히 감탄했다. 사비가 원망을 하며 성을 부릴 만도 한데 전혀 그런 감정을 보이지 않았기 때문이다.

“네가 배울 화류패공은 본래 사내의 양기를 극대화시키는 보양술로 쓰이던 것이다.”

“보, 보양술이요? 설마 여자들 기분 좋게 해주는 방법을 말하는 건 아니겠죠?”

사비가 어이없는 표정으로 묻자 사군우가 고개를 끄덕이며 다시 말을 이어갔다.

“그렇게 여기는 사람들도 있다. 하지만 나는 이 보양술이 극양의 기운을 지닌 무공임을 깨달았다. 누가 만든 것인지는 모르지만 화류패공은 보양술이 아니라 극양의 기운을 흡수하는 심법이지. 이후 나는 이 무공의 수련 방법을 내 나름대로 개발했다. 그 수련 단계는 다섯 단계로 나뉜다."

천월사도에서 대천사의 종마로 내정됐을 때 화류패공을 배운 사군우는 화류패공을 수련하며 이 무공의 진가를 알아봤다. 이에 수련 방법을 창안하고 화류패공을 몰래 익혔던 사군우는 천월사도의 사내들이 천월사도를 벗어날 수 있는 유일한 관문을 뚫고 무사히 중원으로 나올 수 있었고, 이후 천하제일인의 자리에 오른 것이다.

사비가 한 달간 수련했던 방법, 즉 불로 양손을 지지며 고통을 참는 것이 그 수련의 첫 단계였다.

두 번째 단계는 양손을 불에 지지며 화류패공의 구결을 이용해 화기를 몸으로 흡수하는 것이다. 이는 운기토납을 통해 대기 중에 있는 기운을 흡수하여 내공을 쌓는 일반적인 무공과 달리 화기를 몸속에 담는 것으로 그 순수함으로만 따지자면 단연 으뜸이라 할 수 있으며 이렇게 해서 만들어진 진기를 화류패기라 한다. 또한 화류패기는 체내의 이물질을 제거하는 성질을 지녔기 때문에 쌓으면 쌓을수록 자연스럽게 환골탈태를 이룰 수 있는 무공이기도 했다. 하지만 고통과 위험이 수반되는 것이었기에 화류패공은 감히 어느 누구도 시도조차 하지 못한 무공이었고 사군우가 아니었으면 사장되었을 무공이다.

세 번째 단계는 흡수한 화류패기를 양팔에 모으는 것이다. 양팔에 모인 화류패기는 그 자체만으로도 아무리 단단한 물체라도 녹이고 허물어뜨릴 수 있는 가공할 기운이고, 익숙해지면 장풍처럼 발산할 수 있게 된다. 화류패공으로 뿜어내는 장풍은 내공을 뜨겁게 응축시켜 발산하는 열화장과는 비교도 할 수 없는 순수한 화기이며 성취가 높아지면 장풍이 아니라 검과 같은 병기에 검기처럼 주입할 수도 있다.

네 번째 단계는 몸속에 불을 지르는 것이다. 즉, 이전에 쌓은 화류패기를 체내의 혈맥과 신경을 타고 돌게 하며 전신을 모두 자연스레 화류패기의 단전으로 만드는 것이다.

이때부터는 굳이 화기를 흡수하지 않아도 몸속에서 발화되는 화기를 흡수할 수 있기 때문에 진기가 끊이지 않고 이어지게 된다.

마지막 다섯 번째는 전신에 스며 있는 화류패기를 응축시켜 화단(火丹)을 만드는 것이다. 이른바 화류패기로 만드는 내단인 것이다.

모든 힘을 일시에 밖으로 표출하면 가히 그 위력을 측량할 수 없는 화류패공의 마지막 단계로 이때부터는 불의 기운뿐만 아니라 천하의 모든 기운을 흡수하고 활용할 수 있게 된다.

사군우가 말을 마치자 사비는 잠시 놀란 눈을 깜빡이며 말이 없었다. 사군우의 말이 믿기지 않았기 때문이다.

"그러니까 그 화류패공인가를 익히면 천하에 적수가 없겠네요?"

"그렇다."

사군우가 고개를 끄덕이자 사비가 눈썹을 찌푸리며 다시 물었다.

"그렇게 대단한 무공을 익혔으면 아저씨는 흑화검성도 이길 수 있겠죠?"

"으음, 글쎄다."

"에이! 그럼 화류패공을 익히면 천하에 적수가 없다는 말은 허풍이잖아요."

사군우가 고개를 가로젓자 사비가 입술을 삐죽 내밀었다.

"나는 그와 겨룰 수 없다."

"왜요?"

"그건 내가 흑화검성이기 때문이지."

"캑! 뭐, 뭐라고요?"

사비의 눈이 경악으로 커졌다.

온몸에 소름이 돋았다. 자신의 앞에 선 사내가 전 무림인, 아니, 천하 모든 사내들의 우상이라는 사실이 좀처럼 믿기지 않았다. 하지만 사군우는 이제껏 자신에게 단 한 번도 거짓을 말한 적이 없었다.

"저, 정말 아저씨가 흑화검성이에요?"

이윽고 정신을 차린 사비가 천천히 입술을 뗐다.

"그래."

"그런데 왜 말하지 않았죠?"

"언제 물어보기나 했냐?"

"후우!"

사비는 눈살을 찌푸리며 헛바람을 집어삼켰다. 사군우의 말이 틀린 말은 아니었지만 그렇다고 적절한 대답도 아니었다.

또 내심 실망감도 들었다.

'으음, 흑화검성은 눈빛으로 사람을 죽이고 손가락 하나로 산을 무너뜨리는 천하제일고수라고 들었는데 이 인간이 흑화검성이었다니!'

사비는 사군우의 얼굴을 뚫어져라 응시하며 일순 안색을 찌푸렸다.

구 척의 신장에 바위만 한 주먹, 눈에서는 번개가 뿜어져 나오고 목소리는 천둥 같으리라는 자신의 예상과는 너무도 달랐다.

물론 범상치 않은 기도와 눈빛, 그리고 이런 사람이 진정한 사내구나 하는 느낌도 간혹 들었지만 아무리 후하게 쳐줘도 사군우를 흑화검성이라고 하기에는 어딘가 모자란 느낌이 들었다.

"으음."

고개를 숙이고 잠시 고민하던 사비가 번쩍 고개를 치켜들었다.

"좋아요! 믿어드리죠! 히히히!"

“왜 웃는 거냐?”

일순 실망한 기색을 보이던 사비가 갑자기 희희낙락거리자 사군우가 고개를 갸웃거리며 물었다.

“흑화검성의 제자가 된 건데 그럼 울어요? 히히히!”

“미안하지만 난 널 제자로 삼을 생각이 없다. 너는…….”

사군우는 살며시 고개를 저으며 말끝을 흐렸다.

“엥! 뭐야? 그럼 날 제자로 삼기 싫다는 거예요?”

“그런 뜻은 아니다. 그랬다면 너에게 이렇게 무공을 가르칠 이유가 없지. 그 얘기는 차차 하기로 하고…….”

사비가 놀란 눈으로 묻자 사군우가 고개를 저으며 말을 이었다.

“그럼 다시 화류패공에 대해 얘기하지. 난 현재 화류패공의 오단계에 도달해 있다. 아까 내가 말했던 그 화단(火丹)이라는 것을 지니고 있지.”

사비는 더는 다른 말을 하지 않고 진지한 표정으로 사군우의 말을 경청했다.

“하지만 문제는 내 몸속에 있는 화단이 인간의 신체로는 견딜 수 없는 엄청난 화기를 지니고 있다는 것이다. 언제 폭발할지 모르는 시한폭탄이라고 할 수 있지.”

“가만, 그럼 그 주화… 뭔가 하는 거에 걸릴 수도 있다는 건가요?”

“그래.”

사비의 안색이 일순 어두워졌다. 사군우의 말대로라면 목숨을 잃을 수도 있는 무공이라는 뜻이다. 남보다 잘살기 위해 배우는 무공이 그런 무공이라면 심각하게 고민해 봐야 했다.

“하지만 이 화기를 견뎌내는 방법이 있다.”

“그게 뭔데요?”

"화류패공을 창안한 분은 화류패공의 마지막 장에 이 화기를 감당할 수 있는 구결을 남겼다. 나를 포함해 화류패공을 익힌 모든 이들은 그 구결이 그저 어느 풍류 문사가 화류패공이라는 보양술을 적고 후기(後記) 정도로 남긴 것이라 여겼지만 나중에 생각하니 그것은 화류패공의 힘을 다스릴 수 있는 천고의 절학이었다."

"그런 게 있다니 천만다행이네요."

사비는 안도했다. 하지만 사군우는 씁쓸한 눈길로 그를 응시했다.

'이를 미리 알았더라면 너와 좀 더 같이할 수 있었는데 난 그게 아쉽구나.'

사군우는 사비에게 화류패공을 가르치기로 결심한 직후 마음속으로 작정했다. 사비가 화류패공의 일단계 수련 과정에 무사히 들어선다면 그에게 나머지 화류패공과 자신의 모든 무공을 전수해 주고 그렇지 못하고 중도에 포기하면 모두 없었던 일로 되돌리기로.

하지만 사비는 일 년 정도는 걸리리라는 사군우의 예상보다 훨씬 빠른 기간에 일단계 수련에 들어갔고, 그렇다면 화류패공을 익히기 전에 화류패기를 다스릴 수 있는 방법을 먼저 전수해 줘야 했다.

그렇지 않으면 자신과 같은 화를 면치 못할 것이기에.

사군우는 지금 사비에게 그 무공을 알려주려는 것이었다.

"이름이 뭐죠? 그 천고의 절학이라는 거?"

사비가 두 눈을 동그랗게 뜨고 묻자 사군우가 천천히 입을 열었다.

"불길을 타오르게도 하고 꺼지게도 하는 것은 바람이다. 내가 전하려는 것은 이 바람을 다스릴 수 있는 방법이란다. 풍류비공(風流飛功)이라고 부르지."

"풍류비공이라……. 이름은 멋지네요!"

사비가 고개를 끄덕이며 피식 웃었다.

"풍류비공은 무공으로 보기에는 조금 애매한 구석이 있다. 화류패공처럼 진기를 쌓는 심법도 아니고 상대를 공격하는 무공 또한 아니다. 다만 바람을 느끼고 바람이 되는 방법이라고 봐야겠지."

사군우가 앞으로 한 손을 내젓자 그의 손을 따라 사비의 몸이 둥실 떠올랐다.

'바람이 되는 방법이라고?'

사군우에 의해 허공에 떠오른 사비는 속으로 사군우의 말을 되뇌어 봤다.

"바람을 느껴라. 그리고 상대의 바람을 느껴라. 그리하면 상대의 기운이 보이고 그의 마음까지 보게 될 것이다. 하지만 풍류비공을 온전한 네 것으로 만들기 위해서는 네 마음속에 있는 바람을 느끼고 나아가 그 바람까지 모두 잊을 수 있어야 한다."

사군우가 얘기하는 것은 자신이 깨달은 풍류비공의 요해였다.

'불을 다스리기 위해서는 반드시 풍류비공을 익혀야 한다. 난 자만과 아집으로 바람을 흘려보냈지만 넌 꼭 바람과 인연을 맺어라. 반드시 그래야 해.'

그는 마치 연을 날리듯 사비에게 흘려보낸 화류패기를 당겼다 풀었다 하며 그를 조금씩 하늘로 띄워가며 속으로 중얼거렸다.

"느껴보거라. 너의 바람을……."

사군우의 잔잔한 음성을 들은 사비는 살며시 두 눈을 감고 사군우의 손에 온몸을 맡겼다.

눈을 감자 아무것도 느껴지지 않았다. 자신을 바라보고 있을 사군우의 시선도, 자신을 둘러싸고 있는 숲이 뿜어내고 있을 생기도.

오직 정적과 고요만이 온몸을 감쌌다.

순간,

'느껴져!'

사비는 이질적인 기운을 느꼈다. 하지만 그것은 한없이 이질적이면서도 결코 낯설지 않은 기운이었다.

자아(自我)!

온몸의 혈관을 타고 흐르는 피의 온기, 전신을 감싼 피부와 그 피부 위에서 흔들리고 있는 모발들의 움직임, 몸의 감각 기관, 신경 세포 하나하나가 생을 유지하기 위해 부지런히 달리고 있다.

사비는 기이한 감동을 느꼈다. 그것은 자신이 온몸으로 내뿜는 바람이었다.

이윽고 사비는 자신의 몸을 감돌고 있는 바람에서 벗어나 대기 중에 요동치고 있는 수많은 바람에게로 마음의 눈을 돌렸다.

하늘 위 구름을 흘러가게 하는 강한 바람에서부터 햇살이 지면에 부딪치며 나는 작은 바람, 그리고 자신의 몸과 마찰하며 대기 중에 생겨나는 바람들까지.

그것은 온 세상 만물이 살아 숨 쉬기 위해 만들어내는 아우성이었다.

바람의 숨결이었다.

*   *   *

사비와 헤어지고 청도를 벗어난 지 두 달. 사비가 사군우에게 한창 무공을 배우고 있을 무렵이었다.

장도는 당대(唐代)부터 전해 내려오는 수많은 명승고적들로 유명한 섬서성의 성도 서안(西安)에 있었다.

"아무래도 이게 편하겠어."

벽에 붙은 격문을 뚫어져라 응시하던 장도가 천천히 몸을 돌렸다.

모집 공고.

본 상회에서는 서장 랍살(拉薩)까지 함께할 표사, 쟁자수를 모집함.

모집 인원:000명.

보수:추후 협의.

대륙상회(大陸商會).

대륙상회는 이십여 년 전 급부상한 단체로 강남 상권의 오 할 이상
을 장악한 상단이었다. 이 때문에 대륙상회의 주 상권은 강남이었으나
수년 전부터는 강북에도 수십 개의 지부를 설치하여 그 세를 확장하고
있었다.

장도가 본 것은 대륙상회 섬서지부에서 서장으로 가는 상단의 표사
와 쟁자수들을 뽑는 모집 공고였다. 물론 글을 모르는 장도로서는 그
내용을 알지 못했지만 행인에게 물어 내용을 알게 된 뒤인지라 그냥
모집 공고를 읽는 척하고 있었던 것이다.

그는 지난 두 달간 청도에서 이곳 서안까지 단신으로 이동하며 많은
불편을 겪었기에 상단의 물건을 운반하는 대열에 끼어 이동하면 보다
수월하겠다는 생각을 하게 된 것이다.

'내가 이렇게 똑똑했나?'

장도는 대륙상회로 향하며 기분 좋은 웃음을 흘렸다. 비록 사군우에
게 엄청난 거금을 받긴 했지만 이를 쓸 생각은 없었다. 그 돈은 나중에

사비에게 줄 생각이었다. 은자 오백 냥은 자신의 생명을 구하기 위해 선뜻 돈을 포기한 하나뿐인 친구의 몫이었다.

"여기가 대륙상회요?"

대륙상회 섬서지부라 쓰인 편액을 보고 고개를 갸웃거리던 장도는 문 앞에 나와 있는 사십대 중년 사내를 보며 물었다.

"네, 맞습니다만… 어떻게?"

중년인은 장도의 장대한 체구를 보며 조심스레 되물었다.

"이번에 청해에 갈 사람을 구한다고 해서 왔는데 아직 모집하나?"

"예. 하지만 청해가 아니라 서장인뎁쇼."

"청해나 서장이나 거기서 거기지."

"예, 거기서 거기지요. 그런데 표사로 지원하러 오신 겁니까?"

장도가 눈썹을 꿈틀하자 중년인은 목을 잔뜩 움츠리며 기어들어 가는 목소리로 다시 물었다.

"아니, 난 쟁자수로 지원하려고 하는데?"

"재, 쟁자수요?"

중년인은 장도의 대답에 어이없는 표정으로 되물었다.

"왜? 난 쟁자수 같은 거 하면 안 되나?"

"안 될 건 없는데… 가만, 근데 어디다 대고 반말지거리냐? 쟁자수 라면 내게 잘 보여도 될까 말까 하거늘!"

"아니, 나는 그저……."

중년인이 금세 안색을 바꾸자 장도가 고개를 갸웃거리며 말끝을 흐 렸다. 중년인은 대륙상회 섬서지부에서 일하는 이 집사였다.

"흠, 따라오너라!"

이 집사는 장도를 잠시 노려보다가 몸을 획 돌렸다. 이에 장도는 머리를 긁적이며 그의 뒤를 따랐다.

문안으로 들어선 이 집사는 책상으로 가 앉으며 붓을 집어 들었다.

"이름?"

"장도입니다."

"나이는?"

"스물입니다."

"스물? 마흔이 아니고?"

"보기보다 좀 들어 보입니다."

이 집사가 어이없다는 투로 되묻자 장도가 어색하게 웃으며 고개를 끄덕였다.

"그럼 출신은 어딘가?"

"산동성 청해 출신입니다."

"꽤 멀리서 왔군. 쟁자수 경험은?"

"없습니다. 청해로 갈 일이 있어서 그런데 청해까지만 먹여주고 재워주기만 하면 보수는 안 받아도 좋습니다."

"호오! 그래?"

이 집사는 장도의 말에 눈을 빛냈다. 일견하기에도 힘깨나 쓰게 생긴 사내가 무보수로 일해도 좋다고 한 것은 그에게 뒷주머니를 찰 기회였다.

더욱이 이번 대륙상회의 거래 품목이 꽤 많은 양이고 보니 본래 거래를 하던 표국 외에도 수많은 표사들과 쟁자수들을 뽑고 있었기에 장도가 덩치 값만 해준다면 쟁자수 둘을 쓰는 것이나 마찬가지인 셈이었다.

잠시 고민하던 이 집사는 이내 붓 끝에 침을 발라가며 계약서를 작성하기 시작했다.

"청해까지라고 했지?"

"예."

"여기 지장을 찍고 나를 따라오게."

"예."

장도는 보지도 않고 계약서에 지장을 꾹 찍었다. 그 계약서에는 자신의 앞으로 은자 일곱 냥의 보수가 책정되어 있었지만 까막눈인 장도는 이를 알지 못했다.

*　　　*　　　*

구름 한 점 없는 맑은 하늘이다.

사비는 우두커니 서서 그 하늘을 바라보고 있었다.

'한 달 전 느꼈던 그것이 무엇인지는 정확히 모른다. 아저씨가 나를 향해 손을 휘두르자 난 천천히 하늘로 올라갔고, 기이한 경험을 하게 됐지. 내가 새처럼 하늘을 날다니……. 상상조차 해보지 않았던 일이 벌어지니 막 소리라도 지르고 싶은 심정이었어. 하지만 난 잠시 후 그보다 더욱 강렬한 전율을 느꼈지. 나를 아무것도, 아무 생각도 하지 못하게 만들 정도로 충격적인 느낌. 그것은…….'

이윽고 사비는 살며시 눈을 감으며 양팔을 펼쳤다. 그의 손끝을 타고 바람이 스며들었다.

'서두르지 마. 천천히 니를 느껴봐.'

바람이 속삭였다.

'역시 아직은 잘 모르겠어. 하지만 언젠가는… 그래, 언젠가는…….'

사비의 입가로 환한 미소가 번져 갔다.

잠시 후 사비는 양팔을 내리고 천천히 눈을 떴다.

"왔어요?"

"그래."

그의 앞에 선 사군우가 고개를 끄덕였다.

은밀히 신법을 전개해 다가온 사군우는 사비가 자신의 기척을 감지하자 꽤 놀란 눈치였다.

'으음, 내 기척을 감지해 내다니.'

사비에게 풍류비공을 전수해 준 지 어느덧 한 달이 흘렀다. 자신도 익히지 않은 무공을 전수해 준다는 것은 처음부터 말이 안 되는 얘기였지만 사군우는 지금까지 자신이 지닌 지식과 경험을 총동원해 사비가 풍류비공의 요결을 터득할 수 있도록 최선을 다했다.

물론 처음부터 대단한 성과를 기대한 것은 아니었다. 풍류비공이나 화류패공은 단기간에 성취를 보일 수 있는 무공이 아니니까.

하지만 사군우의 진기에 휩쓸려 허공에 둥실 떠올랐던 사비는 그렇지 않은 모양이었다.

그 순간, 사비를 괴롭히던 화상으로 인한 통증은 씻은 듯이 사라졌고, 머리 속으로 청량한 바람이 휘몰아쳤다. 무공이나 학문과는 담을 쌓고 지내던 사비에게 어느 누구도 설명 못할 깨달음이 찾아온 것이다.

사군우는 무아지경에 빠진 사비를 보고 그가 다시 제정신으로 돌아올 때까지 계속해서 진기를 흘려보냈다.

이런 기회는 흔히 오는 것이 아니다. 각고의 노력 끝에 절정에 들어서는 무인들에게도 평생에 한 번 있을까 말까 한 기회.

사비는 거의 일각이 다 되어서야 감았던 눈을 뜨고 사군우에게 고개를 돌렸고, 이후 지면에 착지한 사비는 사군우를 향해 열망 어린 시선으로 물었다.

"방금 내가 느낀 게 뭐죠?"

"……."

사군우는 대답하지 않았다. 그것은 직접 겪지 않은 사람은 정확히 알 수 있는 것이 아니었다. 자신의 추측으로 인해 사비가 느낀 깨달음에 고정관념이라는 벽이 생기는 것을 바라지 않았다.

'아들아, 그것은 차차 알게 될 것이다. 열심히 수련하며 세월을 흘려보내다 보면 언젠가는 자연스레 알게 될 것이다. 내가 그랬던 것처럼.'

그렇게 한 달 동안 사비는 식음을 거의 전폐하다시피 하며 석상처럼 그 자리에 서 있었다. 사군우가 감탄할 정도로 엄청난 인내와 집중력이었다.

잠시 한 달 전의 일을 떠올려 보던 사군우가 사비를 바라보며 천천히 입술을 뗐다.

"이제 시간이 된 것 같구나."

"무슨 시간이요?"

"다시 화류패공을 익힐 시간 말이다."

"아직 풍류비공에 입문하지도 못했는데요?"

"풍류비공은 한두 달 사이에 익힐 수 있는 무공이 아니다. 하지만 지난 한 달간 네가 느낀 것은 다른 이들은 평생에 한 번도 겪어보지 못할 큰 행운임은 확실하다. 지금은 그 정도에만 만족해도 될 것 같구나. 이후 화류패공을 수련하면서 쌓이게 될 화류패기가 네 몸이 감당하지 못할 정도로 커지면 그때 다시 시작해도 늦지 않다. 네가 원치 않아도 이미 바람을 느껴본 네 몸이 가만히 있지 않을 테니까."

"알았어요. 그럼 다시 불속에 손을 담가야 하나요?"

“그래. 네 몸속에 불을 지필 수 있을 때까지는 그래야겠지. 하지만 이전처럼 그리 고통스럽지는 않을 것이다.”

사비가 고개를 끄덕이며 묻자 사군우가 씁쓸한 미소를 머금고 입을 열었다.

“이 손을 하고요? 솔직히 그 말은 못 믿겠는데요?”

사비는 양손을 내밀며 절레절레 고개를 저었다.

사군우의 눈에 들어온 사비의 손은 하얀 뼈가 앙상하게 드러나 보일 정도로 심하게 상해 있었다. 한 달 동안 제대로 된 치료 한 번 받지 못했기 때문이다.

하지만 지난 한 달간의 수련을 통해 얻은 상처는 손뿐만이 아니었다. 아무것도 먹지 못한 사비는 얼굴을 포함한 몸 전체가 다 죽어가는 환자처럼 앙상하게 말라 있었다.

“우선 네 손부터 치료한 뒤에 시작해야겠구나.”

“웬일이에요? 내 걱정을 다 하고?”

사비가 피식 웃었다. 이에 사군우는 코끝이 시큰했다.

그는 안다. 사비가 겪었을 고통이 얼마나 혹독하고 참담했을지를. 자신도 화류패공의 수련을 시작한 직후 무려 반년을 누워 있으며 몇 번이나 포기할 생각을 했었다. 다행히 사군우에게는 천월사도를 벗어나야 한다는 절박함이 있었다. 그런 절박함이 없었다면 결코 수련을 시작할 생각도 하지 못했을 것이다. 하지만 사비에게는 사군우와 같은 절박함은 없다. 그런데도 사비는 자신이 겪었던 고통을 웃음으로 날려 보내며 스스럼없이 수련을 이어가려 하고 있다.

‘도대체 이 녀석에게는 어떤 절박함이 있는 것일까?’

사군우는 사비를 바라보며 자문했다.

그는 사비가 이 끔찍한 고통을 감내하며 수련을 이어가려는 것이 자신을 실망시키지 않기 위해서임은 전혀 모르고 있었다.

사비 스스로도 파악치 못한 것이니 사군우가 알지 못하는 것도 당연한 것이었지만.

'아들아, 세상에 대가없는 이득이란 존재하지 않는단다. 화류패공이 다른 무공과 비교할 수 없을 정도로 빠른 기간 내에 강한 무인의 반열로 올려줄 수 있는 절세무공임은 틀림없는 사실이지만 그 세월을 단축한 대가로 세상에 어떤 무엇과도 비교할 수 없을 정도의 극심한 고통을 겪어야 하지. 하지만 지나고 보면 그것 또한 네게는 큰 선물이 될 것이다. 그러니 잘 참아내거라.'

사군우는 히죽 웃는 사비를 물끄러미 바라봤다.

"뭘 그렇게 빤히 쳐다봐요? 이럴 때 보면 정말 느끼하단 말이야. 히히히!"

사비가 멋쩍은 표정으로 웃었다.

"허허, 녀석. 느끼하기로 치면 나보다는 네가 고수다. 험!"

사군우는 어색하게 웃으며 헛기침을 했다.

'내가 저 녀석을 잘못 본 모양이군. 첫인상과 달리 가슴이 넓은 녀석이야. 거칠 것 없는 말투와 행동은 어머니를 일찍 여의고 혼자서 살아남기 위한 몸부림의 산실일 테지. 그런 건 생각지도 않고 못마땅하게만 생각했었다니…….'

사군우는 문득 헌화와 사비에게 미안한 감정이 들었다. 하지만 그는 그런 감정을 내색하는 데는 서툴렀다.

"가자!"

"어련하시겠어요?"

사군우가 말을 툭 내뱉고 몸을 돌리자 사비가 입술을 삐죽 내밀며 그의 뒤를 쫓았다.

관제묘 앞에 이른 사비는 자신을 향해 달려오는 임현현을 보고 피식 웃었다.

"오랜만이네요. 많이… 상했군요."

임현현은 피고름이 엉킨 사비의 손에 시선을 고정했다.

"그러게. 근데 백색이는 어디 갔어요?"

임현현에게 대충 고개를 끄덕이고 주위를 빙 둘러본 사비는 타락수라가 보이지 않자 사군우에게 고개를 돌렸다.

"며칠 전 백천맹 무사들이 다시 이곳에 왔었다. 그걸 보더니 아무래도 네 수련에 방해가 될 것 같다면서 잠시 떠나 있겠다고 하더구나. 이젠 낮에도 아무 거리낌 없이 돌아다닐 수 있는 상태니 크게 염려할 일은 생기지 않을 것이다."

"자식, 감히 주인 허락도 없이……. 가만, 이거 혼자서만 실컷 재미 보고 다니는 거 아냐? 하여튼 나중에 돌아오기만 해봐."

사비는 턱을 어루만지며 눈살을 찌푸렸다.

"우선 치료부터 받아야겠어요."

"치료는 무슨……."

"……."

"뭐야, 그 표정은?"

사비는 그녀의 눈시울이 살짝 붉어지자 잠시 눈을 찡그리다가 버럭 고함을 지르며 사당 쪽으로 걸음을 옮겼다.

"배고프니까 일단 밥이나 줘!"

"하여간 감정이라고는 눈곱만치도 없는 인간 같으니라고!"
임현현은 사비의 뒤통수를 향해 따가운 눈총을 날리곤 쌩하니 앞으로 달려갔다.

"쩝! 쩝!"
"그러다 체하겠어요. 좀 천천히 드세요."
사비가 입 안 가득 음식을 퍼 넣자 임현현이 걱정스런 눈길로 쳐다봤다.
"물!"
"여기요!"
사비의 무뚝뚝한 태도에 정나미가 뚝 떨어진 임현현은 물이 담긴 호로병을 그의 앞에 거칠게 내려놨다. 하지만 사비는 그녀의 행동에는 전혀 관심을 보이지 않고 식사를 하기에 급급했다.
'저 녀석들, 마치 다정한 부부 사이 같군. 후후후!'
멀찍이 떨어져 이를 지켜보던 사군우가 입가에 미소를 드리우며 자리에서 일어났다.
"어디 가시게요?"
"잠시 청도에 좀 다녀와야겠다."
"조심해서 다녀오세요."
"오냐."
임현현이 다소곳이 인사를 하지 사군우는 만면에 웃음을 머금고 몸을 돌렸고, 사비는 여전히 식사를 하기에 여념이 없었다.

|第六章|

십이제천(十二帝天)

지천으로 하얀 꽃잎이 날린다.

노송들이 울고 북풍의 숨결이 눈발이 되어 날리는 이곳은 곤륜산(崑崙山)이다.

사박사박 눈을 밟는 소리가 일정한 간격을 두고 들렸다.

"끄웅! 그 인간, 도대체 무슨 바람이 불어서 내게 그런 말도 안 되는 부탁을 하는 거야?"

얇은 남색 장삼을 몸에 걸친 노도사가 허리를 쭉 펴고 눈을 털었다.

하지만 투덜대는 목소리와 달리 그의 얼굴은 무척이나 환해 보였다. 자신이 그토록 기다리던 이의 서찰을 받았기 때문이다.

"산동까지 가자면 족히 한 달은 걸릴 테니 서둘러야겠군. 으샤!"

노도사가 기합성을 토하며 지면을 박차자 순식간에 그의 신형이 하얀 눈 속으로 스며들었다.

곤륜산에서 산동까지는 일만칠천 리. 일반인이라면 반년은 훨씬 넘게 걸릴 거리를 한 달 안에 가겠다는 그의 말만 들어도 노도사가 범상한 인물이 아닌 것만은 틀림없었다.

노도사는 굉천자(宏天者)라는 이름을 가진 곤륜파의 전대 기인이다. 하지만 세인들은 그의 이름을 거의 들어본 적이 없었다. 그가 세수 백 세를 넘은 지금까지도 무림에 발을 들여놓지 않은 까닭도 있었지만 그가 곤륜파에서도 곤륜선문에 속한 도인이었기 때문이다.

곤륜파의 도인들은 크게 조식기공이나 명상을 통한 도를 추구하는 곤륜검문(崑崙劍門)과 양생(養生)과 연단(鍊丹), 즉 내단을 수련하여 신선의 도를 추구하는 곤륜선문(崑崙仙門)의 두 지파로 나뉜다.

하지만 작금에는 무공을 익힌 곤륜검문 측이 곤륜파를 완전히 장악한 상태였고, 곤륜선문은 굉천자만이 홀로 남아 그 명맥을 유지하고 있었다.

더욱이 굉천자는 사십 년 전 신도세가의 정령신공이 마공이 아니라고 주장하다가 곤륜파에서 쫓겨나다시피 한 인물이었다. 이후 그는 곤륜파를 나와 천하를 주유하며 연단술을 수련했고, 그러다가 여러 기인과 인연을 맺었다. 지금 그가 산동으로 가는 이유도 이전에 인연을 맺은 한 기인의 부탁 때문이었다.

*   *   *

대륙상회의 섬서지부장 상관보(上官報)는 무척 유쾌했다. 맡은 중임을 무사히 완수할 수 있으리라는 안도감 때문이었다.

감숙을 지날 때까지는 각 지역의 패주로 있는 단체에 미리 준비한 예물을 주며 이동했기에 큰 무리 없이 올 수 있었지만 청해에 들어서면서부터는 긴장해야 했다.

청해 북부의 패자로 있는 빙월마궁(氷月魔宮)에 그런 예물이 통할 리 없었기 때문이다.

따지고 보면 기동성과 방어력을 보완하기 위해 표사와 쟁자수들을 세 배로 뽑은 이유도 빙월마궁 때문이었다.

이제 빙월마궁의 세력권을 벗어나고도 하루가 더 흘렀으니 지금 지나는 벽력문의 영역만 벗어나면 무사히 랍살에 이를 수 있을 것이다.

상관보는 흐뭇한 눈길로 옹기종기 모여 쉬고 있는 상단원들을 둘러봤다.

"표사 이백에다가 일류급 무사가 오십입니다. 거기에 총상단에서 보내준 해남검문의 좌리삼검(左悧三劍)이라면 웬만한 절정고수라도 단칼에 이겁니다, 이거!"

"음!"

옆으로 다가온 이 집사가 제 목을 그어 보이며 헤실거리자 상관보도 피식 웃으며 고개를 끄덕였다.

이 집사의 말은 사실이었다. 워낙 중요한 품목이다 보니 자신이 직접 나서긴 했지만 사전에 해남검문의 좌리삼검이 동행한다는 사실을 알았더라면 이렇게 긴장하지는 않았을 것이다.

좌리삼검이 합류한 곳은 감숙과 청해의 경계를 지나면서부터였다.

하나같이 깡마르고 이마가 벗겨진 그들은 보는 것만으로도 오금이 저릴 정도의 가공할 투기를 내뿜고 있었다.

"저 친구는 누가 골랐는가? 내가 본 쟁자수 중에 최고군."

"아, 예. 장도라면 제가 찾아냈습지요. 헤헤!"

상관보의 물음에 이 집사가 어깨를 움찔하며 답했다. 장도는 처음에 자신이 생각했던 것보다 더욱 대단한 신력(神力)을 지니고 있었다.

다른 쟁자수 서넛이 낑낑대며 들 물건을 들고 이동하면서도 전혀 지친 기색이 없었고, 오히려 농담을 하며 주변의 분위기를 맞춰줄 정도였다. 상관보는 오는 내내 그런 장도에게 깊은 관심을 표했고, 이 집사는 자신이 장도에게 한 짓도 있고 해서 대충 얼버무리며 장도를 상관보의 관심에서 비껴가게 하기에 급급했다.

그런데 이제 여유가 생긴 상관보가 다시 장도에게 관심을 보이기 시작한 것이다.

"가능하다면 내가 데리고 썼으면 좋겠는데, 얘기는 꺼내봤는가?"

"웬 걸요? 제가 그렇게 설득을 했는데도 도무지 꿈쩍을 않습니다."

"아쉽군. 나중에 기회가 되면 다시 올 수 있게 자네가 신경 좀 쓰게. 그리고 보수도 다른 사람 두 배로 챙겨주도록 하고."

"예, 알겠습니다요."

이 집사가 허리를 굽히자 상관보가 다시 장도에게 시선을 옮겼다.

장도는 이번 상행에서 사귄 표사들과 수레바퀴 앞에 빙 둘러앉아 담소를 나누는 중이었다.

"으음! 그럼 무림에서 센 축에 속한단 말이죠?"

장도가 한 손으로 턱을 어루만지며 물었다.

"이르다 뿐인가? 센 정도가 아니라 저어기… 끝에 올라 있는 인간이리니깐 그러네."

맞은편에 앉은 장 표사는 하늘을 손가락으로 가리키며 숨이 넘어갈 듯 답했다.

"사람도 참. 그렇게 말하면 무공도 모르는 이 친구가 어떻게 알아듣겠어? 내가 다시 설명해 줌세."

장도의 물음에 답한 장 표사의 옆에 앉아 있던 담 표사가 입술에 침을 바르며 다시 입을 열었다. 깡마르고 메마른 인상의 사내였지만 유들유들한 말투가 무척 친숙하게 들렸다.

"무림에는 새처럼 하늘을 날아다니고 손에서 바람이 나가는 고수들이 즐비하다네. 뭐, 따지고 보면 우리도 그쪽 세계에 몸담고 있긴 하지만 말이야. 험! 험!"

"그런데요?"

담 표사가 헛기침을 하며 말을 끊자 장도가 눈을 빛내며 물었다.

"그런 무림인들도 이 땅에 발을 딛고 사는 동물인 이상 서열이라는 것이 존재하지. 그중에서 가장 강한 자들을 가리켜 십이제천(十二帝天)이라고 부르는데, 자네가 물은 그 뇌전권(雷電拳) 구양극호(歐陽克湖)라는 사람은 그 십이제천에 속하는 최고고수란 말일세. 이거지, 이거!"

"그 정도로 강한가요? 저 사람들하고 비교하면 어때요?"

담 표사가 엄지손가락을 치켜세우자 장도가 십여 장 밖 너럭바위에 엉덩이를 걸친 채 쉬고 있는 좌리삼검을 힐끗 쳐다봤다. 이에 담 표사는 장도의 귓가에 입을 가져가며 나직한 목소리로 속삭였다.

"소림사의 방장이나 무당파의 장문인조차 감히 비교되지 못하는 마당에 저 사람들하고 비교하는 것 자체가 십이제천에게는 모독이지. 삼봉(三鳳)이라면 모를까."

"삼봉이요?"

"그래, 삼봉. 이십 년 전 황실에서 개최한 비무대회 당시에 십이제천에 속한 중원사극, 사군우 대협과 더불어 팔강에 진출했던 여협들이지. 요미선자, 천독후, 소향군주가 그 삼봉에 속하는데 그들과 중원사극은 이십 년 전에도 우열을 가리기가 힘들었다는군. 그 조금의 차이를 극복했다면 십이제천이 아니라 십오제천이 될 수 있었을 텐데 말이야."

"그렇게 강한 여인들이 있다니 정말 대단하군요."

장도가 감탄한 표정으로 고개를 끄덕이자 담 표사가 흥이 나는지 다시 말을 이어갔다.

"삼봉이 강하다는 소리는 듣지만 그래도 십이제천에 비하면 조금 약하다는 평을 듣지. 더욱이 십이제천 사이에도 고하가 있거든. 지금 말한 뇌전권 구양극호하고 소림제일승 도진 대사, 무영마검 공손천량, 인자검 공황식이 중원사극(中原四極)이라 불리는데 십이제천 중에는 다소 떨어지는 축에 속하고, 그 위로 농왕, 야왕, 걸왕, 장왕, 만수왕의 오왕(五王)이 조금 낫지. 가장 뛰어난 자들은 검황(劍皇) 공우생(公宇生), 도황(刀皇) 강주현(姜周玄), 빙후(氷厚) 담옥숙(擔玉淑)이야. 이들은 삼황(三皇)이라 불리는데 삼재경(三才境)에 올라 있을 거라 추측되는 천하 최고의 고수들이지."

"삼재경은 또 뭐죠?"

"하하하! 이거 내 밑천이 다 드러났군. 나도 그 이상은 잘 모르네."

장도가 고개를 갸웃거리며 묻자 담 표사가 멋쩍은 표정으로 머리를 긁적였다.

"아니에요. 정말 좋은 말씀 많이 들었습니다."

고개를 젓던 장도가 불현듯 떠오른 생각에 다시 고개를 들었다.

"그럼 흑화검성은요?"

"흑화검성? 사군우 대협 말인가?"

"네."

"그분이 계셨다면 당연히 십이제천은 나올 수가 없었을 테지. 일 년 전에 그분이 돌아가셨다는 소문이 들리면서 나온 게 십이제천이라는 고수들이니까 말이야. 정말 대단한 분이셨는데 참 안타깝게 됐어."

담 표사가 아쉬운 표정으로 중얼거리자 장도는 뭐라 입을 열려고 하다가 이내 입을 꾹 다물었다.

'사람들은 사 어르신이 돌아가신 줄 아는구나.'

장도는 담 표사와 그의 옆에 있는 장 표사의 얼굴에 사군우에 대한 흠모와 존경의 빛이 스치는 것을 알아채고 속으로 고소를 머금었다.

'이 사람들은 진정으로 사 어르신을 존경하고 있어. 도대체 얼마나 대단한 분이시기에……'

하지만 장도는 그보다 표사들이 얘기해 준 무림에서 가장 강한 고수 열두 명에 자신의 사부가 될지도 모르는 구양극호가 끼어 있다는 사실이 무척 기분 좋았다.

사군우가 보통 고수를 소개시켜 주지는 않을 것임은 어느 정도 예상하고 있었지만 이렇게 천하를 진동시키는 쟁쟁한 인물일 줄은 짐작도 못했기 때문이다.

"구양극호 그 친구는 벽력문의 문주이자 당금 무림에서 최고를 다투는 고수다. 이십 년 전 황실에서 주최한 비무대회에서 인연을 맺었는데 내가 소개했다면 널 제자로 삼아줄 것이다. 하지만 그 친구가 워낙 거친 편이라 아마 고생 좀 할 게다. 그래도 가겠느냐?"

사군우의 말을 떠올리던 장도가 다시 고개를 들고 입을 열었다.

"그 구양극호라는 분, 벽력문에 문주로 계신 분 맞죠?"

"자네가 그걸 어떻게?"

담 표사는 의외라는 듯 되물었다. 장도에게 벽력문의 문주라는 말을 해준 기억은 없었기 때문이다.

"벽력문에 아는 친구가 있거든요."

"벽력문에 친구가 있다니 자네 정말 복 받았군."

장도가 대충 얼버무리자 담 표사는 고개를 끄덕이며 부러운 눈길로 장도를 쳐다봤다.

"복이요?"

"그럼, 복이고말고. 벽력문은 문하를 가려 뽑기로 정평이 난 곳이야. 그런 곳에 적을 두고 있는 자니 무공도 훌륭할 것이고, 그런 친구를 뒀으니 두려울 게 뭐 있겠나? 웬만한 인간들은 벽력문이라는 소리만 들어도 자라목이 될 텐데……."

"으음, 그렇군요."

장도는 벽력문이 문원을 가려 뽑는다는 말에 일순 수심에 찼으나 담 표사가 입을 열자 다시 표정을 고치고 그의 말을 경청했다.

"뭐, 내가 지금까지 한 얘기야 무림을 조금이라도 접해본 사람들이라면 다 아는 내용이지만 자네가 워낙 무림사에 문외한이니 내 한마디만 더 해줌세."

"저야 좋죠."

"무림은 사십 년 전부터 육패(六霸)라는 세력이 장악했다고 봐도 과언이 아니지. 십이제천 중에 절반이 육패에 속한 인물들이니 무슨 말이 더 필요하겠나?"

"네에."

"육패는 강서공가, 헌원세가, 신농방, 개방, 야문, 만수관인데 이들이 이십 년 전 황실 비무대회를 계기로 만든 백천맹(白天盟)이라는 곳

은 황실에서조차 감히 함부로 못하는 엄청난 힘을 지녔지. 하지만 우
리는 여기서 육패가 백천맹을 만든 이유가 마사회(魔社會)라는 곳 때문
이었음을 주목할 필요가 있네. 힘!"

담 표사가 잠시 입을 다물자 장도나 그의 곁에 앉은 장 표사는 물론
이고 주변에 있던 다른 표사들이 조금씩 모여들기 시작했다. 그의 얘
기가 워낙 흥미진진했기 때문이다.

"그런데 이상한 건 마사회란 말이야. 명색이 황실 비무대회 단체전
우승의 영광을 차지했다면 세력 확장에 욕심을 부려볼 만한데 마사회
는 처음 둥지를 튼 중경(重慶) 지방에서 이십 년이 지나도록 도무지 벗
어날 생각을 안 하고 있거든."

"왜죠?"

"그건 나도 모르지. 하지만 마사회는 마도에서도 강하기로 소문난
고수들이 만든 곳이야. 웬만한 고수들은 감히 가입할 엄두도 못 낼 정
도로 엄청나게 강한 마도인들이 속해 있지. 그런 마도인들이 중경에
떡하니 버티고 있으니 백천맹에서 마음이 편할 리 있겠어? 점점 신경
이 날카로워졌지. 하지만 마사회는 감히 손대지 못하고 다른 마도 세
력들을 족치기 시작했어. 고래 싸움에 새우 등 터지게 된 격이지."

장도가 고개를 갸웃거리며 묻자 담 표사가 히죽 웃으며 답했다.

"그럼 마도인들이 가만히 있었나? 그 치들 성격으로 봐서는 호락호
락 당할 인간들이 아닌데."

이번에는 황 표사가 물었다. 이에 담 표사는 고개를 저으며 다시 입
을 열었다. 그사이 조금씩 주변에 모이기 시작한 인원이 무려 이십 명
을 헤아렸다. 대부분이 무림사에 관심이 많은 표사들이었다.

"당연히 가만히 안 있었지. 마사회에서는 안 받아주니 자체적으로라

도 뭉쳐서 살아날 길을 모색할 수밖에. 다행히 마사회에 가입하지 않은 엄청난 고수가 남아 있었거든. 그것도 십이제천 중에 삼황에 속한 두 고수였지. 뭐, 그 덕분에 오히려 마사회를 능가하는 엄청난 세력이 두 개씩이나 만들어졌지만."

"으음."

누군가의 침음성에 모인 이들의 고개가 일제히 돌아갔다.

좌리삼검의 둘째 노덕방이었다. 하지만 담 표사는 그를 한 번 힐끗 쳐다본 후 계속해서 말을 이어갔다.

"하나는 도황 강주현이 귀주(貴州) 지방을 거점으로 삼고 만든 화양마부(火陽魔府)라는 곳이고 다른 하나는 빙후 담옥숙 궁주께서 관리하시는 이곳 청해의 빙월마궁(氷月魔宮)이라네. 우리가 저 좌리삼검 같은 고수들과 함께할 영광을 느낄 수 있게 해준 고마운 곳이지."

"고마운 분들이요?"

장도가 물었지만 다른 이들도 의아한 표정이긴 마찬가지였다. 담 표사의 말이 마치 좌리삼검에게 비아냥거리는 듯 들렸기 때문이다.

"너는 누구냐?"

노덕방이 검자루에 손을 가져가며 한 발 앞으로 나오자 그의 몸에서 가공할 투기가 뿜어졌다. 이에 다른 이들은 황급히 뒤로 물러섰지만 담 표사는 싱긋 웃음을 머금고 그를 뚫어지게 바라볼 뿐이었다.

"누구냐고 물었다!"

"무슨 일이냐?"

좌리삼검의 첫째 노시방과 셋째 노화방이 노덕방의 외침을 듣고 달려왔다. 하지만 담 표사는 여전히 입가에 미소를 머금고 자리에서 일어나며 장도와 장 표사를 향해 힐끗 고개를 돌렸다.

"하하하! 그동안 즐거웠네. 이제 자네들과의 여행을 끝낼 때가 된 것 같군."

"자네, 그게 무슨 말인……."

핑!

퍼억!

놀란 눈으로 묻던 장 표사의 이마에 혈흔이 생겼고, 찰나지간에 벌어진 일에 좌리삼검이 일제히 검을 빼 들고 담 표사를 중심으로 갈라졌다.

하지만 장도는 피가 콸콸 쏟아지는 장 표사의 이마를 틀어막느라 정신이 하나도 없었다.

"장 표사님! 정신 차리세요! 장 표사님!"

하지만 장 표사는 장도의 부름에 대답하지 못했다. 담 표사의 검기에 의해 이미 절명한 까닭이었다.

"그동안의 정을 생각해 고통없이 보냈으니 너무 슬퍼할 필요 없다. 그리고 넌 근골이 뛰어나 내가 거두기로 했으니 얌전히 물러나 있어라."

담 표사는 자신을 에워싼 좌리삼검을 아랑곳하지 않고 장도를 향해 말을 건넸다.

"누구 마음대로!"

장도가 버럭 소리를 지르며 자리에서 일어나자 담 표사가 눈살을 찌푸리며 입을 열었다.

"그야 당연히 본좌의 마음이지! 누님을 제외하고 청해 땅에서 내 뜻을 거역할 사람은 아무도 없으니까! 하하하!"

눈을 빛내며 말하는 그의 음성에는 자신감이 가득 차 있었다. 그것은 빙후 담옥숙 궁주의 동생이자 빙월마궁의 부궁주로서의 자부심이기도 했다.

"담우택(擔宇擇)! 네가 지금부터 주공으로 모실 분의 이름이니 기억해 둬라! 그럼 이제부터 네 주공의 실력을 감상하도록! 후후후!"

장도에게 외친 담우택이 비릿한 미소를 흘리며 오른손을 번쩍 치켜들자 좌리삼검이 진기를 끌어올리며 방어 자세를 취했다.

하지만 그의 손이 들린 이유는 좌리삼검을 공격하기 위해서가 아니었다.

쉬이이이……!

퍼억!

담우택의 한 손이 들림과 동시에 들려온 미미한 파공성. 하지만 그 이후 들린 둔탁한 파열음은 장내를 아수라장으로 만들었고, 그와 동시에 담우택과 좌리삼검이 서로를 향해 달려들었다.

"으악!"

사방에서 날아온 창과 화살에 무공이 약한 표사와 쟁자수들이 순식간에 죽어 나자빠졌다.

"대열을 정비하라!"

대륙상회 섬서지부의 주거래 표국인 서안표국의 국주 백리송(百里松)이 상관보에게 날아드는 화살들을 쳐내며 외쳤다. 상관보의 곁에 있던 이 집사는 이미 창에 머리가 꿰여 즉사한 상태였다.

화산파의 속가제자인 백리송이 운영하는 서안표국은 섬서에서는 가장 규모가 큰 표국이었기에 국주의 외침을 들은 표사들은 이내 정신을 수습하고 대열을 정비하기 시작했다.

하지만 표사들이 채 대열을 갖추기도 전에 이번에는 기백의 여검수들이 날아 내렸다.

빙월마궁의 기습 부대인 빙화대(氷花隊)였다.

날아 내린 빙화대의 여검수들이 닥치는 대로 검을 휘두르자 오히려 이전보다 더 많은 표사와 쟁자수들이 쓰러지기 시작했다.

"아무래도 빙월마궁의 적도들인 것 같습니다! 일단 먼저 몸을 피하십시오!"

백리송은 달려드는 여검수 둘의 검을 막으며 상관보를 향해 소리쳤다.

하지만 상관보는 그 자리에 얼어붙은 듯 꼼짝도 하지 못했다.

'빙월마궁이 여기까지 오다니! 마, 망했다!'

그가 망연자실한 표정으로 서 있는 사이 온몸이 장 표사의 피로 물든 장도가 자리에서 벌떡 일어났다.

"네가 이러고도 사람이냐!"

자리에서 일어난 장도는 좌리삼검과 잠시 대치 중인 담우택을 향해 눈을 부릅뜨고 달려들었다.

퍼억!

담우택의 검두에 복부를 맞은 장도가 뒤로 나동그라졌다.

"한 번이다! 난 주군을 물려는 개를 용서할 만큼 관대한 성격이 못 된다! 후후후!"

장도를 힐끗 쳐다본 후 다시 몸을 날린 담우택의 검에서 사이한 기운이 흘러나왔다. 치명적인 요혈만 노려 스치기만 해도 고혼이 된다는 이혈검법(移穴劍法)이었다.

푸욱!

좌리삼검의 둘째 노덕방이 장 표사가 당한 것과 같은 수법에 천령혈(天靈穴:이마 상단)에 일검을 맞고 쓰러지자 노시방과 노화방이 노호성을 터뜨리며 동시에 달려들었다.

"좌리쌍참(左悧雙斬)!"

쌔애액!

둘의 검에서 검명이 터졌다.

노시방은 좌에서 우로 검을 쓸며 머리를 노렸고, 노화방은 검을 아래에서 위로 들어 올리며 담우택의 몸을 갈라갔다.

"하하하! 이름 값은 하는군!"

뒤로 물러서며 좌리삼검의 합격을 피한 담우택이 크게 웃으며 어깨를 털었다.

콰콰콰……!

순간, 담우택의 검이 공기를 찢어발길 듯 회전하기 시작했고, 뒤를 이어 그의 검로를 따라 핏물이 흩날렸다.

장도는 자신의 처지도 잊은 채 넋을 잃고 담우택의 몸놀림을 쳐다봤다. 처절하게 아름다우면서도 극도의 잔인성이 내포된 검무였다.

담우택은 장도에게 일부러 자신의 실력을 과시한 것이었다. 더는 장도가 자신에게 덤비는 우를 범하지 못하도록 하기 위해서.

쏴아아아!

노시방과 노화방의 전신에서 피분수가 터지자 장도가 고개를 도리질 쳤다.

"어떠냐? 이 정도면 네 주군으로서의 자격은 충분한 것 같지 않으냐?"

"잔인한 새끼!"

"후후후! 잔인이라……. 죽고 죽이는 싸움판에 그런 말은 아무짝에도 쓸모없는 것이다."

담우택은 검을 집어넣고 뒷짐을 진 채 장내를 둘러봤다.

예상대로 빙화대의 손에 대부분의 표사들이 도륙이 나 있었다.

쿵!

백리송의 머리가 날아감을 끝으로 서 있는 사람은 상관보를 제외하고 아무도 없었다.

"데려와!"

담우택의 명에 빙화대 여검수 둘이 상관보를 끌고 그의 앞으로 다가왔다.

"어떻게 열어야 하지?"

"무, 무슨 말이오?"

담우택의 물음에 상관보가 두려운 기색으로 되물었다.

"서로 피곤하게 이러지 말자!"

담우택이 눈썹을 찌푸리며 다시 말을 이어갔다.

"저게 화약임을 모르고 있을 것 같은가?"

"으음!"

상관보는 침음성을 삼켰다. 그렇게 주의하고 조심했건만 빙월마궁은 대륙상회가 화약을 운반하고 있음을 알아챈 것이다.

"이래 죽으나 저래 죽으나 마찬가지! 난 절대 말하지 않겠소!"

"호오! 과연 그럴까?"

담우택이 싱긋이 웃으며 여검수 하나에게 턱짓을 했다. 이에 여검수가 상관보를 향해 허리를 굽혔다.

우드득!

"크으악!"

상관보는 자신의 손가락이 부러져 나가자 전신을 부르르 떨며 비명을 토했다.

"제발 그만 해! 그냥 저 물건들이나 가지고 꺼져 버리라고!"

장도가 눈살을 찌푸리며 벌떡 몸을 일으켰다.

"후후후! 네가 마음에 들긴 들었나 보구나! 그런 말을 하는데도 내가 이렇게 참고 있는 것을 보면 말이야! 하지만 한 번만 더 입을 열면 그땐 혀뿌리를 잘라놓겠다!"

담우택의 싸늘한 일갈에 장도는 몸을 움찔했다. 담우택의 몸에서 뿜어져 나온 살기에 서 있기조차 힘들 지경이었다.

"내 너에게 쓸데없이 시간을 낭비하며 무림과 관련된 일을 들려준 것이 아니다. 우리 빙월마궁의 힘이 어느 정도인지 알아야 네가 처한 지금의 현실이 얼마나 큰 행운인지를 깨달을 것 같아서 알려준 것이었지. 그리고 말이다. 저 화약들을 섣불리 열었다가는 여기 있는 사람들은 모두 떼죽음을 당하고 말 것이다. 대륙상회가 모종의 기관 장치 없이 이런 위험한 물건들을 운반할 리 없으니까. 난 내 수하들이 목숨을 잃는 것을 볼 생각이 없다. 후후후!"

담우택은 장도에게 친절하게 설명해 준 뒤 상관보를 노려보며 다시 턱짓을 했다.

또각! 또각!

"으아아악!"

상관보의 앞에 서 있던 여검수가 다시 그의 손가락을 하나하나 부러뜨리기 시작했다. 이번에는 잠시도 쉴 틈을 주지 않고 말없이 나머지 아홉 손가락을 부러뜨렸다. 이에 고통을 참다못한 상관보가 혀를 깨물 기미를 보이자 담우택이 피식 웃으며 허공을 향해 손가락을 퉁겼다.

핑!

상관보는 아혈을 제압당하고 몸을 움찔 떨며 두 눈을 질끈 감았다.

"생각보다 지독한 구석이 있군. 마음에 들어. 좋다. 그냥 보내줘라. 조금 귀찮겠지만 빙월마궁에 저걸 열지 못할 정도로 사람이 없는 건 아니니까 말이다. 하하하!"

담우택이 호쾌하게 웃으며 몸을 돌리자 상관보의 눈에 일순 희망의 빛이 스치고 지나갔다.

퍼억!

상관보의 목으로 여검수의 검이 작렬했다.

그의 맞은편에 있던 장도는 채 안도의 빛이 가시지 않은 상관보의 머리가 굴러 떨어지는 것을 보자 입술을 질끈 깨물었다.

"이 개자식아!"

"지금 뭐라고 했지?"

"개자식이라고 했다!"

"하하하하! 겁이 없는 것이냐, 아니면 어디가 모자란 것이냐?"

장도가 자리에서 벌떡 일어나며 외치자 담우택이 눈을 가늘게 뜨고 웃었다.

담우택은 그런 장도가 더욱 마음에 들었다. 지금의 장도는 길들여지지 않은 들개다. 하지만 길들이고 나면 그는 오직 주인을 위해서만 충성을 다하는 사나운 투견이 될 것이다.

'좋다. 일단 조금 정신을 차릴 정도로 다져 놓은 뒤 다시 얘기를 나눠보자꾸나. 후후후.'

담우택은 피식 미소를 머금고 장도에게 천천히 걸음을 옮겼다.

"그냥 죽여! 네 수하가 되는 것보다는 여기서 죽는 게 나으니까!"

장도는 죽음을 각오했다. 어디서 솟아난 용기인지 생각해 봤지만 답은 하나였다. 사비. 그와 함께하며 배운 독기였다.

걸음을 옮기던 담우택은 장도의 독기 어린 눈빛을 마주하자 일순 망설였다.

"후후후! 녀석! 내 생각을 바꾸게 만드는구나! 좋다! 수하가 싫다면 제자로 삼아주지!"

담우택이 고개를 끄덕이며 말하자 그의 주변에 있던 빙화대 여검수들의 눈이 휘둥그레졌다. 담우택의 제안이 파격적이었기 때문이다. 하지만 안타깝게도 장도는 이를 모르고 있었다.

"웃기는 소리 하지 마! 난 벽력문의 문주이신 뇌전권 구양극호 대협을 사부로 모실 몸이다! 네가 아무리 날고 기어봤자 넌 그분의 발끝에도 미치지 못해!"

"그게 무슨 소리냐?"

담우택이 눈살을 찌푸리며 묻자 장도가 당당하게 외치며 말을 이어갔다.

"뭐? 빙후가 뇌전권보다 낫다고? 잡소리 집어치워! 우리 사부님은 빙후는 물론이고 삼황이 한꺼번에 덤벼도 까딱없을 분이시다! 사부님의 상대가 되실 수 있는 분은 오직 흑화검성 사군우 대협뿐이라고! 그런데 네가 감히 날 제자로 삼아? 꿈 깨셔! 크크크!"

"닥쳐라!"

담우택이 버럭 소리를 지르며 한 손을 내젓자 장도가 벼락을 맞은 듯 전신을 부르르 떨었다. 하지만 이를 본 담우택이 더 놀란 눈치였다.

'어찌 내 이혈음풍장(移穴淫風掌)을 맞고도 서 있을 수 있단 말인가? 저 녀석이 설마 무공을?'

담우택은 생각과 동시에 장도를 향해 몸을 날렸다.

턱!

"아니, 이, 이것은!"

담우택의 놀란 외침과 동시에 그의 등 뒤로 굵직한 음성이 들렸다.

"그 손 놔라!"

"헛!"

담우택은 저도 모르게 헛바람을 집어삼켰다. 사내가 등 뒤로 다가들 때까지도 기척을 느끼지 못했기 때문이다. 하지만 다가선 사내가 누구인지를 확인한 담우택은 이전보다 더욱 놀란 외침을 터뜨렸다.

"뇌, 뇌전권!"

담우택의 눈에 배 밑까지 치렁한 수염을 휘날리는 오십대 중반으로 보이는 거구의 사내가 들어왔다. 현 벽련문주이자 십이제천 중 한 명인 뇌전권 구양극호였다.

"뭐, 뇌전권? 이 자식이 아예 맞먹으려고 드네? 네 누이도 나한테는 그런 호칭을 못 쓰는데 감히 어따 대고!"

점잖게 생긴 인상과 달리 구양극호의 입은 거칠기 짝이 없었다. 하지만 담우택은 아무런 반박도 할 수 없었다. 그가 뇌전권 구양극호였기 때문이다.

"왜 아직도 안 가고 서 있냐? 복날 개 패듯이 두들겨 맞고 싶으냐?"

구양극호가 천천히 한 걸음을 내디디자 그의 가공할 패도에 담우택의 주변에 서 있던 빙화대 여검수들이 주르륵 뒤로 밀려났다.

"빙월마궁과 벽련문의 관계가 그리 나쁘지 않았다고 생각합니다만 왜 이리 우리를 핍박하시는지 모르겠군요."

담우택이 가까스로 안정을 회복하고 천천히 입을 열었다.

"오냐! 말 한번 잘했다! 네 말대로 그리 나쁘지 않은 관계라면 왜 남의 영역에 들어와서 도적질이냐? 엉?”

“그 무슨 가당찮은 말씀입니까? 누가 들으면 정말 빙월마궁이 도적단이라도 되는지 알겠습니다.”

“그냥 좋은 말로 할 때 가라! 쓸데없는 소리 하지 말고.”

담우택이 조심스레 입을 열자 구양극호가 눈썹을 찌푸리며 고개를 돌렸다.

“……”

담우택은 더 이상 아무 소리도 하지 못하고 구양극호를 향해 짧게 읍을 해 보인 뒤 빙화대를 향해 눈짓을 했다. 이에 빙화대의 여검수들이 대륙상회가 운반하던 수레들로 달려갔고, 담우택은 장도를 번쩍 안아 들었다.

“이 자식이! 그건 누가 가져가라고 했지?”

“이 물건들은 벽력문의 것이 아니지 않습니까? 이러시면 저는 물론이고 벽력문과 빙월마궁의 관계가 소원해질 수도 있습니다.”

구양극호가 버럭 고함을 치자 담우택이 당혹스런 표정으로 답했다. 이에 구양극호는 설레설레 고개를 저으며 다시 입을 열었다.

“화약은 가져가든 말든 신경 안 쓰는데 내 제자 놈은 왜 데리고 가는 건데? 아까 못 들었어?”

“으음!”

담우택은 속으로 침음성을 삼키며 잠시 생각했다. 장도가 아깝기는 했지만 그보다는 화약이 먼저였다.

이윽고 담우택이 흔쾌히 고개를 끄덕였다.

“이런 곰같이 미련한 녀석을 제자로 두신 것을 제가 미처 모르고 있었군요. 아무튼 물건을 넘겨주신 점은 고맙게 생각하겠습니다. 가자!”

담우택이 외치자 빙화대가 수레를 이끌고 썰물이 빠지듯 장내를 벗어났다.

잠시 그들을 물끄러미 바라보던 구양극호가 장도를 향해 몸을 돌렸다.

"그런데 네가 왜 내 제자냐?"

"……."

구양극호가 고개를 갸우뚱하며 물었지만 장도는 대답할 수 없었다.

담우택의 이혈음풍장에 심맥을 상한 상태였기 때문이다. 그나마 버틸 수 있었던 것도 사군우가 남긴 화류패기 덕분이었다.

"흠!"

구양극호는 장도를 의아한 눈초리로 바라보다가 한 손을 내밀었다.

턱!

"이건… 화류패기!"

장도의 완맥을 잡은 그의 손이 떨렸다.

"그 친구가 보냈느냐?"

"……."

"하하하하!"

장도가 차마 입을 열지 못하고 힘겹게 고개를 끄덕이자 구양극호가 크게 웃으며 입을 열었다.

"담가 놈이 네 몸을 만지고 왜 그렇게 놀란 망아지 같은 표정을 지었나 했더니 놀랄 만도 했구나. 흑화검성의 독문진기가 흐르고 있다니, 그 누가 놀라지 않겠느냐? 그런데… 그건 그거고……."

만면에 함박웃음을 머금었던 구양극호가 다시 고개를 갸웃거렸다.

빠악!

“크윽!”

장도가 외마디 신음성을 토했다. 구양극호의 솥뚜껑만 한 주먹이 뒤통수를 가격했기 때문이다.

“사부가 물으면 대답을 해야 할 거 아니야, 이 괘씸한 녀석아!”

구양극호는 버럭 고함을 지르고 장도를 번쩍 안아 들었다.

휘이이익……!

순간, 그의 거대한 신형이 흡사 미풍을 맞은 잔가지처럼 잘게 흔들렸다.

거구에 걸맞지 않는 가볍고 민첩한 몸놀림이었다.

|第七章|

인면도화(人面桃花)

전면에 놓인 화로를 응시하며 그 화로에 양손을 담그고 있는 사비의 머리 위로 하얀 김이 모락모락 피어올랐다.

함박눈이었다.

함박눈은 천지를 하얗게 물들이고 있었지만 사비와 화로 주변의 땅은 뽀송뽀송 마른 그대로였다. 하늘에서 내린 눈들이 화로에 닿기가 무섭게 치익 하는 소리를 내며 기체로 변해갔기 때문이다. 그것은 사비에게로 떨어져 내린 눈도 마찬가지였다.

아니, 자세히 보면 오히려 사비의 몸에 닿은 눈은 그의 앞에 놓인 시뻘겋게 달아오른 화로보다 훨씬 빠른 속도로 사라졌다.

화로는 사군우가 사비의 수련을 위해 구해온 것으로 투박하고 거친 문양을 한 흔해 빠진 것이었지만 일반 화로보다 세 배는 두꺼운 것이었다. 열기를 감당하기 위해 주문 제작했기 때문이다.

"그러고 보니 벌써 반년이나 지났군. 이크!"

혼잣말로 중얼거리던 사비가 화로에서 손을 홱 뺐다. 화로의 열기를 감당치 못한 양손이 순식간에 퉁퉁 부어올랐다. 하지만 뼈가 보일 정도로 흉측했던 여섯 달 전의 모양새는 아니었다.

"제길! 또 화상이군!"

사비는 안색을 찌푸렸다. 사군우에게 배운 화류패공의 구결대로 몸에 있는 진기를 움직일 때는 일어나지 않는 일이었지만 간간이 큰 낭패를 봤다. 지금도 잠시 딴생각에 빠졌다가 화상을 입은 것이다.

또한 이미 단단해질 대로 단단해진 손이었지만 그렇다고 고통까지 익숙해지지는 않았다.

"어디 봐요!"

사비가 얼굴을 일그러뜨리는 사이 임현현이 달려와 손을 내밀었다.

"됐어!"

"이리 좀 내보래도요!"

"이게 어따 대고 성질이야!"

임현현의 날카로운 외침에 사비가 버럭 고함을 질렀다. 그는 지금 짜증이 날 대로 난 상태였다.

지난 여섯 달간 화류패기를 흡수하며 얻은 결과라고는 몸에 흡수한 화기 때문에 한 달에 한 번씩 고열에 시달려야 했다는 것과 노기라도 치밀라치면 금세 머리와 눈썹이 붉게 변하는 괴질에 걸린 것뿐이었다.

바위를 가루로 부술 만큼 힘이 세졌다든지 한 걸음에 나무를 뛰어넘을 수 있다든지 하는 사비가 이전에 기대했던 소득은 전혀 없었다.

사군우는 그저 단 하루도 거르지 말고 꾸준히 화류패기를 흡수하라는 말과 장작불보다 훨씬 강한 화력을 지닌 화로를 건네준 것 외에는 아무것도 가르쳐 주지 않았다.

"왜 화를 내고 그래요?"

임현현이 샐쭉한 표정으로 눈을 흘겼다.

"그러니까 귀찮게 하지 말고 꺼지라고 했잖아!"

"계속 이럴 거예요?"

"휴우! 너하고 말싸움하는 것도 이젠 지긋지긋하니까 이젠 제발 내 눈앞에서 사라져 주라. 부탁이다."

사비가 짧은 한숨을 토하며 말하자 임현현이 굳은 얼굴로 고개를 돌렸다. 임현현은 왜 이토록 자신이 사비에게 쩔쩔매는지 도무지 이해가 되지 않았다. 아무리 미래의 지아비가 될 예시를 체험했다지만 그 정도로는 스스로를 납득시킬 수 없었다.

하지만 지금도 여전히 사비의 거친 언행에 아무런 대꾸도 하지 못했다.

'그래, 고통스러울 거야. 세상에 어느 누가 제 살을 태우는 고통을 이렇게 오래도록 참을 수 있겠어. 사람이 느끼는 가장 큰 고통이 화상이라는데 오죽하려고.'

임현현은 속으로 고개를 끄덕이며 사비를 힐끗 쳐다봤다. 사비는 심란한 표정으로 조심스레 화로에 손을 집어넣고 있었다.

이에 임현현은 막상 자신에게 전혀 미안한 기색이 없는 사비를 보자 이전의 속마음이 사라지고 서운한 감정이 밀려왔다.

"그래요. 사라져 드릴게요. 하지만 저녁 식사는 차려놓고 가죠."

"……"

임현현이 말을 마치고 몸을 획 돌렸지만 사비는 화로에 손을 넣고 화류패기를 흡수하는 데만 온 신경을 집중했다. 하지만 그녀가 눈치채지 못하고 있는 것이 하나 있었다.

　이제는 웬만한 화기에는 끄떡도 않는 사비의 손이 이글이글 타오르고 있다는 것을. 사비가 화류패공을 운용하고 있지 않은 까닭이었다.

　"또 싸웠느냐?"

　"싸움이랄 게 뭐 있겠어요? 지금 가장 힘든 사람은 사비 공자일 텐데요. 저는 그저 저 사람이 이렇게라도 답답한 속을 풀었으면 좋겠어요."

　사당 안에 있던 사군우가 엷게 웃으며 묻자 임현현이 그의 앞에 다소곳이 앉으며 말했다.

　"허허, 녀석. 사비에게 무공을 가르쳐 주지 않으니까 이젠 너까지 나를 원망하는구나."

　"아니에요. 아버님께서도 다 생각이 있으시겠죠."

　"그렇지 않아도 이제 사비에게 무공을 가르쳐 줄 생각이다."

　"정말이세요?"

　임현현이 놀란 눈으로 묻자 사군우가 살며시 고개를 끄덕였다.

　"그래. 내가 익힌 무공은 화류패공을 극성 성취한 후 내가 직접 창안한 무공들이다. 따라서 사비가 지닌 화류패기로 익혔다가는 괜히 화만 자초할 뿐이지."

　"그럼 지금은 사비 공자의 화류패기가 아버님의 무공을 익힐 만큼 쌓였다는 뜻인가요?"

　"그건 아니다. 내 무공들을 사용하기 위해서는 적어도 몸속에 불을 지를 수 있는 화류패공의 사단계에는 들어서야 하는데 사비는 아직 양손에 화류패기를 모을 수 있는 삼단계에도 들지 못했다. 저런 성취로는 어림도 없지. 물론 그렇다고 사비가 자질이 없다는 얘기는 아니란

다. 저 녀석은 나보다 몇 배는 더 빠른 속도로 화류패공을 제 것으로
만들어가고 있으니까."

사군우가 흐뭇하게 웃으며 말했다.

"그런데 왜 벌써 가르치시려는 거죠? 혹시……."

"이제 점점 증상이 나타나는구나. 그전에 가르쳐 놓지 않으면 후회
하게 될 것 같다."

사군우가 피식 웃으며 대답하자 임현현의 얼굴이 일순 어두워졌다.

근래 들어 부쩍 사군우의 기색이 미약해지고 있었다. 사비는 이를
전혀 모르고 있었지만 임현현은 알고 있었다. 사군우가 조금씩 죽음을
준비하고 있음을.

"그래서 말인데……."

사군우가 말끝을 흐리며 잠시 임현현의 얼굴을 바라봤다.

"제게 사 공자를 부탁하시려는 건가요?"

"그래. 무영이가 있다면 그 녀석에게 부탁했겠지만 내 그 아이에게
도 따로 수련을 시킨 것이 있어 아마 이곳에 쉽게 오기는 힘들 게다.
너라면 사비를 도울 수 있을 것 같은데, 가능하겠냐?"

"……."

임현현은 잠시 입을 다물었다.

사군우의 간절한 눈빛을 대하면 그러마 하고 고개를 끄덕이고 싶었
지만 그녀에게도 아직까지 말하지 못한 사정이 있었기 때문이다.

"저어, 실은……."

임현현은 사군우의 실망 어린 표정을 보며 천천히 말을 이었다.

"제가 천월사도를 나올 때 두 사저들은 이미 나와 있었어요."

"으음!"

사군우는 그녀에게서 튀어나온 전혀 예상 밖의 말에 침음성을 삼켰
다.

"혹시 내가 아는 사람도 그중에 포함되어 있나?"

"네."

"그렇다면 삼봉(三鳳) 중에 있겠군."

"확신할 수는 없지만 아마 그럴 거예요."

임현현이 씁쓸한 얼굴로 고개를 끄덕였다.

"소천사들이 왜 중원에 나온 거지?"

"대천사가 되기 위한 수업의 일환이에요. 제가 가장 늦게 발탁이 돼
서 얼마 전에 나왔을 뿐이지요."

"그럼 삼봉에 속한 소천사는 나를 알아봤을 수도 있겠군."

"그때는 몰랐을 테지만 지금은 대천사님의 명을 받은 상태니 아마
알고 있을 거예요."

"그럼 사비와 평생을 함께한다는 것은 무슨 의미였지?"

"그 생각은 지금도 변함없어요. 하지만 대천사님은 제가 이렇게 아
버님과 함께 있으면서 자신의 명을 어겼다는 것을 이미 알고 계실 거
예요. 그래서 잠시 피해 있으려고요."

"으음, 대천사의 이목을 피해 숨을 자신은 있나?"

"아니요. 대천사님이 어떤 분이신데 피할 수 있겠어요? 그저 천월사
도의 율법을 이용하려는 것뿐이에요."

"율법?"

"네. 소천사들은 중원행을 나가기 전에 어느 곳에 소속이 되어 어떻
게 활동하겠다는 언약을 하고 나와요. 사저들은 어떤 언약을 했는지
모르지만 저는 황보세가에 들어가 오 년 동안 그곳의 여인으로 활동하

며 황보세가를 다시 강북무림의 패자로 세운다는 언약을 했지요."

"어려운 약속을 했군."

사군우는 눈살을 찌푸렸다. 그가 생각하기에도 황보세가의 가세는 이미 기울 대로 기울었기 때문이다.

"지닌 능력을 사용하지 않고 이뤄야 한다는 제약이 있으니 어렵기는 어렵지요. 제게는 황보세가와 관련된 예언의 능력은 금제가 가해져 있거든요. 하지만 어려운 일일수록 달성했을 때의 평가는 높아져요. 아마 모르긴 해도 다른 사저들도 어려운 수행 목표를 잡고 있을 거예요."

"으음, 그럼 천월사도는 어떤 식으로든 중원과 깊은 연관을 맺고 있었다는 뜻이군. 그럼 대천사는 어떤 중원행을 했었지?"

"죄송하지만 더 이상은 말씀드릴 수 없어요."

"괜한 것을 물어봤나 보구나."

"아니에요."

임현현이 살며시 고개를 젓자 사군우가 씁쓸한 미소를 머금었다.

임현현이 천월사도를 두려워하고 있음을, 그리고 아직 천월사도에 미련을 버리지 못했음을 느낀 것이다.

"그럼 언제쯤 떠날 생각이냐?"

"일단 최대한 이곳에 머물 생각이에요. 하지만 시일이 지났으니 필경 황보세가에서 저를 찾기 위해 조만간 청도로 사람을 보내겠지요. 그렇게 되면 저도 어쩔 수 없이 그들을 따라나설 수밖에 없을 것 같아요."

"알겠다. 그럼 일 보거라."

사군우가 피식 웃으며 손을 내젓자 임현현이 천천히 몸을 일으키며 입을 열었다.

"그럼 저녁 식사 준비할게요."

임현현이 사당 밖으로 빠져나가자 사군우는 두 눈을 지그시 감고 속으로 중얼거렸다.

'휴우! 사비 녀석에게 뭐라 설명해야 할지 막막하군.'

밖으로 나온 임현현은 정성을 다해 음식을 준비했다. 천월사도에서는 술법과 무공을 닦는 것 외의 자질구레한 일은 모두 사내들의 몫이었기에 임현현은 한 번도 이런 일을 해본 적이 없었다.

그래서 처음에는 무척 서툴 수밖에 없었다. 하지만 지금은 꽤 능숙하게 손을 놀리고 있다. 낡고 이가 빠진 식기와 풀뿌리를 대충 버무려 만든 허술한 찬이었지만 사군우와 사비는 항상 그녀가 차린 음식들을 맛있게 먹어주었다.

'후훗! 어쩌면 이런 게 행복이 아닐까?'

임현현은 수련에 열중인 사비를 힐끗 쳐다보며 살포시 미소를 머금었다.

"식사하세요!"

"너나 많이 처먹어!"

임현현의 부름에 사비가 싸늘하게 외쳤다.

"그럼 아버님하고 저는 먼저 먹을게요."

임현현이 눈살을 찌푸리며 사당 쪽으로 몸을 휙 돌리자 사비는 자리에서 벌떡 일어나 씩씩거리며 사당 쪽으로 걸음을 옮겼다.

"밥 줘!"

사당 안으로 들어온 사비가 자리에 털썩 주저앉으며 말했다.

"자요!"

밥그릇을 내밀던 임현현이 휘둥그레진 눈으로 사비의 손을 바라봤다.

"어머! 손이 왜 이래요?"

임현현의 놀란 외침에 고개를 돌린 사군우의 눈썹이 꿈틀했다. 온통 물집이 잡히고 시뻘겋게 달아올라 있는 사비의 손을 발견했기 때문이다.

"내 화류패공을 익히며 딴생각을 하지 말라 누누이 일렀거늘 도대체 어쩌자고 손을 이 지경으로 만든 것이냐?"

"됐어요. 신경 끄세요. 어차피 며칠 있으면 금방 아물 텐데요."

사비가 무심한 표정으로 대꾸하자 임현현이 말없이 자리에서 일어났다.

"어디 가?"

"약이라도 발라야 할 것 아니에요?"

"지금 약이 어디 있다고 발라? 그냥 앉아서 밥이나 드셔!"

"당신이나 많이 먹어요!"

"너는 왜 그렇게 사내 말을 뭣같이 듣는 거냐? 그냥 앉으라면 앉아!"

"원래 그런 천성을 지닌 걸 어쩌라고요?"

사비가 버럭 외치자 임현현이 그의 어깨를 타고 넘으며 밖으로 몸을 날렸다.

"너같이 싸가지없는 계집은 처음이다, 정말!"

사비가 고개를 홱 돌리고 외쳤다.

"아무렴 당신만 하겠어요?"

"뭐야!"

사비가 굳은 얼굴로 자리에서 벌떡 일어났다. 하지만 이미 임현현은 시야에서 사라지고 없었다.

“하하하! 말은 그렇게 하지만 서로 위하는 모습이 참 보기 좋구나.”

사군우가 유쾌하게 웃으며 말했다.

“쓸데없는 소리 마시고 밥이나 드세요.”

퍼억!

사비의 얼굴이 홱 돌아갔다.

“고얀 놈! 말버릇 하고는. 내 얼마나 가나 했다!”

“그러기에 누가 자꾸 사람 속을 뒤집으래요?”

“쯧쯧쯧! 현현이의 배필이 되려면 아직도 한참 멀었구나.”

사군우가 혀를 차며 자리에서 일어났다. 이에 사비는 숲 속으로 휘적휘적 걸음을 옮기는 사군우를 바라보며 속으로 중얼거렸다.

'나도 알아요. 내게 과분한 애라는 거. 그래서 더 이러는 거라고요. 나같이 성질 더럽고 가진 것 없는 놈보다는 좋은 놈 만나서 행복하게 살기를 바라니까요.'

사비의 얼굴로 씁쓸한 미소가 번졌다.

처음 임현현을 만났을 때 봤던 그녀의 당당한 모습이 아직도 생생하다. 다른 기녀에 비해 꽤 적극적인 기녀라는 생각에 지레 겁을 먹고 멀리하기에만 급급했던 그 여인이 어느새 자신의 마음속에 크게 자리하고 있는 것이다.

천월사도 출신인 임현현이 사내를 개나 소 보듯 한다는 것은 지금까지도 모르고 있는 사실이었지만 사비는 그녀의 그런 당당함과 오만함이 좋았다.

하지만 임현현은 변하고 있었다. 모두 자신 때문이었다.

그녀가 자신이 겪는 고통을 옆에서 쭉 지켜보며 함께 가슴 아파하고 힘이 되어주기 위해 그러는 것이라는 것을 알기에 자신이 더욱 한심하다는 생각이 들었다.

"나는 네가 처음처럼 당당하고 겁없던 그때로 돌아갔으면 좋겠어."

사비는 팔베개를 하고 그 자리에 벌렁 누웠다.

밤하늘에 별들이 하나둘씩 모습을 드러내기 시작했다.

임현현은 청도 시전까지 나는 듯이 달렸다. 오랜만에 신법을 전개했더니 기분이 다소 풀렸다.

"참 못됐어! 내가 왜 저런 사람을 마음에 담은 거지?"

임현현은 한 손으로 제 이마를 짚으며 살며시 고개를 저었다.

이윽고 사비 덕분에 단골이 된 약방에 다다른 임현현은 조심스레 문을 두드렸다.

"계세요?"

"뉘시오?"

"저예요! 화상 약 사러 오는……."

벌컥!

문이 열렸다.

"당신이 여긴 어떻게?"

임현현이 놀란 눈으로 말을 잇지 못했다. 문을 연 사내가 황보혁임을 알아봤기 때문이다.

황보혁은 콧날이 우뚝한 호남형의 얼굴이었다. 하지만 유난히 하얀 피부는 그를 병약한 느낌이 들게 했다.

"이거 섭섭한걸. 왜 서방을 보고도 달려와 안기지 않는 거지?"

황보혁은 두 팔을 벌리고 임현현을 와락 끌어안았다.

임현현은 아무 생각도 들지 않았다. 황보혁이 이곳까지 찾아오리라는 생각은 하지 못했다. 온다면 그의 동생인 황보상일 거라고 생각했던 것이 실수였다.

잠시 넋 나간 사람처럼 멍하니 있던 임현현이 천천히 시선을 옮겼다. 황보혁의 등 뒤로 자신을 향해 해맑게 웃으며 손을 흔들어 보이는 황보상이 서 있었다.

"형수님, 정말 오랜만이에요. 도대체 그동안 어디서 뭘 하고 계셨던 겁니까?"

"너는 잠시 빠져 있어라!"

황보혁이 안색을 굳히며 외치자 황보상이 어깨를 움찔하며 뒤로 물러섰다.

"그래, 장인어른 말씀을 들으니 그동안 몸이 좀 아팠다는데 지금은 다 나은 거요?"

"네."

임현현은 기어들어 가는 목소리로 대답했다.

임로주는 최선을 다했음이 분명했다. 천월사도에서 중원의 소식을 알아보기 위해 만든 곳이 바로 임가상단. 임로주는 천월사도의 존재는 몰라도 자신의 기반을 다져 주고 지원하고 있는 세력이 엄청난 힘을 지녔음을 아는 까닭에 결코 자신의 명을 거역할 리 없었다. 자신이 너무 오래도록 지체한 때문이었다.

"그래, 아픈 곳이 어디요? 화상을 입은 거요?"

황보혁이 석성스런 눈으로 물었다.

약방에서 주로 화상에 관련된 약재들을 구해갔다는 것을 미리 알아봤음이 분명했다. 하지만 임현현은 자신이 이곳에 있다는 것을 어떻게 알았는지는 도무지 짐작이 가지 않았다.

"형님이 하도 윽박질러 대는 통에 결국 삼악파에게 도움을 청했어요. 뭐, 우리가 아니었으면 청도는 물론이고 산동까지 전부 장악한다는 것은 꿈도 못 꿨을 테니. 오히려 우리와 더 깊은 관계가 될 기회라고 생각했는지 열심히 알아보더라고요."

황보상이 황보혁의 눈치를 보며 조심스레 입을 열었다.

"그나저나 왜 연락조차 없던 거요?"

"죄송해요."

황보혁이 다른 말이 없자 임현현은 내심 안도했다.

'다행히 사비 공자와 인연을 맺기 위해 부탁했던 일은 말하지 않은 모양이구나. 청도 중두라고 하더니 그자도 눈치 하나는 있었어.'

임현현은 추덕상의 얼굴을 떠올리며 슬며시 고개를 들어 올렸다.

"여긴 언제 오셨어요?"

"한 보름 정도 됐소."

"그러셨군요."

임현현은 고개를 끄덕였다.

보름에 한 번 정도씩 약재상에 들렀으니 황보혁이 온 것은 자신이 다녀간 직후였을 것이다. 그런데도 자신을 찾아오지 않고 기다렸다는 것은 아직까지 자신이 사비와 같이 있다는 소식은 접하지 못했을 가능성이 컸다. 이에 임현현은 속으로 생각을 정리하며 다시 입을 열었다.

"그럼 여기서 잠시만 기다려 주세요. 그동안 저를 살펴주신 분들에게 인사만 하고 바로 올게요. 아니, 묵고 계신 곳이 어디죠? 제가 그곳으로 갈게요."

"그냥 여기서 기다리지!"

황보혁이 단호한 목소리로 답했다.

"네. 그럼 금방 다녀올게요."

임현현이 살며시 고개를 숙여 보인 후 이내 몸을 돌려 총총걸음으로 이동하자 잠시 후 황보혁도 걸음을 옮기기 시작했다.

"형님, 어디 가세요?"

"따라가 볼 생각이다. 그러니 너는 여기 남아 있어라."

"그냥 형수님이 오실 때까지 그냥 기다리는 게……."

입을 열던 황보상은 황보혁이 고개를 홱 돌리고 노려보자 어깨를 움찔하며 더는 말을 잇지 못했다.

아무리 병약한 몸이라 해도 황보혁 역시 무가의 자제. 어느 정도의 신법은 전개할 수 있었다. 하지만 임현현이 그보다 훨씬 고강한 무공을 지닌 여인임을 아는 까닭에 황보상은 과연 황보혁이 임현현을 추격할 수 있을지 의아한 생각이 들었다.

황보상은 좀 전 황보혁이 임현현을 안을 때 그녀의 몸에 천리미향을 뿌려놨다는 것을 알지 못했다.

피융……!

"어? 지금 뭐 하신 거예요?"

황보혁의 손을 떠난 신호탄이 이십 장 허공에서 하얀 빛과 연기를 토하자 황보상이 고개를 갸웃거리며 물었다.

"조금 있으면 알게 될 것이다!"

황보혁은 입술을 비틀며 다시 몸을 돌렸다.

그의 눈은 광망으로 번득이고 있었다.

물끄러미 밤하늘을 감상하던 사비는 사군우의 부름에 사당 밖으로 어기적어기적 걸어나왔다.

“무공에는 고하가 있다. 넌 이를 무엇으로 구분한다고 생각하느냐?”

관제묘 석상 위에 앉아 있던 사군우가 사비를 향해 물었다.

“그야 힘하고 속도죠. 힘세고 빠르면 장땡 아닌가요?”

“틀렸다!”

“……”

사군우의 대답에 사비는 잠시 입을 다물었다.

처음이었다.

사군우가 자신에게 무공에 대한 얘기를 먼저 꺼낸 것은.

화류패공을 가르칠 때를 빼면 사비가 먼저 물어야 답을 해주었고, 그 답이라는 것도 대충 얼버무리고 마는 것이었기에 지금 사군우가 무공에 대해 질문을 했다는 것은 뭔가 다른 수련이 준비되어 있다는 기대감을 불러일으키기에 충분했다.

“최대한 쉽게 설명해 줄 테니 궁금한 것이 있으면 그때그때 물어봐라.”

“넵!”

사비가 눈을 빛내며 고개를 끄덕이자 사군우가 피식 웃음을 머금고 다시 입을 열었다.

“일반인들의 싸움은 힘에 의해 좌우된다. 하지만 그중에도 조금이라도 신경이나 신체의 기관이 발달한 이들이 있지. 그런 자들은 대부분 힘보다는 빠른 속도와 정확한 가격으로 승부를 보려 한다. 너처럼 말이다.”

“헤헤!”

사비가 멋쩍게 웃으며 머리를 긁적였다.

“하지만 무공에 입문한 자들은 다르다. 그럼 검술에 입문한 사람을 예로 들겠다. 지닌 자질이 어느 정도 우수한 자라면 검술 수련에 입문하고 일 년이 지난 후 초식을 사용할 수 있게 된다. 이를 삼류 중 하급이라 한다. 거기서 초식을 능숙하게 사용하려면 오 년 정도가 걸리는데 이를 삼류 중 중급이라 한다. 또 오 년에 걸쳐 검술을 수련해 초식을 능숙하게 시전할 뿐만 아니라 그 초식을 응용할 수 있는 수준이 되면 이를 삼류 중 상급으로 쳐준다. 대표적으로 중소방파의 직계제자들이 이런 수준을 지니고 있다."

사군우는 잠시 입을 다물고 사비를 쳐다봤다. 알아듣기 쉽게 설명했지만 그가 자신의 말을 이해했는지 가늠해 보기 위해서였다.

다행히 여전히 눈을 반짝이며 자신을 쳐다보고 있는 것이 어느 정도 알아들은 듯 보였다.

"검술에 입문하고 약 십오 년에서 이십오 년 정도를 수련한 이들은 이류로 올라설 수 있다. 이류급 또한 상, 중, 하의 세 급으로 나누는데 이를 나누는 기준은 정(貞), 쾌(快), 변(變)을 어느 정도나 숙달했는가다. 이 세 가지 모두를 능숙히 익힌 이들을 가리켜 삼극검인(三極劍認)의 경지라 하여 가히 일류고수가 되었다고 할 수 있다. 보통 대문파의 일대제자들이나 중소방파의 당주나 호법들이 이에 속하며 이들이 검을 휘두르면 검에서 바람이 발생하지. 이른바 검풍(劍風)이라 한다."

사군우가 가르치는 것은 무공의 단계별 수준이었다. 단기간에 자신이 아는 모든 것을 가르칠 수 없었기에 그동안 자신이 체계적으로 정립한 무공의 수준부터 사비에게 확립시켜 줄 심산이었다.

"그럼 삼극검인의 경지가 센 건가요?"

"물론이다. 하지만 일류고수 이상에서만 본다면 무공의 새로운 세계에 입문한 이들에 불과하지."

"으음!"

사비가 침음성을 삼키는 사이 사군우는 다시 말을 이어갔다.

"일류의 수준에 이른 자부터는, 아니, 보다 정확히 말하면 일류 중 중급의 수준에 다다른 자는 자신의 검에 새로운 힘을 실을 수 있게 된다. 내공이라는 것이다. 네가 익히고 있는 화류패기와는 성질이 다르지만 일반적인 무림인들이 익히는 것이지."

"화류패기와 내공을 비교하면 어느 것이 더 우세하죠?"

"화류패기는 모든 무인들이 원하는 궁극의 힘이다!"

"네에."

사비는 크게 고개를 끄덕이며 기분 좋게 웃었다. 자신이 그동안 겪은 고통의 이유가 어렴풋이 짐작이 갔다.

"다른 말로 검기(劍氣)라 하는데 이 검기라는 것은 백련정강을 한 철검도 수월하게 자를 수 있는 힘이다. 일류의 상급에 이른 자들일수록 검기는 가늘고 길어진다. 다음이 초일류급 고수들이다. 이들은 보통 일갑자 이상의 고련을 거친 무인들로 검기를 뻗고 거둠을 의지대로 조절하여 검기타혈(劍氣打穴), 검기점혈(劍氣點穴), 검막(劍幕)을 펼칠 수 있다. 그리고 그 다음이 무림인들의 숙원인 절정의 경지다. 하지만 절정은 수련만 가지고는 이룰 수 없다. 오랜 고련과 깨달음이 수반되어야 이룰 수 있는 경지란다. 절정고수들은 검기를 유형화시켜 검에 입히는 검강(劍罡)이나 유형화된 검기를 상대에게 날릴 수 있는 검환(劍丸)을 펼친다. 그리고……."

"헥! 또 있어요?"

사비는 눈이 돌아갈 지경이었다. 자신이 생각했던 것보다 엄청나게 많은 단계가 사군우의 입에서 튀어나왔기 때문이다.

사비는 사군우의 설명을 들으면 들을수록 자신이 과연 이런 단계들을 거칠 수 있을까 하는 의구심마저 들었다.

하지만 사군우는 그의 반응을 못 본 척하며 다시 말을 이어갔다.

"검환을 날릴 정도의 상급 절정고수들은 오행지경(五行之境)에 오른 자들이다. 천하 만물에 존재하는 오행 중 하나의 기운을 흡수하여 이를 자신의 것으로 만들 수 있는 무인들이지. 이들은 정, 기, 신이 일체가 되고 몸과 마음, 그리고 검이 하나가 되는 신검합일 지경에 오른 자들이라고도 한다. 그 다음이 사상지경(四象之境)이다. 절정을 넘어 가히 절세라 칭할 수 있는 이들은 자신의 몸속에 내재된 사상의 기운 중 하나를 스스로의 힘으로 만들 수 있는 자들이다. 화류패공의 네 번째 단계를 이루게 되면 여기에 속한다."

"저, 정말이에요?"

"화류패공이 그만큼 힘들고 요원한 무공이라는 얘기다."

"으음."

사비는 절로 침음성이 터졌다. 사군우가 가르쳐 준 무공이 대단할 것이라 짐작하고 간절히 원했지만 이 정도일 줄은 짐작하지 못했던 것이다.

"이후 삼재경(三才境)과 음양합일지경(陰陽合一之境)이 있고, 이후로도 다른 단계가 더 있을지도 모르지만 그것은 네가 차차 풀어나가도록 해라."

"저어……."

"궁금한 것이 있으면 묻거라."

"지금 무림인 중에 가장 높은 곳에 도달한 사람이 어디까지 가 있죠?"

"십이제천 중 삼황이 삼재경에 근접해 있을 것이고, 그 밑으로 오왕과 중원사극이 사상지경에 이르렀을 것이다. 어쩌면 삼봉(三鳳) 중에도 사상지경에 오른 여인이 있을지도 모르지."

"그럼 아저씨는요?"

"나는……."

사군우는 잠시 입을 다물었다. 사비에게 자꾸 부푼 꿈을 안겨주어 오만한 마음이 들게 할까 염려됐기 때문이다.

"나는 음양합일지경을 바란다."

"엥? 그게 뭐예요?"

잔뜩 기대했던 사비가 어이없다는 투로 입을 삐죽 내밀자 사군우가 피식 웃으며 다시 말했다.

"네가 음양합일지경에 이르는 모습을 보고 싶다는 뜻이다."

사군우의 대답에 사비가 주먹을 꼭 움켜쥐었다.

'내게 음양합일지경을 바란다고? 내게?'

사비는 가슴이 벅찼다.

사군우의 입에서 나온 말은 자신의 자질을 인정한다는 뜻이었다. 이를 듣자 지금까지 겪었던 고통과 지루함, 힘들었던 지난 세월이 모두 일시에 날아가 버리는 느낌이었다.

'빈말하는 인간은 아니잖아. 그럼 가능할 수도 있다는 얘기겠지?'

사비는 기분 좋은 미소를 흘리며 천천히 고개를 들었다.

"으음! 노력해 볼게요. 아니, 까짓거 해드리죠."

사비가 입술을 질끈 깨물며 힘차게 고개를 끄덕이자 사군우의 입가로 희미한 미소가 번져 갔다.

잠시 후 사군우는 임현현이 오고 있음을 느끼며 슬며시 고개를 돌렸다.

괴이했다. 이제껏 들은 적이 없던 그녀의 거친 숨소리.

사군우는 임현현에게 무슨 일이 생겼음을 직감했다.

[황보세가에서 왔어요. 지금 이곳으로 오고 있으니 조만간 들이닥칠 거예요.]

임현현이 보낸 전음에 사군우가 보일 듯 말 듯 살짝 고개를 끄덕였다.

아직 그녀가 와 있다는 것을 눈치채지 못한 사비는 사군우가 했던 말들을 생각하기에 여념이 없었다.

'그들이 왔다면 잠시 자리를 피해야겠군.'

사군우는 전대 황보세가주와의 친분으로 황보세가의 자제들과 안면이 있던 터라 이 자리에 계속해서 있을 수가 없었다.

"비야."

"네?"

사군우가 고개를 돌려 사비를 바라봤다.

"누가 오고 있구나. 나와 안면이 있는 사람들이니 되도록 마찰이 없도록 해라."

"네."

사비가 짧게 고개를 끄덕이자 사군우는 곧바로 걸음을 옮겼다.

"잠깐! 어디 가세요? 누가 오고 있다면서요?"

"잠시 자리를 피해야겠다. 괜히 그 사람들을 만나봐야 귀찮은 일만 생길 것 같구나."

"알았어요."

사군우의 대답에 사비가 눈살을 찌푸리며 고개를 끄덕였다. 이를 본 사군우는 피식 웃으며 숲 속으로 걸음을 옮겼다.

"캬아! 무지 빠르네요!"

한 걸음 옮길 때마다 순식간에 십여 장의 거리를 단축하는 그의 모습을 본 사비가 탄성을 터뜨리며 엄지손가락을 치켜세웠다.

그사이 임현현이 사비의 앞으로 달려왔다.

"공자님!"

"왜?"

"저어……."

임현현은 잠시 말을 잇지 못했다. 그에게 막상 간다는 말을 하려니 입이 떨어지지가 않았다.

"불러놓고 왜 말이 없어?"

사비는 퉁명스레 물으며 임현현의 손으로 시선을 옮겼다.

약재를 사러 갔던 그녀의 손에 아무것도 들려 있지 않다는 것을 확인하자 사비는 임현현이 자신이 듣고 싶지 않은 말을 꺼내려 함을 직감했다.

"할 말 없으면 난 들어간다."

사비가 몸을 휙 돌렸다. 듣고 싶지 않았다. 그녀가 무슨 말을 꺼낼지 짐작했기 때문이다.

"저, 이제 가봐야 할 것 같아요!"

임현현의 다급한 외침에 사비가 그대로 움직임을 멈췄다.

"잘됐네! 어차피 더 오래 있었으면 내가 쫓아 보낼 생각이었어!"

사비가 몸을 돌리고 피식 웃자 이를 본 임현현의 눈가에 미미한 경련이 일었다.

'이 사람 정말 내게 아무런 감정도 없는 건가?

아쉬움이 담긴 눈빛으로 사비를 잠시 바라보던 임현현이 천천히 입술을 뗐다.

"아직 공자님께 말씀드리지 않은 게 있어요. 가기 전에 그 말씀을 드려야 제 마음이 편할 것 같아요."

"됐어. 어차피 다시 볼 사이도 아닌데 그런 말이 뭐가 필요해? 그냥 가. 그동안… 내 뒤치다꺼리하느라고 고생 많았어."

말을 마친 사비는 곧 사당 쪽으로 걸음을 옮겼고, 이를 본 임현현은 그의 등을 야속하게 바라보다가 속으로 짧은 한숨을 토했다.

'어차피 안 볼 사이라고요?'

사비가 사당 안으로 모습을 감추자 주위를 둘러보던 임현현의 얼굴이 급격히 굳어졌다. 관제묘 쪽으로 다가오는 기척을 감지한 것이다.

빠른 속도로 다가오는 십수 인의 기척. 필경 고수들임이 분명했다.

잠시 후 장내로 날아든 무인들을 보며 임현현은 속으로 침음성을 토했다.

'으음, 백천맹의 고수들이야!'

타락수라를 쫓던 얼굴들은 아니었지만 복장은 얼추 이전의 그들과 비슷했다.

그들 사이에서 한 사내가 걸어나왔다.

황보혁이었다.

"누구를 기다리는 거요?"

"당신이 여기는 어떻게?"

그가 자신을 쳐다보며 미소를 머금자 임현현의 얼굴이 당황으로 일그러졌다.

"왜 내가 못 올 데라도 왔나?"

황보혁이 살짝 입꼬리를 말아 올리자 임현현은 그가 자신의 그간 행적을 뒷조사했음을 눈치챘다. 자신에게 병적인 집착을 보이는 황보혁이라면 그러고도 남을 인간임을 다시 한 번 절감한 것이다.

"아니에요. 일단 우리 여기서 나가요."

"가긴 어딜 가!"

임현현이 짧게 말을 뱉은 후 곧바로 자신의 어깨를 스치고 지나가자 황보혁이 거칠게 그녀의 팔목을 잡아챘다.

"다른 사람 눈도 있으니 우선 이 손은 놓으세요."

"왜 내가 당신 손을 잡는 데 다른 사람 눈치를 봐야 하지?"

황보혁의 이를 바드득 갈며 주변을 둘러봤다.

백천맹의 무인들은 그의 시선을 피하며 잠자코 있었다. 황보세가 또한 백천맹에 속한 단체. 그 힘이 미약하여 힘을 발휘하지 못했지만 황보혁에게는 황보세가가 지니지 못한 그만의 장기가 있었다.

소장왕(小匠王) 황보혁(皇甫赫).

그는 장왕 헌원유천과 더불어 명성을 날리며 소장왕이라 불릴 정도의 뛰어난 병장기 제조술을 지닌 인물이었다.

무공을 익히기에 적합하지 않은 유약한 신체 덕분에 일찍부터 병장기 제조에 눈을 돌린 그는 그 방면에 탁월한 자질을 보였고, 타 세력에서는 그의 재능을 탐내어 서로 병기 제조를 의뢰했다.

하지만 황보혁은 다른 사람을 위해 병기를 제조하는 것을 지극히 꺼렸다. 특히 무인들에게는 더했다.

오 년 전 수많은 인명을 해하고 무림공적으로 낙인 찍혀 죽은 희대의 마인이 황보혁이 만든 혈혈검(孑孑劍)을 지닌 때문이었다.

혈혈검이 어떤 경로를 통해 그의 손에 들어갔는지는 밝혀지지 않아 죄를 추궁받지는 않았지만 그 후로 황보혁은 병장기를 만들지 않았다.

그런 일이 없었다면 황보세가의 가장 큰 저력 중 하나가 됐을지도 모르는 인물이었다.

지금 그는 백천맹에게 자신의 능력을 빌려주기로 한 상태였다. 그의 형 황보천조차도 미처 모르는 사이 그가 아내인 임현현의 외도를 의심하고 벌인 일이었다.

더욱이 조사 끝에 아내의 외도 상대가 타락수라를 쫓던 백천맹의 고수들을 곤란한 지경으로 만든 실력자라는 소식을 남궁원예에게 전해 들은 그는 곧바로 백천맹을 향했다. 이로 인해 남궁원예의 백천맹에서의 지위가 한 단계 상승했다는 것만 봐도 황보혁의 능력을 가히 짐작할 수 있었다.

하지만 그에게는 어느 누구도 감당할 수 없는 괴벽이 있었다.

그것은 임현현과 오직 그만이 아는 것이었다.

"말해! 왜 내가 이 손을 놔야 하지?"

황보혁이 거칠게 임현현의 손을 들어 올릴 때였다.

"너 따위가 만질 손이 아니니까 그렇지, 이 미친 새끼야!"

사비가 눈살을 찌푸리며 사당 밖으로 걸어나왔다. 그는 황보혁에게 봉변을 당하고 있는 임현현을 보자 마찰을 일으키지 말라던 사군우의 당부는 까맣게 잊어버린 상태였다.

사비는 몹시 학가 났다. 부드럽고 긴 그의 머릿결이 피에 젖은 야차처럼 시뻘겋게 변해 있었고, 꿈틀거리는 눈썹마저 핏빛이다.

이를 본 임현현은 속으로 가슴이 콩닥거렸다.

'저 사람, 나 때문에 저렇게 화가 났어.'

　임현현은 황보혁의 협박이나 행동을 충분히 감당할 자신이 있었다. 더욱이 황보세가와 관련된 자신의 목표를 달성한 이후에는 가장 먼저 황보혁을 박살 내겠다고 작심한 상태였다.

　하지만 사비는 이를 모른다. 그저 자신이 핍박받고 있다는 생각에 눈에 불을 켜고 나선 것이다.

　본래 아무것도 거칠 것이 없는 사내이기는 하지만 남을 위해 위험을 무릅쓰는 성격이 아님을 임현현은 알고 있다.

　임현현은 사비가 어떻게 행동할지 궁금했다.

　그래서 다가오는 그를 바라보며 애써 처연한 표정을 지어 보였다.

　순간 임현현은 자신과 눈이 마주친 사비의 눈동자가 살짝 떨리는 것을 보았다.

　'호호호! 당신도 역시 나를 좋아하고 있었군요!

　임현현은 기쁜 웃음을 간신히 참으며 천천히 고개를 숙였다.

　그 모습을 본 사비가 주먹을 불끈 쥐었다.

　미끄러운 고름이 손에 잡혔다. 낮에 화로에 손을 담그고 자학했던 상처가 터진 것이다. 하지만 사비는 아프지 않았다. 그저 강렬한 눈빛으로 황보혁의 손을 바라볼 뿐이었다.

　"그 손 놔라!"

　"너는 뭐냐? 혹시 네가……?"

　황보혁은 어이없는 표정으로 물었다. 남궁원예의 말과 달리 사비에게 무공을 익힌 어떠한 기운도 느껴지지 않았다. 더욱이 사비는 두 손이 만신창이가 된 불구자일 뿐이었다.

　그로 인해 은근히 생겼던 불안감이 순식간에 걷혔다. 어쩌면 임현현이 외도를 한 것이 아니라 사비에게 동정심을 느껴 간병을 했던 것일지도 모른다는 생각도 들었다. 이런 약해 빠진 인간이라면 오히려 무공을 좋아하는 임현현이 결코 좋아할 리가 없었다.

마음에 걸리는 것도 하나 있었다. 다가오는 사비의 붉은 머리와 눈썹도 그랬지만 자신을 향한 사비의 눈빛에서 강렬한 화기가 느껴진다는 것이었다.

하지만 그건 어디까지나 느낌일 뿐이었다. 다른 동료들을 힐끗 돌아보니 그들 역시 자신과 마찬가지로 사비에게 호기심 그 이상의 감정은 보이지 않고 있었다.

그만큼 사비의 실력이 변변치 않다는 뜻이었다.

황보혁은 사비에게서 시선을 떼고 임현현을 향해 미안한 표정을 지어 보였다.

"내가 오해를 했었나 보군. 가지."

황보혁이 임현현의 손을 잡고 몸을 돌렸다. 이에 임현현은 사비를 향해 한없이 서글픈 표정을 지으며 그의 손에 이끌려 걸음을 옮겼다.

"놔!"

사비의 싸늘한 일갈에 주변에 서 있던 이들이 어깨를 흠칫 떨었다.

그의 음성에 서린 노기에 반응하여 공력까지 끌어올리는 이가 있을 정도로 그들은 하나같이 놀랐다.

단지 그들 일행과 조금 떨어진 곳에 혼자 서 있던 외팔의 사내만이 눈에 이채를 띠었을 뿐이다.

그는 오늘의 일행을 이끌고 있는 흑화대의 고수 독비객(獨臂客) 양청(陽青)으로 대력신장 백리준과 함께 흑화대를 이끄는 양대부장(兩大副長)이었다.

타락수라의 행적을 쫓아 이곳으로 왔다가 황보혁의 신호탄을 보고 달려온 그는 심기가 편치 않은 상태였다. 하지만 이곳으로 온 직후 사비가 타락수라를 추격하던 백리준과 마찰이 있던 인물임을 알아보자 호기심이 동했다.

"아무리 혈기 왕성한 나이라 해도 정도가 심하군. 어른을 대하는 말투가 그게 뭐냐?"

황보혁이 피식 미소를 머금고 사비를 향해 몸을 돌렸다. 그렇지 않아도 그냥 놔두고 가는 것이 못내 걸렸는데 사비가 말 한마디로 자신의 고민을 해결해 준 것이다.

황보혁은 사비를 단죄할 마땅한 구실이 생겼다는 것에 속으로 쾌재를 불렀다.

"어른? 지랄하네!"

사비가 히죽 웃었다.

"놈! 더러운 주둥아리를 가졌구나!"

황보혁의 눈에 살기가 감돌았다.

사비의 태도는 처리할 적절한 구실을 넘어서고 있었다. 더욱이 지금은 자신의 부탁으로 이곳에 달려온 백천맹 소속의 무사들이 모두 지켜보고 있다. 이제부터는 자신뿐만 아니라 황보세가 전체의 체면 문제였다.

"좋다. 놓지. 놓으라면 놓긴 하는데 말이야."

부우웅!

살며시 임현현의 손목에서 손을 뗀 황보혁이 주먹을 내질렀다. 이를 본 사비의 얼굴에 미소가 스쳤다. 비록 아직 사군우에게 이렇다 할 무공을 배운 적은 없지만 그에게 배우기 전에도 이 정도 주먹쯤은 우습게 피했었기 때문이다.

사비가 뒤로 슬쩍 물러나며 황보혁이 날린 주먹을 피하는 순간이었다.

[피하지 말고 그냥 맞아라!]

사군우의 전음이었다.

찰나지간 짧게 당황하던 사비가 이내 눈썹을 찌푸리며 움직임을 멈췄다.

퍼억!

황보혁의 주먹을 맞고 나가떨어진 사비가 자리에서 벌떡 일어났다. 이에 황보혁은 물론 곁에서 이를 지켜보던 백천맹의 무사들도 놀라기는 마찬가지였다.

비록 적다고 해도 황보혁의 주먹에는 분명 내력이 실려 있었기 때문이다.

"내가 왜 맞아야 하지?"

"음!"

황보혁은 사비의 물음에 짧은 신음성을 토했다. 백천맹의 무인들이 보는 앞에서 자신의 미흡한 무공 실력이 드러나 망신을 당했다고 생각했기 때문이다. 하지만 사비의 질문은 그를 향한 것이 아니었다.

[좀 전에 내가 가르쳐 준 무인들의 단계를 시험해 볼 좋은 기회다. 지금 네가 지닌 화류패기라면 그리 큰 내상은 입지 않을 테니 그냥 맞아봐라. 무공의 고하를 직접 체험해 볼 수 있을 것이다.]

사군우의 진음에 사비는 일순 멍한 표정이 됐다.

너무도 어이없는 이유였다. 자신이 아무리 화류패기가 대단하다고 해도 잘못 맞으면 죽을 수도 있는 무책임한 시도를 사군우는 원하고 있었다.

“쳇! 정말 아저씨는 나보다 훨씬 더 지독한 인간이야. 알았어. 맞아 주지. 하지만 내가 됐다 싶으면 그땐 나도 안 참을 거야.”

“그게 무슨 소리냐?”

“아니, 너 말고. 자, 또 쳐봐!”

황보혁이 눈을 찌푸리며 묻자 사비가 고개를 저으며 두 팔을 벌렸다. 이에 황보혁의 얼굴이 붉게 달아올랐다.

“놈!”

황보혁은 본격적으로 공력을 끌어올렸다. 동행한 무인들에 비하면 부족한 실력이었지만 전면에 서 있는 사비를 족치기에는 충분한 힘이었다.

“제대로 쳐! 죽을 정도로! 빨리 끝내자고!”

“오래 살지 못할 혀를 지녔구나!”

사비가 피식 웃으며 말을 내뱉자 황보혁이 눈을 부릅뜨고 양장을 뻗었다.

휘익……!

‘아이고! 저 인간 말 들었다가 이대로 개죽음당하는 거 아니야?’

그의 장에 실린 육중한 기세에 사비가 침음성을 삼켰다. 황보세가의 독문장법인 태산십팔반장(泰山十八盤掌)이었다.

퍼억!

복부를 가격당한 사비가 또 한 번 뒤로 나자빠졌다.

‘어라? 그러고 보니 생각보다 아프지 않은데? 가만, 그러고 보니…….’

사비는 조금 전 자신이 맞을 때 몸속에 있던 화류패기가 가격당한 부위로 모였음을 깨닫고 고개를 갸웃거렸다.

임현현도 사비의 표정으로 보고 그의 괴이한 행동의 이면에 사군우가 있음을 짐작했다.

그사이 황보혁이 안색을 더욱 찌푸렸다. 사비가 싱겁다는 듯이 입맛을 다시며 일어났기 때문이다.

"한 번 더 쳐봐! 좀 세게 치라고! 이번에는 여기를 때려봐!"

사비는 입을 열며 황보혁의 이 장 앞에서 걸음을 멈추고 가슴을 쭉 폈다.

"미친놈! 오냐! 이제 나도 더 이상 참지 않겠다!"

퍼퍼퍼퍼퍽!

황보혁은 태산십팔반장의 십팔 초식을 회오리가 몰아치듯 연달아 시전했고, 사비는 이를 맞으며 그 충격을 해소하기 위해 조금씩 뒤로 물러섰다. 이에 황보혁은 크게 당황했다.

이대로 가다가는 사비 때문에 황보세가의 얼굴에 먹칠을 하게 될 판이었다.

'좋다! 네놈에게 뇌화시(雷火矢)까지 쓰게 될 줄은 몰랐다만……'

황보혁은 태산십팔반장의 마지막 초식을 쓸 때 자신의 소매 속에 숨긴 뇌화시를 쓰기로 마음먹었다.

한 번도 써보지 않은 무기였지만 소장왕이라 불리는 황보혁이 애병으로 여길 정도이니 그 위력의 막강함은 보지 않아도 뻔했다.

이를 눈치챈 사군우가 다급히 전음을 날렸다.

[이제 그만 하면 됐다!]

사군우의 전음을 들은 사비의 눈이 빛났다.

휘이익!

사비는 허리를 숙여 황보혁의 장을 피하고 그대로 어깨를 앞으로 쭉

밀었다.

퍽!

"크윽!"

사비의 어깨에 가슴을 가격당한 황보혁이 뒤로 물러나며 신음을 터뜨렸다.

가슴에 이는 통증보다 무참히 구겨진 자존심으로 인해 그의 얼굴은 시뻘겋게 달아올랐다.

"이이!"

황보혁이 소매에서 뇌화시를 꺼내려는 순간이었다.

"역시 무공을 감추고 있었군. 저런 망종에게는 자비를 베풀 필요가 없지. 공황작! 나가봐!"

"저, 저 말입니까?"

지금껏 사태를 관망하던 독비객 양청의 외침에 백천맹 무인들 사이에 끼어 있던 한 사내가 당혹스런 표정으로 되물었다.

강소공가 출신의 무사 공황작이었다. 지닌 성격이 소심하고 겁이 많은 편이라 다른 동료들에게 지닌 실력에 맞는 취급을 받지 못하고 있는 젊은 무인. 현재 일행을 이끌고 있는 양청은 공황작에게 기회를 줘보고 싶었다.

황보혁의 체면도 살려주고 공황작의 자신감도 회복시킬 수 있는 일거양득의 결과를 얻기 위해서였다.

공황작이 주춤주춤 앞으로 나오자 황보혁은 고개를 푹 숙이고 일행 쪽으로 들어갔다.

공황작을 바라보는 사비의 눈이 빛났다. 사군우의 전음을 들었기 때문이다.

[일류다! 방금 전의 친구와는 전혀 다를 것이다. 아니, 이전에 화무영이를 쫓아왔던 남궁세가의 후예보다도 강한 상대이니 절대 방심하지 마라!]

"정말 당신이 일류급이야? 남궁원예라는 자식보다 세다고?"

사비가 고개를 갸웃거리며 하는 소리에 백천맹 무인들의 얼굴에 웃음이 번졌고, 외팔사내의 두 눈에 이채가 스쳤다.

양청을 제외한 일행은 공황작의 진정한 실력을 미처 파악하고 있지 못했다. 공황작의 실력을 제대로 파악하지 못하는 인간이라면 무공은 더 볼 것도 없었다. 그들은 양청이 공황작을 내보낸 것도 사비의 실력이 변변치 못함을 이미 알고 있는 것이리라 판단했다.

"그럼 무례를 용서하시오!"

공황작이 비무를 하는 사람처럼 사비에게 정중히 읍을 해 보이자 보고 있던 동료들이 헛웃음을 삼켰다.

"당신은 괜찮군. 백리준이라는 작자처럼 기본 인격은 갖춘 사람이야."

사비는 그의 태도가 마음에 드는지 피식 웃으며 고개를 끄덕였다.

이를 들은 중인들이 사비를 노려보며 얼굴을 굳혔다.

공황작보다 못하다는 말에 기분이 상한 것이다. 이 때문에 그들은 사비가 공황작뿐만 아니라 백리준의 이름까지 거론했다는 것은 미처 신경을 쓰지 못했다. 오직 양청만이 더욱 관심 어린 표정으로 둘을 주시했다.

"그럼 갑니다!"

공황작이 천천히 손을 뻗었다.

후우우웅……!

아주 느린 손길. 무거워 보이지도 가벼워 보이지도 않은 손이었다. 하지만 사비는 피할 수 없음을 직감했다.

설령 사군우가 피해도 된다고 허락하더라도 결코 피할 수 없을 것 같았다. 그만큼 공황작의 손은 사비가 피하는 모든 방위를 점하며 짓쳐들었다.

팍!

사비는 머리가 울리는 극심한 통증에 선혈을 한 모금 토했다.

공황작의 손이 닿은 곳은 분명 옆구리였는데도 통증은 전신에서 느껴졌다. 그의 장력이 닿으며 전신을 흔들어놨기 때문이다.

이후 공황작의 주먹과 발길질이 계속해서 이어졌다. 하지만 임현현과 양청을 제외한 모든 사람은 공황작이 마구잡이로 주먹을 휘두른다고 생각했다. 사비가 미처 피하지도 못할 정도라고는 전혀 짐작치 못했다.

"황보 대협께서 손속에 사정을 많이 뒀군."

한 무인의 말에 다른 사람들이 고개를 끄덕이며 동조했다. 이에 황보혁은 속으로 안도하며 짐짓 시치미를 뗐다.

지금은 진실보다 황보세가의 이름에 먹칠을 하지 않게 됐다는 것이 더 중요했다.

'오늘 이렇게 나를 곤란하게 만든 대가는 반드시 치르게 될 것이다!'

황보혁이 속으로 다짐하는 사이, 땀을 뻘뻘 흘리며 공황작의 공세를 막던 사비가 그 자리에 털썩 엎어졌다.

"크윽! 젠장!"

사비가 숨을 헉헉 몰아쉬며 눈살을 찌푸리자 공황작은 두 손을 거두고 뒤로 물러났고, 이를 본 임현현의 눈가에는 안타까움이 스쳤다.

'당신을 도와주고 싶지만 그럴 수가 없네요. 미안해요.'

임현현은 자신이 처한 현실이 그렇게 답답할 수가 없었다. 하지만 한때의 기분으로 이 상황을 자신의 힘으로 타개한다면 사군우에게 말했듯이 천월사도에서 벗어나는 일은 결코 이루어질 수 없을 것이다.

그녀의 눈길을 받은 사비가 피식 미소를 머금었다. 하지만 아직까지도 고통이 가시지 않는지 그의 두 눈가는 경련이 일고 있었다.

"미안하게 됐소."

사비가 쓰러지자 공황작이 개운치 않은 표정으로 입을 열었다.

"미안할 것까지야. 아주 좋은 경험이었어. 역시 제대로 된 일류는 다르군. 윽!"

엄지손가락을 치켜세우던 사비가 가슴에 느껴지는 뻐근한 통증에 다시 눈살을 찌푸렸다. 이에 공황작은 씁쓸한 표정으로 몸을 돌리고 양청에게 걸음을 옮겼다.

"이만하면 충분할 것 같습니다."

"그렇군."

양청이 흡족한 표정으로 고개를 끄덕였다. 이전 같으면 자신에게 말도 붙이지 못했을 공황작이 사비와의 싸움을 끝으로 놀라운 반응을 보이고 있었다.

'역시 저 친구에게 찰나지간 투지라는 놈을 배웠어.'

양청은 속으로 기분 좋은 웃음을 흘리며 주위를 둘러봤다.

"가자!"

"그럼 저 녀석은 어떻게 할까요?"

"그만하면 뼈저린 교훈을 얻었을 것이다."

양청은 수하의 물음에 답한 직후 곧 걸음을 옮겼고, 백천맹의 무사들이 그 뒤를 따랐다.

"이제 우리도 갑시다!"

잠시 망설이던 황보혁이 임현현에게 다가와 손을 내밀었다. 이에 임현현은 고개를 끄덕이며 사비를 힐끗 쳐다봤다.

"가긴 어딜 가? 그리고 너, 자꾸 어디다가 손을 대고 지랄이야?"

"놈! 아직 정신을 못 차렸구나!"

사비가 힘겹게 몸을 일으키며 말하자 황보혁을 위시한 백천맹의 무사들이 일제히 고개를 돌렸다.

그들의 눈에는 하나같이 못마땅한 기색이 역력했다.

이제껏 애써 무심한 기색을 내비치던 독비객 양청도 이번에는 기분이 상했는지 살짝 고개를 저었다.

"처리할까요?"

"……."

양청이 잠시 주저하는 사이 황보혁이 임현현을 향해 고개를 돌리고 물었다.

"당신 도대체 이자와 어떤 관계야? 왜 내가 이런 말을 들어야 하는 거지?"

"……."

임현현이 아무 말도 못하자 사비가 대신 입을 열었다.

"관계? 얘는 내 마누라가 될 사람이야. 그거면 됐나? 그러니 제발 이제 그만 꺼져. 나 정말 사고 치기 싫거든?"

"허! 마누라?"

황보혁이 어이없는 탄성을 터뜨렸다. 하지만 사비의 말을 들은 임현현은 크게 경동하고 있었다.

'당신 정말 나를 받아들이기로 했군요.'

임현현의 활짝 핀 웃음을 발견한 황보혁은 노기가 치밀었다.

'네년이 정말 딴마음을 품었구나. 오냐! 좋다!'

황보혁은 오른손을 살짝 비틀었다.

슉!

퍽!

"크윽!"

사비는 극심한 통증에 눈에 불이 일었다. 간신히 고개를 내리고 보니 자신의 가슴에 번개 문양을 한 기병이 부르르 떨리고 있었다.

"안 돼!"

임현현이 경악성을 터뜨리며 달려왔다. 하지만 사비는 그녀가 곁에 이르기도 전에 그 자리에 무너져 내렸다.

"당신! 가만 안 두겠어!"

임현현의 싸늘한 음성에 주변은 삽시간에 긴장감이 감돌았고, 그녀와 마주 선 황보혁은 식은땀이 흘러내렸다. 그녀의 두 눈을 보자 모골이 송연해 왔기 때문이다.

하지만 이내 그 두려움과 긴장감은 다른 사내를 걱정하는 임현현에 대한 분노로 바뀌었다.

짝!

임현현의 고개가 획 돌아갔다. 그녀의 얼굴에 찍힌 선명한 손자국.

"좋아! 정 저 새끼가 좋으면 남아! 당신과의 인연은 없던 것으로 하지! 하지만 저 녀석의 몸에 박힌 뇌화시를 뺄 수 있는 사람은 나뿐이 없다는 걸 모르지는 않겠지?"

황보혁은 그녀를 노려보다가 몸을 홱 돌렸다.

"……."

임현현이 놀란 눈을 깜빡이며 사비와 황보혁을 번갈아 바라봤다.

그녀의 귀에 사군우의 전음이 들려온 것도 그와 동시였다.

[그냥 놔두고 가. 이 녀석에게는 내가 알아듣게 설명할 테니까. 하지만 뇌화시는 자네… 부군이 빼줘야겠군.]

임현현은 사군우가 알아볼 수 있을 만큼 희미하게 고개를 끄덕이며 황보혁의 발 앞에 털썩 무릎을 꿇었다.

"제가 잘못했어요. 하지만 당신이 생각하는 것처럼 그런 사이가 아니에요. 그저 불쌍해서 도와준 것뿐이라고요."

임현현의 말에 황보혁의 안색이 다소 풀렸고, 희미해져 가는 정신을 가까스로 붙잡고 있던 사비는 이를 듣고 주먹을 와락 움켜쥐었다.

"그럼 저자에게 직접 말해. 당신과 내가 어떤 사인지 말이야."

황보혁이 사비에게 턱짓을 하자 임현현이 주춤주춤 사비의 곁으로 다가왔다.

"저는 저분의 내자예요. 당신에게 오해를 살 행동을 했다면 미안해요. 하지만 그건 어디까지나… 오해일 뿐이에요."

"후후후, 오해? 너, 이제 보니까 참 나쁜 여자구나!"

사비는 힘겹게 말을 뱉었다. 하지만 임현현은 그의 말을 못 들은 척하며 황보혁을 향해 고개를 돌렸다.

"뽑아주세요. 뒤에 계신 분들이 황보세가를 자칫 쓸데없이 인명을 살상하는 곳으로 볼까 염려되는군요."

"아니, 그렇게 보지는 않을 거야. 오히려 우리 가문에 이런 기병이 있다는 것을 부러워하겠지."

　황보혁은 히죽 웃으며 주위를 둘러봤다. 하지만 주변에 있던 무인들은 예상과 달리 못마땅한 기색으로 자신을 쳐다보고 있었다.

　무인 간의 대결에서 갑작스런 기습, 게다가 암기까지 사용한 황보혁의 행동이 마음에 들지 않았다. 더군다나 사비는 자신들이 무시하는 공황작에게 박살이 날 정도로 약한 인간이었다.

　'후후후! 아무리 그래도 맹주가 내가 지닌 재주를 필요로 하는 이상 너희들은 나를 탓할 수 없다. 두고 봐. 이 자리에 있는 너희들을 모두 내 발 아래 무릎 꿇게 해주지.'

　황보혁은 다시 고개를 돌리고 사비에게 다가갔다.

　차악!

　뇌화시를 뽑자 사비의 가슴에 까맣게 그을린 상처가 드러났다. 하지만 괴이하게도 피가 새어 나오지 않았다.

　'후후후! 뇌화시에 당했으니 넌 화독에 혈맥이 타 들어가 죽게 될 것이다. 미련한 놈!'

　황보혁은 자신이 만든 병기의 위력에 크게 만족하며 속으로 미소를 머금었다.

　"가지!"

　황보혁이 짧게 외치고 몸을 돌리자 임현현은 사비에게서 천천히 시선을 떼며 전음을 날렸다.

　[정말 미안해요. 당분간은 날 잊으세요. 하지만 언젠가는 다시 만날 수 있을 거예요. 그때는 그냥 현현이라고 불러줘요. 임현현이 아니라 현현이라고…….]

　사비는 쓴웃음을 삼키며 고개를 돌렸다.

　처음으로 마음을 줬던 여인. 자신의 모자람이 싫어 보내려고 마음먹었을 정도로 마음을 줬던 여인이다.

하지만 이런 식은 아니었다.

떠나보낸다 해도 멋지게 웃으며 보내줄 생각이었고, 가능하다면 자신이 제대로 설 때까지만 기다려 달라고 할 생각도 있었다.

이렇게 복날 개 맞듯이 흠씬 두들겨 맞고 다른 사내에게 빼앗기듯 떠나보낼 생각은 추호도 없었다.

더욱이 그녀는 자신의 마지막 바람까지 송두리째 무너뜨렸다.

"후후후! 사내가 있었어?"

사비는 실소를 흘렸다. 이미 임현현은 황보혁의 뒤를 따라 관제묘를 벗어난 시점이었다.

"……."

잠시 아무 말 없이 앉아 있던 사비가 끙 소리를 내며 엉덩이를 툭툭 털고 자리에서 일어났다.

"제기랄! 뭐, 언젠가는 다시 만나? 그건 또 무슨 개소리야? 아이고, 아파라!"

사비는 뇌전시가 박혔던 가슴을 어루만지며 눈살을 찌푸렸다. 괴이하게도 검게 그을렸던 흉물스러운 상처는 아무 데도 보이지 않았다. 화류패기에 의해 순식간에 회복됐기 때문이다.

"하여간 이런 걸 보면 참 신기한 기술인 것 같기는 한데. 안 나올 거예요?"

중얼거리던 사비가 숲 속에 대고 소리치자 사군우가 피식 웃으며 걸어나왔다.

"그래, 어떠냐?"

"뭐가요?"

"이류와 일류의 차이를 느꼈느냐?"

"느끼고 자시고 할 게 뭐 있어요? 얼마나 더 아프냐는 차이뿐이잖아요. 쩝!"

사비가 입맛을 다시며 눈을 흘기자 사군우가 흐뭇한 표정으로 고개를 끄덕였다.

"네 말이 맞다. 하지만 좀 더 명확히 하자면 처음 너를 상대했던 친구는 황보세가의 이공자 황보혁이라는 사내로 태산십팔반장이라는 무공을 사용했다. 외가 무공에 근간을 두고 있는 장법이라서 진기를 실었어도 극히 미약했지. 그러니 네가 맞아도 충분히 견딜 수 있었던 것이다. 하지만 네가 다음으로 상대한 이는 아무래도 강소공가의 사람 같구나. 수준은 떨어졌지만 분명 만천대허경(滿天大虛經)의 진기를 실은 독련권(獨連拳)을 펼쳤다. 일류 중에서도 중급에 속한 실력을 지닌 자였지."

"잠깐만이요. 공씨가 펼친 무공 수준이 떨어진다니, 그게 무슨 뜻이죠?"

사비가 놀란 눈으로 물었다.

"강소공가의 무공은 사십 년 전 신도세가가 멸문한 이후 비약적인 발전을 이루었다. 그 대표적인 무공이 만천대허경과 독련권, 그리고 단천발아검(斷天發芽劍)이다. 이 무공을 통해 강소공가에서 십이제천 중 두 명이 나올 수 있었지. 나이에 비해 꽤 훌륭한 성취지만 강소공가의 입장에서 봤을 때는 조금 자질이 처지는 인물일 것이라는 얘기다."

"흠, 그럼 강소공가에 아까 그 사람과는 비교도 안 되는 대단한 인물이 둘씩이나 있다는 말이군요. 근데 신도세가라는 곳은 또 어떤 곳이죠?"

사비가 한 손으로 턱을 어루만지며 물었다.

"십이제천에 속한 강소공가 출신 중 한 명이 현재 백천맹주로 있는 공황식이다. 그는 이십 년 전에 나와도 한 번 붙어본 경험이 있는데 그때도 꽤 대단한 실력을 지녀서 강력한 우승 후보로 꼽혔던 친구지. 그리고 신도세가는 무림사에 다시없을 대단한 무가란다. 그들이 익힌 절세신공이 마공이라는 오명을 뒤집어쓰지만 않았어도 아마 지금까지도 천하제일가라는 위명을 잃지 않았을 가문이지. 하지만 뭐, 지금은 멸문을 하고 없으니 말해봐야 무슨 소용 있겠느냐? 어차피 세상에 영원한 것은 아무것도 없다는 것만 확인시켜 준 셈일 뿐이지."

"멸문이요? 누가 멸문시켰어요?"

"신도세가를 멸문시킨 이들은… 천하 전부란다."

"거기에 강소공가도 속해 있었나요?"

"가장 앞장을 섰지. 더욱이 강소공가의 가주 공우생은 신도연 가주와 막역지우였다. 그래서 사람들은 믿지 않을 수 없었지."

"흠! 뭔가 냄새가 나는데?"

"냄새?"

사비가 고개를 갸웃거리자 사군우가 이채 띤 눈으로 그를 바라보며 물었다.

"아저씨 말은 꼭 신도세가가 억울한 누명을 뒤집어쓰고 멸문당했다고 하는 것 같아요. 거기에 친구라는 작자가 가장 앞장서서 칼을 휘둘렀다니 구린 구석이 한두 군데가 아니고요. 가만, 그럼 그때 아저씨는 뭐 하고 있었어요? 설마 같이 일을 벌인 건 아니죠?"

"하하하! 사십 년 전의 일이다. 나는 끼고 싶어도 낄 수가 없는 나이였다."

사군우는 호쾌하게 웃었다. 사비가 자신의 말만 듣고 대충의 상황을 유추하는 것이 흡족했다. 생각이라고는 도통 하지 않고 살던 사비의 변화가 기분 좋았다.

이윽고 사군우는 웃음을 뚝 멈추고 다시 입을 열었다.

"나는 지금까지 단 한 번도 강자에게 비굴하지 않고 아무 이유 없이 약자를 힘으로 누르거나 핍박하며 살지 않았다. 사내라면 의당 그래야 한다. 백절불굴(百折不屈)! 어떠한 압력에도 굴하지 않고 그 뜻을 꺾지 않는 것. 그게 사내다. 신도세가는 그런 의미에서 진정한 사내들의 가문이라 할 수 있다!"

"그건 아주 마음에 드는 말인데요?"

사비가 고개를 끄덕이며 다시 말을 이었다.

"하지만 아저씨 말대로 백절불굴하려면 힘이 뒷받침되어야 하지 않겠어요? 안 그러면 그냥 저승길 일로 직행일 테니까요."

사비는 피식 웃으며 사군우의 두 눈을 응시했다.

"그러니까 이제부터 제대로 가르쳐 줘요. 그리고 오늘같이 맞으면서 배우는 건 사양할래요. 맞지 않고도 이길 수 있는 방법을 가르쳐 달라고요."

사비가 정색을 하며 청하자 사군우는 살며시 고개를 저으며 입을 열었다.

"맞아보지 않고 때리면 상대의 아픔을 알 수 없다. 약자의 서러움과 아픔을 알기 위해서라도 너는 그런 일들을 경험해야 하는 거야."

"아니요. 지금까지 약자였던 것만으로도 충분해요. 그리고… 두 번 다시 다른 자식들에게 내 여자를 뺏기는 못난 새끼는 되고 싶지 않아요."

“…….”

사비의 입에서 튀어나온 뜻밖의 말에 사군우는 잠시 입을 열지 못했다.

“처음에는 현현이라는 계집애 놔줄 생각이었어요. 나 같은 놈 만나 고생하기에는 아까운 여자니까요. 하지만 지금은 생각이 달라졌어요. 그런 치사하고 비겁한 자식하고 살게 놔두느니 내가 데리고 살래요. 아저씨 말대로 내겐 과분한 여자지만… 뭐, 지금부터 노력하지요. 그러니까 결론은… 현현이에게 충분한 남자가 될 수 있게 만들어달라는 거예요.”

“사실 현현이는 말이다, 네가 생각하듯이…….”

“아니, 아직 말하지 마세요. 걔한테 직접 들을래요. 그리고 나보다 잘난 남자가 없다는 걸 확실하게 알게 해줄 거예요. 그러니까…….”

사비는 잠시 입을 다물고 사군우의 두 눈을 뚫어져라 응시했다.

이윽고 사비가 사군우의 손을 덥석 잡으며 입을 열었다.

“날 진짜 사내로 만들어줘요. 아저씨라면… 가능할 것 같아요. 그리고 어떤 힘든 일이라도 난 반드시 해낼 자신이 있다고요.”

사군우는 사비의 두 눈을 마주 바라보며 천천히 고개를 끄덕였다.

손끝을 타고 사비의 온기가 전해져 왔다.

사군우는 다시 고개를 떨어뜨리고 자신과 맞잡은 사비의 손을 물끄러미 쳐다봤다. 두 번째로 잡아보는 아들의 손이었다.

“오냐! 널 진정한 사내로 만들어주마!”

사군우가 빙긋이 웃으며 고개를 들었다.

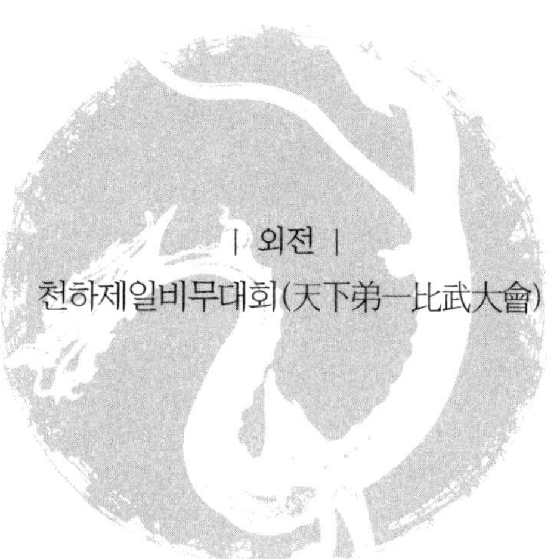

| 외전 |
천하제일비무대회(天下弟一比武大會)

선덕(宣德) 원년(元年) 시월.

고요.

화강암을 깎아 만든 방원 삼십 장에 이르는 장대한 규모의 비무대.
그 위로 고정된 만여 쌍의 눈동자가 빛난다.

각양각색의 복장을 하고 있는 그들은 누군가의 침 넘기는 소리까지
들릴 정도로 숨을 죽이고 있다. 앞으로 자신들이 보게 될 장면이 평생
에 걸쳐 단 한 번 보기도 힘든 영광된 경험이 될 것임을 잘 알고 있기
에 긴장을 늦추지 않고 있는 것이다.

콰아앙!

순간, 비무대 사방으로 자욱한 먼지구름이 일었다.

웬만한 보검으로도 흠집 하나 낼 수 없도록 특수 제작된 비무대의
한쪽 모서리가 검기에 부서져 나간 것이다.

하지만 비무대와 오십 장이나 떨어져 있는 관전자들은 아무도 비무대에서 튄 파편에 해를 입지 않았다. 거리가 멀어서가 아니라 검기를 날린 자가 파편이 비무대 주변을 벗어나지 않도록 공력을 끌어올렸기 때문이다.

그러나 워낙 순식간에 벌어진 일인지라 장내에 있는 어느 누구도 감히 검기를 날렸던 이가 누구인지는 확인할 길이 없었다. 그저 일만여 관중 속에 끼어 있는 몇몇 절정고수만이 비무대의 잔해를 보며 시전자가 누구일지를 짐작할 뿐이었다.

"비무대의 한쪽 면이 파도가 몰아친 듯 깎여져 나갔습니다. 이는 강소공가의 단천발아검법이 아니라면 보일 수 없는 위력이지요."

건장한 체구에 어깨가 떡 벌어진 사내가 공손히 허리를 숙이고 속삭였다. 황실 경호를 담당하는 어림친위군(御臨親衛軍)의 우도독 백리준이었다.

그는 금포를 입은 젊은이의 뒤에 시립해 있었는데 백리준 외에도 같은 복장을 한 기백의 사내들이 금포 젊은이의 주변을 에워싸고 있었다.

백리준이 담당하는 어림친위군 소속의 천호들이었다. 나머지 어림친위군은 다른 황손들을 호위하고 있었다.

"강소공가라 했소? 천하에 저런 무학이 존재하다니! 내 직접 보고도 믿지 못하겠군!"

금포사내는 백리준의 말에 고개를 끄덕이며 탄성을 뱉었다.

타오르는 눈동자와 날이 선 검처럼 이어진 검미(劍眉), 그리고 굳게 다문 입술이 어우러지며 범접할 수 없는 기운을 내뿜고 있는 젊은이.

선종(宣宗) 주첨기(朱瞻基). 홍희제 주고치(朱高熾)의 단명으로 젊은 나이에 제위에 오른 선덕제가 바로 그였다.

주첨기는 자신의 조부 영락제의 다섯 차례에 걸친 몽고 친정으로 인해 피폐해진 민심을 회복하기 위해 사력을 다했고, 가장 먼저 단행한 일 중 하나가 바로 무림인들에 관한 것이었다.

천하제일비무대회.

주첨기는 황명으로 주최한 이 대회를 통해 무림인들에게 황실의 위상을 널리 보이려 했고, 나아가 숨은 인재를 찾아 등용할 생각이었다.

결국 두 달간에 걸쳐 진행된 이 비무대회는 어느 정도 소기의 성과를 달성할 수 있었고, 오늘은 그 마지막 개인 비무전의 우승자를 가리는 자리였다.

이 때문에 가장 바쁜 자들은 단연 어림친위군이었다. 다른 이들도 아닌 무림인들이 모인 자리에서 황제를 경호하는 것은 지난한 일이었다. 이에 어림친위군은 금의위와 동창에까지 협조 공문을 띄워 황제와 황실 가족들을 경호했고, 이제 마지막으로 마무리만 남게 되었다.

그런 중요한 임무를 맡은 백리준이고 보니 무척이나 신경이 날카로워질 수밖에 없었지만 그 또한 무인이었기에 자꾸 비무대 쪽으로 시선이 가는 것은 어쩔 수 없었다.

이를 눈치챘는지 주첨기가 피식 웃으며 입을 열었다.

"짐은 우도독이 오늘의 경호를 맡지 않기를 내심 바랐었소. 그런데 초반에 탈락하다니… 내가 얼마나 어이없었는지 아시오?"

"폐하, 소신은 이미 결과를 예상하고 있었습니다. 육십사강에 들었었다는 것만으로도 영광으로 생각하옵니다."

"하하하! 내 우도독을 놀리느라 한 말인데 그렇게 말을 하니 재미가 없지 않소."

백리준의 공손한 대답에 주첨기가 유쾌하게 웃으며 다시 말을 이었다.

"아무튼 이번에 참 많은 인재들을 발굴한 것 같아 기분이 좋소. 더구나 소향이 그 아이가 그런 실력을 지녔다니……."

"그것은 저도 미처 예상치 못한 일이었습니다. 또한 저뿐만 아니라 그분께서 팔강에 오르실 거라는 예상은 아무도 못했을 겁니다. 그런 실력은 타고난 재능과 자질은 물론이고 뼈를 깎는 고련이 없으면 불가능한 경지지요. 이는 실로 황실의 홍복이옵니다."

주첨기는 백리준의 답을 들으며 피식 미소를 머금었다.

이번 비무대회에 황실 대표로 출전한 고수들은 모두 무림의 기인이사들에게 무릎을 꿇었다.

게다가 믿었던 백리준마저 육십사강에서 탈락하자 주첨기의 심기는 무척 불편했다. 하지만 모든 이들의 예상을 깨고 자신의 여동생 소향 군주가 팔강에 오른 것이다.

이는 자신을 포함한 전 무림인들을 경동시키기에 충분했고, 이를 통해 황실의 위상도 높아졌음은 굳이 확인해 보지 않아도 알 수 있었다.

"그런데 대체 저 사군우라는 자는 어디 출신이오? 무림인들 사이에서는 그걸 사문이라고 하던가?"

주첨기가 고개를 갸웃거리며 시선을 옮겼다. 그의 눈동자에 비무대 위에 서서 상대를 오시하는 얇은 흑의 장삼의 사내가 들어왔다.

담담한 눈빛으로 상대를 바라보는 그의 전신에서는 열화와도 같은 가공할 투기가 뿜어져 나오고 있었다. 살짝 비틀어진 입술만 아니라면 장내에 모인 이들 중 어느 누구도 감히 쳐다볼 생각조차 하지 못할 정도로 엄청난 패도였다.

주첨기의 물음에 잠시 주저하던 백리준이 천천히 입을 열었다.

"조사한 바로는 청해 지방에서 온 낭인 무사라 합니다. 특별한 사문은 없고 지닌 무공 또한 세상에 알려진 무공이 아닙니다. 하지만 강소 공가 출신의 공황식이라는 저 젊은이도 결코 만만한 상대가 아닙니다. 추측컨대 그의 아비 공우생의 모든 진전을 물려받은 것으로 보입니다. 공우생이라면 당금 무림의 최고고수로 인정을 받는 무인이지요."

"공우생이라는 자가 그렇게 대단하다면 왜 나오지 않았지?"

"자식에게 기회를 주고 싶었을 겁니다. 이보다 더 화려한 신고식도 없을 테니까요. 또한 공우생이 그만큼 공황식이라는 젊은이의 무공을 인정하고 있다는 의미겠지요."

"으음, 아무튼 대단하군. 척 보니 나와 비슷한 연배들 같은데 저런 힘과 무예를 지녔다니. 게다가 저 눈을 좀 보시오. 가히 무림 황제라고 해도 손색이 없는 기도 아니오? 하하하!"

"폐, 폐하!"

백리준의 얼굴이 당황으로 일그러졌다. 하지만 주첨기는 그의 반응은 애써 못 본 척하며 웃음을 뚝 멈췄다. 그들이 움직이고 있었다.

이와 동시에 비무대를 향해 시선을 고정했던 군웅들의 눈도 점점 커지기 시작했다.

무신들의 싸움이라 해도 과언이 아닌 비무가 눈앞에서 펼쳐지고 있었기 때문이다.

소리도 바람도 없다.

아무 기운도 흐름도 느껴지지 않는 움직임이었다.

공황식이 한 손을 들자 사군우가 어깨를 살짝 옆으로 틀었고, 사군우가 발을 들어 올리자 공황식이 가볍게 뒤로 두 걸음 물러섰다. 비무는 지금까지 이런 식으로 반 각을 이어졌다.

그저 무공 같지도 않은 공방을 주고받는 그들의 머리 위로 모락모락 피어오르는 하얀 김만으로 그들이 얼마나 혼신의 공력을 쏟아 붓고 있는지를 짐작할 뿐이었다.

하지만 지금은 다르다.

두 사내 모두가 검을 뽑아 들었기 때문이다.

처음에는 공황식만 검을 들고 있었지만 지금은 사군우마저 자신의 철검을 뽑아 들었다. 비록 녹슬고 이가 빠진 낡은 검이었지만 사군우가 들고 있으니 어떤 명검보다도 더욱 위협적으로 보였다.

부웅……!

공황식이 검을 한일 자로 휘두르자 곱게 다듬은 그의 검은 수염이 바람에 휘날렸다.

하지만 사군우는 무릎을 살짝 굽히며 공황식의 검을 머리 위로 흘려보낸 뒤 다시 자세를 고쳐 잡았다.

"아아!"

여기저기서 탄성이 터져 나왔다.

공황식은 일 년 전 강호에 나온 직후부터 이미 무림의 떠오르는 신성으로 인정받은 무인.

오 척 육 촌의 약간은 작은 신장을 지닌 그였지만 아비 공우생을 닮은 부리부리한 눈매와 우뚝 솟은 콧날이 호협한 기상을 엿볼 수 있게 해주고 있었다.

하지만 공황식과 마주한 사군우 또한 그와 견주어도 전혀 손색이 없는 멋진 분위기를 지닌 사내였다.

"후후후! 그걸 검이라고 들고 다니나?"

사군우는 공황식을 쏘아보며 비웃음을 날렸다.

"역시 강호에 돌아다니는 소문은 소문에 불과한가 보군."

사군우는 흐릿한 빛이 갈무리된 눈동자로 공황식의 전신을 훑으며 다시 말했다.

"후후후! 말씀이 지나치시오!"

사군우의 비아냥에 가까스로 노기를 억누른 공황식은 애써 웃음을 머금었다.

인정하기는 싫지만 사군우는 충분히 자신을 비웃을 만한 실력을 지닌 사내였다. 그리고 저 오만한 말투와 태도는 자신만이 아니라 지금까지 그가 상대했던 모든 이들이 겪었던 것이다.

그나마 위안이라면 자신에게는 이전 상대들에게 했던 것보다는 조금 덜한 말을 한다는 것이었다.

'드디어 검을 들었다! 과연 내가 저자를 단천발아검법으로 꺾을 수 있을까?'

공황식은 처음으로 자신의 가문 무공에 대한 회의감을 품었다. 본인 스스로도 이해할 수 없는 감정이었지만 사실이었다.

당장이라도 검을 내리고 패배를 선언하고 싶을 정도로 자신이 없었다. 폐부를 찌를 듯 쏘아보는 그의 눈빛만 봐도 오금이 저렸다. 그만큼 사군우에게서 뿜어져 나오는 위압감은 엄청났다.

모르긴 해도 자신뿐만 아니라 사군우와 겨뤘던 다른 이들도 모두 마찬가지의 심정이었으리라.

하지만 공황식은 결코 여기서 포기할 수 없었다.

어딘가에서 자신을 지켜보고 있을 자신의 아비 공우생 때문이기도 했지만 이전 사군우의 상대들이 했던 것처럼 마지막 순간에 패배를 시인하며 자신이 다른 이들과 다를 바가 없는 사람임을 만인 앞에서 증명하고 싶지 않았다.

'차라리 죽는 게 낫지. 좋아. 이 공황식이 이렇게 허무하게 끝을 내지는 않겠다.'

공황식은 오른손으로 검을 와락 움켜쥐며 단천발아검의 기수식을 전개하고 나머지 왼손을 말아 쥐며 독련권의 구결을 외웠다.

우우웅……!

공황식의 전신에서 가공할 기운이 용솟음치며 그의 주변 대기를 흔들었다.

"좋군! 와라!"

사군우는 피식 웃음을 머금고 공황식의 가슴을 향해 검극을 내밀었다. 이를 본 공황식의 두 눈에 이채가 서렸다.

사군우의 염세적인 눈빛. 죽음에 초연한 그 모습에 잔잔한 감동이 일었기 때문이다.

'그것이 당신을 강하게 만들어준 이유였나? 역시 안 되겠어. 하지만.'

쒜에에엑……!

공황식은 자신의 패배를 직감하면서도 전력을 다해 몸을 날렸다. 그와 동시에 공황식의 신형이 허공에서 순식간에 사라졌다.

공황식이 사군우를 향해 몸을 날리기 직전,

"누가 이길 것 같소?"

주첨기가 자신의 뒤에 시립해 있던 백리준에게 물었다.

"공황식일 가능성이 큽니다. 사군우라는 자가 아무리 대단하다고 해도 천하제일검이라 칭하는 공우생의 진전을 이은 친구를 이길 수는 없을 것입니다."

"내 생각과는 다르군. 그럼 우리 내기 한번 해봅시다."

"어찌 신이 감히! 하지만 제가 드린 말씀이 틀린다면 폐하의 귀를 어지럽힌 죄를 책임지고 관직에서 물러나겠습니다."

주첨기가 피식 웃으며 제의하자 백리준이 고개를 저으며 답했다.

"아니, 뭐 그렇게까지 할 필요는 없소. 하하하!"

주첨기가 웃음을 흘릴 때였다.

단천발아검(斷天發芽劍) 제칠식(第七式) 발아현(發芽玄)!

쉬리리리릭……!

공황식의 검에서 쏟아져 나온 묵빛 검기가 사군우의 전신을 향해 짓쳐 들어갔고, 이를 본 사군우가 천천히 검을 들고 좌에서 우로 그었다.

힘겨워 보였다. 마치 검을 휘두르고 있는 공간이 거대한 장벽에 가로막혀 있는 듯 사군우는 천천히, 그리고 아주 힘겹게 검을 그었다.

쑤아아아아……!

"아름답군!"

주첨기가 경탄성을 내뱉었다. 그뿐만 아니라 장내에 있는 모든 이들의 입에서 탄성이 터져 나왔다.

천지를 뒤덮은 검은 꽃[黑花].

공황식이 쏟아낸 묵빛 검기와 어우러져 천지 사방을 물들인 검은 꽃이 사군우의 검을 시작으로 그의 전신에서 뿜어져 나왔다.

'이건 무공이 아니다! 신의 분노야!'

공황식은 자신을 향해 날아오는 사군우의 공세를 바라보며 두 눈을 질끈 감았다. 차라리 다른 이들처럼 패배를 자인할 걸 그랬다는 뒤늦은 후회가 밀려왔다.

하지만 아무리 일찍 해도 늦는 것이 바로 후회라는 놈이다.

"……."

일수유가 흐르자 공황식이 천천히 눈을 반개했다.

사군우가 자신을 보며 파리한 안색으로 웃고 있었다.

사군우는 온몸이 재가 될 정도로 전신의 화류패기를 모두 쏟아 부었다. 하지만 그는 마지막 순간에 그 검은 꽃잎들을 모두 하늘로 올려 보냈다. 공황식을 살리기 위해서였다. 이 때문에 극심한 고통에 시달리고 있는 것이다.

"괜찮은 실력이었소. 나중에 다시 한 번 붙어봅시다."

말을 마친 사군우가 몸을 휙 돌리자 공황식이 그 자리에 털썩 주저앉았다.

"와아아아!"

군웅들의 함성이 황궁 곳곳으로 울려 퍼졌다.

공황식은 망연자실한 표정으로 사군우의 뒷모습을 바라봤다. 장내에 울려 퍼지는 저 함성의 주인은 익당 자신이어야 했다. 하지만 사람들의 환호성이 이전까지는 이름조차 알려지지 않은 무명인에게 향했다는 것은 엄연한 현실이었다.

"언젠가는 기필코 이기겠소! 언젠가는!"

공황식의 중얼거림은 공허한 메아리가 되어 그의 속을 헤집어놓고 있었다.

"무종사라는 칭호가 전혀 아깝지 않은 인재로군. 마치 한 자루 검을 보는 것 같아! 우도독, 저 검을 내 곁에 둘 수 있는 방법이 없겠소?"

군웅들의 놀란 얼굴을 말없이 지켜보는 사군우. 그를 지그시 바라보던 주첨기가 백리준을 향해 슬머시 고개를 돌렸다.

"……."

하지만 백리준은 대답하지 못했다. 사군우를 보며 경동하고 있었기 때문이다.

그는 처음부터 사군우가 이기기를 진심으로 바랐다. 또한 그가 이긴다면 자신의 한평생을 그와 더불어 살겠노라 다짐한 상태였다. 그렇기 때문에 자신의 관직을 담보로 주첨기와 내기를 했던 것이다.

'그렇군. 저분 덕분에 알게 됐어. 내가 있을 곳은 권력과 암투가 있는 이곳이 아니라 저분이 계신 낭인들의 땅이었다는 사실을…….'

백리준이 속으로 중얼거리는 사이 주첨기의 음성이 재차 들려왔다.

"우도독!"

"죄송합니다. 폐하께 불충을 저질렀습니다."

백리준이 주첨기를 향해 오체복지했다.

"지금 뭐 하는 거요?"

주첨기가 의아한 눈초리로 물었다.

"신 백리준, 폐하께 드렸던 말씀을 지키겠습니다! 폐하의 눈과 귀를 어지럽혔으니 마땅히 사직을 하고 황궁을 떠나야 할 줄로 압니다! 부디 신의 청을 들어주십시오!"

“으음!”

주첨기가 못마땅한 표정으로 침음성을 삼켰다.

백리준의 심사를 전부 파악한 것은 아니었지만 그의 심정이 어렴풋이 짐작 가기도 했다.

“이제 보니 사군우라는 검을 취할 기회가 생긴 것이 아니라 백리준이라는 검을 놓칠 수도 있는 상황이 돼버렸군. 그 말은 못 들은 것으로 하겠소!”

주첨기가 입술을 질끈 깨물며 몸을 홱 돌리자 그의 주변에 시립해 있던 어림친위군이 벌겋게 상기된 얼굴로 우르르 뒤를 따랐다.

백리준이 오체복지하고 있는 사이 사군우는 비무대 위에 서서 자신을 향해 다가오는 주첨기 등을 내려다보며 중얼거렸다.

“황제치고는 잘생긴 편이군.”

『풍류비공』 2권으로 이어집니다